초인의 게임 11

니콜로 장편소설

초판 1쇄 찍은 날 § 2019년 7월 22일
초판 1쇄 펴낸 날 § 2019년 7월 29일

지은이 § 니콜로
펴낸이 § 서경석

총괄팀장 § 노종아
편집책임 § 김경민

펴낸곳 § 도서출판 청어람
등록번호 § 제387-1999-000006호
등록일자 § 1999. 5. 31
어람번호 § 제1-3035호

주소 § 경기도 부천시 부일로 483번길 40 서경B/D 3F (우) 14640
전화 § 032-656-4452 팩스 § 032-656-4453
http://www.chungeoram.com
E-mail § chungeorambook@daum.net

ISBN 979-11-04-92030-1 04810
ISBN 979-11-04-91846-9 (세트)

니콜로 장편소설

초안의 게임

11 [완결]

초안의 게임

◈ Contents ◈

제1장
우승컵 II

지시대로 한국 대표 팀은 프랑스 측이 보는 앞에서 물러났다.

하지만 프랑스 측의 시야 밖으로 물러나자, 즉시 북동쪽에 위치한 7구역을 향해 우회하기 시작했다.

던전에서 은밀히 적에게 접근한다는 것은 쉬운 일이 아니었다. 구역마다 괴물이 출몰하기 때문에 소란이 일어나 적에게 들키기 십상이다.

그런 전술적인 움직임을 얼마나 잘하느냐로 팀의 역량이 갈린다. 한국은 아직 그 점에 있어서 미숙함이 많았지만 대신 훈련은 철저히 되어 있었다.

라이너 하임 전술 코치가 대표 팀에 합류하고서 그런 전술 훈련이 체계화된 덕이었다.

낮은 자세로 괴물들의 눈을 피해 이동하면서, 간혹 들킬 것 같은 경우에는 이나연이 활을 쏜 뒤 도망쳐서 다른 곳으로 유인했다. 그사이, 서문엽도 합류했다.

"조승호, 남은 오러 전부 피에트로한테 줘."

"네."

조승호는 '오러 전달'을 피에트로에게 펼쳤다.

이제 오러가 간신히 '투명화'만 유지할 정도만 남은 조승호에게 서문엽이 지시했다.

"5구역 쪽에 가서 숨어 있어라."

더 이상 동행할 필요가 없어진 조승호를 다른 지역에서 CCTV로 삼는 것이었다.

조승호가 빠지고 나자, 한국 선수는 총 8명.

프랑스는 루이 코시엘이 죽고 나단의 오러양이 반토막 난 것 외에는 피해가 없었다.

다만 언데드 대사제를 잡아 사냥 포인트 측면에서 한국이 우세했고, 한 타 싸움에서 강점을 발휘하는 피에트로가 있었다.

'탱커 2명이 죽는 바람에 포지션에 불균형이 나버렸어. 운영으로 가면 프랑스가 금방 추월할 거야.'

서문엽은 냉큼 한판 붙어서 끝장을 내버리고 싶었다. 나단이 지쳐 있는 지금이 좋은 기회였다.

우회 작전은 성공했다. 은밀히 이동한 한국 대표 팀은 7구역에서 프랑스 대표 팀과 가까운 거리에서 맞닥뜨리게 된 것이다.

"후퇴!"

한국 팀이 기다리고 있는 것을 발견한 프랑스 대표 팀은 즉시 후퇴를 택했다. 그들도 당장은 싸우고 싶지 않았던 것이다.

"추격!"

한국 측은 당연히 이번 기회를 놓치지 않겠다는 듯 뒤쫓았다.

도망치는 프랑스 측도, 뒤쫓는 한국 측도 전속력으로 달리는 상태에서도 포메이션을 유지하고 있었다. 이동 중에 먼저 대열이 흐트러지면 그게 변수로 작용해서 한 타 싸움의 승패가 갑자기 바뀔 수 있었기 때문.

수많은 초능력이 난무하는 배틀필드에서는 더더욱 포메이션이 중요했다.

프랑스는 추격전을 펼치면서 한국 측의 대열이 흐트러지면 언제든 반격할 채비를 하고 있었다.

─후퇴하는 프랑스! 대한민국 열심히 뒤쫓습니다!

─우리 선수들 조심해야 합니다. 프랑스는 저렇게 도망치는 게 무서워서 그러는 게 아닙니다. 상대가 기다리고 있었던 장소에서 싸우고 싶지 않아서예요.

─예, 저렇게 도망치다가 성급하게 추격한 적 선수를 불쑥 잘라먹고 반격한 사례가 몇 번이나 있죠. 프랑스는 지금 반격할 타이밍만 노리고 있을지도 모릅니다.

─2세트 승패를 가르는 결정적인 장면이 나올지도 모르겠습니다. 한국은 발이 빠른 선수와 느린 선수의 격차가 심하기 때문에 이렇게 급격하게 이동하는 중에는 안 좋은 쪽으로 변수가 나오기

십상입니다.

—대한민국도 꺼낼 수 있는 카드는 있습니다. 피에트로 아넬라 선수의 공간 이동의 쿨 타임이 다 찼기 때문에 언제든 적 앞을 가로막을 수 있습니다.

—예, 하지만 신중해야 합니다. 프랑스가 그걸 노렸다가 집중 공격으로 커트시킬 의도일지도 모르니까요.

중계진의 해설은 옳았다. 프랑스는 도망치다가 한두 명씩 돌출되는 한국 선수를 포착하면 단번에 총공격해 처치할 계획이었다.

나단이 나직하게 말했다.

"피에트로 아넬라가 공간 이동으로 나타나거나, 서문엽이 빠른 달리기로 우리를 따라잡거나 둘 중 하나야. 어느 쪽이든 그 둘 중 한 사람은 잡고 시작해야 해."

동료들은 고개를 끄덕였다.

서문엽과 피에트로의 조합은 약체였던 한국을 월드컵 결승까지 올려놓을 정도로 파괴적인 콤비였다.

둘 중 하나는 반드시 사전에 처치해야 결정적인 전투에서 이길 수 있다. 이 당부는 질리도록 들었다.

월드컵 우승컵. 그것을 조국에 가져가기 위하여 프랑스 선수들은 똘똘 뭉쳐 반격의 기회를 엿봤다.

그렇듯 질서정연하게 반격의 채비를 갖춘 채 달아나는 프랑스는 한국이 따라잡기가 어려웠다. 팀 전체의 평균 기동력은 한국이 프랑스를 따라잡기 어려웠던 것이다.

서문엽은 혀를 찼다.

'쯧, 이래서 나단을 처치했어야 했는데.'

프랑스 측의 의도는 서문엽이 진작 알아차리고 있었다.

피에트로를 공간 이동으로 보내 퇴로를 막는 방법은 머릿속에서 지웠다. 10명의 프랑스 선수에게 한순간 집중 공격 받으면 피에트로도 무사하지 못한다.

자기 재량을 다 펼칠 수가 없는 한, 피에트로가 마법진만으로 10명의 공격을 다 받아내는 것은 도박이다.

다른 놈이면 몰라도 그 10명 중에 나단이 끼어 있는 것이 문제였다.

나단만 없으면 걱정이 없는데, 나단은 팀플레이에서 더 기량을 발휘하는 딜러였다. 동료의 지원을 받아 오로지 공격에만 집중하는 나단은 일대일 대결과 위협성이 전혀 다르다.

그 10명 중에 나단이 끼어 있기 때문에 얕볼 수가 없는 것이었다. 그렇다고 이대로 계속 추격전을 하자니, 지금도 이미 프랑스가 점점 거리를 벌리며 달아나고 있었다.

'하는 수 없지. 내가 간다.'

서문엽은 전속 질주로 대열을 이탈해 혼자 돌출했다.

어마어마한 속도였다.

서문엽은 영혼까지 쥐어짜서 전속력으로 달렸다. 뛰는 게 아니라 날아다니는 것 같은 기분마저 들 정도.

─서문엽, 빠르게 달려 나갑니다!

—프랑스의 역공을 서문엽 선수가 받아낼 심산인 것 같습니다. 피에트로 아넬라 선수보다는 탱커인 서문엽 선수가 더 승산이 있죠.

—이렇게까지 해서라도 당장 사냥 포인트에서 크게 앞서는 지금 승부를 내고 싶어 하는 겁니다!

—대한민국 대 프랑스! 프랑스도 언제 뒤돌아서 역습을 벌일지……!

서문엽이 단독으로 치고 나가 거리를 빠르게 좁혔다.

그런 서문엽을 돕기 위해 이나연도 앞 점프로 치고 나갔다.

쉭— 쉬익—

이나연은 연속으로 화살을 날려 프랑스 측의 발을 늦췄다.

그 덕에 거리는 더 빨리 좁혀졌다.

그때였다. 프랑스의 대열이 점차 변했다.

탱커 3인이 가장 뒤로 가고, 그 안으로 나단이 들어갔다.

서문엽의 눈빛도 변했다.

'온다.'

프랑스가 싸울 태세로 전환하는 것임을 못 알아볼 서문엽이 아니었다.

아니나 다를까. 프랑스 선수들이 일제히 발을 멈추고 뒤돌았다. 그러자 후방에 있던 탱커 3인이 선수에 선 모양새로 바뀌었다.

"쳐!"

나단이 소리치자 일제히 서문엽을 향해 달려든다.

3탱커가 합세해서 정면에서 압박하고, 딜러들이 좌우에서 날개처럼 펼쳐져 양 측면에서 위협한다.

　한순간에 모든 공격이 서문엽 개인에게 쏟아진 것이다.

　'어디 와봐.'

　서문엽은 '분석안'을 증폭시켰다.

　10명의 프랑스 선수들이 앞으로 어떻게 움직일지, 몇 초 후의 미래가 들여다보였다.

　온몸으로 부딪치려는 3탱커. 그 뒤에서 독사처럼 송곳니를 꽂을 준비를 한 나단. 좌우에서 덮치는 딜러들.

　모두 보였다.

　서문엽은 달리던 속도를 멈추지 않았다. 그대로 정면의 3탱커에게 돌격했다.

　정면충돌하게 되자 탱커들은 일제히 방패를 들어 대비했다.

　꽈아아아앙!

　교통사고가 이러할까. 엄청난 굉음이 울려 퍼졌다.

　방패를 앞세워서 부딪치자, 프랑스의 탱커들은 방패를 위로 기울여 압력을 분산시켰다.

　반면 서문엽은 충돌 직전에 살짝 몸을 위로 띄운 상태.

　그대로 부딪치니 마치 상대 탱커의 방패를 타고 올라간 것처럼 몸이 위로 솟았다.

　보통 탱커는 상대와 부딪칠 때 최대한 무게 중심을 아래로 두어서 버티는 힘을 강화하게 마련인데, 역으로 위로 솟아오른 것이다.

이유는 하나였다. 탱커들 뒤에 있던 나단을 위에서 아래로 내려다볼 수 있게 되었던 것이다.

나단도 흠칫했다.

서문엽이 자신을 똑바로 응시하고 있었으니까.

촤악!

서문엽이 창을 힘껏 내질렀다.

카아앙!

"큭!"

나단은 쌍도를 교차해 간신히 막았지만 힘에 밀려 주저앉았다.

서문엽은 그대로 탱커들과 뒤엉켜서 우르르 쓰러졌다.

혼자서 3탱커의 라인을 허물고 나단을 공격한 것.

그러면서도 벌떡 일어나 창으로 계속 나단을 겨눴다.

"피에트로!"

서문엽이 소리쳤다.

그러자.

파앗!

피에트로가 공간 이동으로 서문엽의 옆에 나타났다.

상황이 순식간에 바뀌었다.

서문엽과 피에트로가 프랑스의 후방에 자리 잡으면서, 한국이 양면에서 협공하는 형태가 된 것이다.

프랑스의 탱커들은 벌떡 일어났지만 당장 앞뒤로 막을 포메이션을 구성하기에는 시간이 없는 상황.

프랑스는 결국 혼란 속에서 한국의 공격을 맞이하였다.

파파파파파파파팟!

피에트로가 마법진 13개를 모두 꺼냈다. 실제로는 더 많이 만들 수 있지만 공식적으로는 13개가 한계였다.

마법진에서 영령들이 쏟아지자, 그 흐름을 타서 서문엽도 함께 달려들었다.

반대편에서는 메인 탱커 최혁을 앞세운 한국 선수들이 협공.

―피에트로 아넬라, 1킬.

―서문엽, 1킬.

―서문엽, 2킬.

―백하연, 1킬.

승부는 한순간에 판가름 났다.

불리한 형세로 싸운 프랑스는 도저히 이길 수 있는 상황이 아니었다.

물론 단독 돌파로 프랑스의 진형을 무너뜨린 서문엽의 활약 덕이었지만 말이다.

나단은 미친 듯이 날뛰었다.

쌍도가 영령이든 백하연의 채찍이든 심영수의 '속박'이든, 거리 안에 들어온 것은 뭐든 베어버렸다.

하지만 서문엽이 방패를 앞세워서 들이댔다.

쌍도가 방패에 연달아 막히자 나단의 맹렬한 움직임도 템포가 끊겼다.

이어지는 2연속 찌르기.

좌악! 착!

나단은 상체만 좌우로 틀어 피해내는 놀라운 퍼포먼스를 보여주었다. 하지만 그러는 동안 서문엽은 거리를 살짝 벌려서 창을 쓰기 좋은 간격을 만들었다.

나단의 움직임은 멋졌지만 결국 서문엽은 자연스럽게 유리한 구도를 만들어낸 것이다.

거기다가 지금은 일대일 상황이 아니었다.

나단은 서문엽의 창을 피하는 데 집중하다가 심영수의 '속박'에 걸려 버렸다.

"큭!"

오러의 끈이 왼팔을 휘감았다.

서문엽은 그 틈을 놓치지 않고 왼쪽에서 들이쳤다.

왼팔로 도를 휘두를 수 없는 나단은 대응이 한발 늦었다.

푹.

—서문엽, 3킬.

결국 나단은 또다시 서문엽에게 데스당했다.

*　　　　　*　　　　　*

—2세트 끝났습니다! 대한민국이 2세트도 따내면서 스코어 2 대

0으로 앞서 나갑니다!

─월드컵 우승컵이 코앞입니다! 대한민국 배틀필드 사상 최초의 월드컵 본선 진출, 그리고 사상 최초로 우승! 영광의 순간이 코앞으로 다가왔습니다! 이제 단 1승! 한 번만 더 이기면 됩니다!

─너무 대단합니다! 서문엽 선수가 이번에는 대한민국 배틀필드를 구원합니다.

한국 중계진의 열띤 목소리는 벅찬 감동에 젖었다.

경기장에 있던 관중들도 소리를 지르며 환호했다. 한국에서 온 팬들도 있었고, 미국에 거주하는 한인 팬들도 있었다.

그들 모두 접속 모듈에서 서문엽이 나오자 자지러지며 환호하고 있었다.

*   *   *

프랑스 대표 팀은 침울한 분위기였다. 1, 2세트 연속 패배.

프랑스는 여태껏 이렇게 궁지에 몰린 적이 없었다. 특히나 이처럼 큰 무대에서는 더더욱 말이다.

"이대로 질 수는 없어."

입을 연 사람은 나단 베르나흐. 서문엽에게 완벽하게 꺾여서 지난 두 세트에서 누구보다도 자존심에 상처 입었을 사람이었다.

"서문이 말도 못하게 강하다는 건 이미 알고 있었잖아. 자칫 잘못하면 그 한 사람에게 휘둘릴지도 모른다는 것도. 알고 대비했는데 준비했던 것들을 조금도 보여주지 못했어."

나단의 두 눈은 불꽃이 될 것만 같았다.

침울해 있던 선수들이 그런 나단의 투지 덕에 하나둘 깨어났다.

"그래, 힘든 싸움이란 건 알고 있었어."

"서문과 피에트로, 그 두 괴물만 조심하면 별거 아닌 팀이야. 강점만큼 약점이 아주 뚜렷한 상대라고."

그들도 이대로 침체되어 있으면 이길 수 없다는 걸 잘 알고 있었기 때문에 억지로 분위기를 띄우는 것이었다.

휴식이 끝나고 프랑스 대표 팀의 감독 및 코치진이 들어와 3세트 작전을 설명했다. 프랑스는 벼랑 끝에 선 심정으로 필사적으로 이기겠다는 결의를 품고 있었다.

월드컵 우승컵?

더 이상 그들은 그런 것이 눈에 들어오지 않았다.

이렇게 허무하게 질 수는 없다는 오기에 불타오른 상태였다.

*   *   *

선수 대기실에서 습관처럼 거울을 본 서문엽은 자신의 능력치가 변해 있는 것을 확인했다.

―대상: 서문엽(인간)

―근력 91/95

-민첩성 111/112

-속도 100/101

-지구력 102/103

-정신력 160/161

-기술 120/121

-오러 189/190

-리더십 100/101

-전술 100/101

-초능력: 분석안, 던지기, 불사, 증폭, 영혼 연성

능력치가 또 늘어 있었다. 민첩성 1, 기술 1.

이제 더 이상 배틀필드로 능력치가 오르는 일은 없을 줄 알았는데, 그렇지 않았다.

이미 인간의 경지를 한참 넘어선 서문엽인데, 의외로 월드컵 경기가 도움이 된 것이다.

'증폭된 분석안 덕분이군.'

서문엽은 민첩성과 기술이 1씩 오른 이유를 짐작하고 있었다.

상대방의 움직임을 미리 보여주는 증폭된 분석안을 활용한 실전을 치른 탓이었다.

상대의 움직임을 미리 알고 역이용하는 전투를 계속 치르면서 기술적인 부분이 늘었고, 반응 속도에도 도움이 되어서 민첩성이 올랐다.

'배틀필드를 하길 잘했어.'

문득 그런 생각이 들어서 서문엽은 웃음이 나왔다.

최후의 던전에서 생환했을 때는 17년이 지난 세계의 모습에 상실감을 느꼈다.

자신의 인생이 17년이나 지난 일이 되어버린 상황. 자신만 놔두고 다들 17년씩 더 앞서가 버린 고독감.

아무 의욕도 들지 않았고, 배틀필드 따위는 백수가 된 초인들을 동물원 원숭이처럼 구경거리로 만든 비즈니스로 보였다.

하지만 지금.

배틀필드 덕에 그런 마이너스적인 감정들이 많이 사라졌음을 느꼈다.

17년만큼 멀어진 이 세계에 비로소 소속되었다는 느낌을 받을 수 있었다. 동떨어지지 않고, 함께 살아가고 있다는 기분 말이다.

주위를 둘러보니 같은 대표 팀 동료들이 눈에 들어왔다.

그중에는 자신이 만든 YSM 소속 선수들도 많이 보였다. 직접 고르고 키운 선수들에게 남다른 애착이 들었다.

동료. 이제 혼자라는 느낌이 들지 않았다.

그때, 조승호가 물끄러미 서문엽을 바라보았다. 눈이 마주치자 서문엽은 뭘 꼬나보냐는 눈빛을 보냈다.

조승호는 뚱한 표정으로 말했다.

"왜 갑자기 노인네 같은 표정을 지으시는지 싶어서요. 인생이 주마등처럼 보이세요?"

그 말에 다른 선수들이 키득거렸다. 서문엽에게 이리 불량하게 말할 수 있는 사람은 조승호밖에 없었다.

"인마, 내 나이 쉰이야. 주마등 보일 때 됐지."

실제 나이는 33세지만 법적으로는 50세가 맞긴 했다.

"두 가지 나이를 갖고서 필요에 따라 골라서 내세우시는군요. 편리하겠네요."

그렇게 비아냥거리던 조승호는 문득 궁금하다는 듯이 물었다.

"근데 최후의 던전에서 한 번 죽어보셨잖습니까?"

"체감상 한 번 죽긴 했지. 그게 왜?"

"그거 진짜입니까? 주마등."

조승호는 정말 그게 궁금한 모양이었다.

서문엽은 피식 웃었다.

"짜식, 넌 안 죽어봐서 모르는구나? 지난 인생이 술술 머릿속에 떠오르는 거."

"그거 진짜입니까?"

"아니, 그딴 거 느낄 틈이 어디 있어. 한 놈이라도 더 죽이려고 안간힘을 쓰다 추락했는데."

최후의 던전에서 죽을 것을 느끼자 괴물 하나를 붙잡고 함께 절벽에서 추락했던 서문엽이었다.

조승호는 고개를 갸웃거렸다.

"주마등은 곱게 죽어야 나오는 건가 보네요."

"그럴지도 모르지. 근데 죽어본 놈이 없는데 죽기 전에 주마등이 흐르는지 누가 안다고 그런 소리가 나오는 거야?"

"그도 그러네요."

"천국하고 지옥 있었으면 좋겠다. 그럼 난 분명 천국 갈 텐데."

그런 서문엽의 말에 다들 황당한 표정이 되었다. 서문엽과 천국, 정말 안 어울리는 단어였다.

"죽을 때 보는 주마등이 무슨 유튜브에 뜨는 스페셜 영상인 줄 아십니까? 좋은 부분만 편집해서 저승에 올라가게."

"인마, 옛날에 전 재산 기부했으니까 내가 지었던 죄는 퉁 친 거지. 내 덕에 산 어린아이들이 한둘인 줄 알아?"

"벌금 물고 지옥에서 나온 격이네요."

서문엽과 조승호의 투덕거리는 논쟁은 다른 선수들을 웃게 했다. 덕분에 한국 대표 팀은 분위기가 아주 밝았다.

"세상 다 살았어? 죽는 소리 그만하고 모여."

대기실에 나타난 백제호가 핀잔을 했다.

그제야 한자리에 모인 선수들은 3세트를 대비한 회의에 들어갔다. 마지막까지 최선을 다해 우승컵을 쟁취하기 위하여.

*　　　*　　　*

─3세트가 시작되었습니다. 이번 승부로 월드컵의 최종 승자가 결정 날지도 모릅니다.

─대한민국 대 프랑스! 2대 0으로 한국이 앞서 있는 상황. 누가 이런 모습을 상상했겠습니까? 최강 프랑스를 상대로 우리나라가 압도적으로 이기고 있는 모습을 말입니다.

─작년까지만 해도 아무도 상상 못 했죠. 하지만 올해 들어서는 조금씩 우승 후보로 우리나라가 언급되기 시작했죠.

—아, 그렇죠. 서문엽 선수의 기량이 폭발적으로 늘면서 생겨난 일이죠?

—예, 그 서문엽 선수가 대한민국을 월드컵 정상에 올려놓기 직전입니다! 프랑스는 서문엽 선수를 막지 못해서 1, 2세트를 내리 내줘야 했습니다.

—그렇습니다. 1세트는 나단 베르나흐 선수가 루이 코시엘 선수와 함께 협공했지만 패배. 2세트는 팀플레이로 상대하려 했지만 결국 또 서문엽 선수에게 휘둘려서 포메이션이 무너지고 패배했죠.

—프랑스는 지금 많이 골치가 아플 겁니다. 서문엽 선수를 어떻게 상대해야 할지 감이 안 올 거예요.

경기가 시작되자 한국은 2세트와 마찬가지로 시작부터 최후의 던전의 중심부를 향해 진격을 개시했다. 이번에도 언데드 대사제를 먼저 선점하겠다는 의도였다. 2세트에서 효과를 톡톡히 거뒀으니, 프랑스의 운영에 대항하는 방법으로 채택된 것이다.

—대한민국, 자신감이 넘칩니다. 2세트와 동일하게 또 바로 심장부로 향합니다. 이번에도 언데드 대사제를 사냥하고 유리한 고지에 서려고 하는데요.

—프랑스도 이를 예상한 것 같습니다. 2세트와 동일하게 사냥을 하는 것 같지만 사냥 루트가 심장부를 향해 있어요. 이건 한국이 또 언데드 대사제를 사냥하려 하면 적극적으로 견제하겠다

는 의도죠?

—그런 것 같습니다. 2세트는 4명만 보내서 방해했는데 실패했
잖습니까? 언데드 대사제와 싸우는 틈을 타 소수 정예로 혼란을
주면 된다고 여겼지만, 결국 서문엽 선수와 피에트로 선수의 활
약에 실패했죠. 그래서 이번에는 아예 11명이 전부 달려들어 방
해하겠다는 겁니다!

결국 한국과 마찬가지로 프랑스도 심장부를 향해 나아가는
모양새가 되었다.

물론 프랑스는 전진보다 사냥에 더 집중했기 때문에 심장부
에 더 빨리 접근하고 있는 쪽은 한국이었다.

그러나 프랑스는 한국이 언데드 대사제를 사냥하기 전에만
도착해서 저지하면 그만이라고 여겼다.

—서로 정보전이 치열합니다. 이나연 선수가 계속 점프를 뛰며
정찰을 벌이고, 조승호 선수도 투명화를 펼쳤다가 풀었다가를 반
복하며 위험 지역까지 숨어들어 정찰합니다. 프랑스도 조를 나눠
서 로테이션으로 정찰.

—예, 이나연 선수와 프랑스 선수들이 서로 맞닥뜨렸군요. 이
제 피차 서로 심장부로 향하고 있다는 걸 깨달았습니다.

—한국은 여전히 속도를 내고 있는데, 프랑스는 오히려 속도
조절을 합니다. 프랑스는 먼저 도착해서 언데드 대사제를 사냥할
생각이 전혀 없어 보입니다.

—최종 보스 몹을 차지하려는 욕심보다는 방해만 하겠다는 거죠. 사냥하다가 방해받는 쪽이 더 위험하니까 그럴 수도 있겠습니다. 무엇보다 1, 2세트 연달아 패배한 탓에 안전한 선택을 해야 하는 프랑스입니다.

그러나 한국은 달랐다.

"프랑스고 나발이고 그냥 강행한다."

서문엽이 그렇게 결정을 내렸기 때문이다.

한국은 그대로 최후의 던전 심장부에 먼저 도착했고, 언데드 대사제 사냥을 개시했다.

사냥 도중 프랑스의 총공세를 받으면 위험해질 수 있지만, 서문엽은 아랑곳하지 않았다.

"다들 언데드 사냥에 집중하고, 조승호는 계속 투명화 쓴 상태에서 프랑스 놈들 언제 공격하는지 감시했다가 알려줘. 피에트로는 대기! 프랑스 놈들이 뒤를 치면 크게 한판 싸움 벌인다!"

프랑스가 공격을 펼치면 언데드 대사제와 한국, 프랑스 삼파전을 벌이겠다는 마인드였다.

자칫 언데드 대사제와 프랑스 사이에 끼어서 협공당해 패할수도 있지만, 잘하면 프랑스를 통째로 진흙탕에 끌어들여서 한타 싸움으로 결말을 지을 수 있다는 서문엽의 생각이기도 했다. 깔끔한 운영보다는 한판 승부가 훨씬 좋다고 여긴 것이다.

크아아아아!!

언데드 대사제는 계속 오러로 만든 괴물들을 꺼냈다.

한국은 서로 역할을 분담해서 언데드 대사제와 괴물들을 공격했다.

그러는 사이, 조승호가 서문엽에게 '시야 전달'을 보냈다.

프랑스 선수들이 심장부에 도착한 모습이었다.

언제든 심장부 안으로 뛰어들어서 한국을 공격할 태세였다.

"프랑스 놈들 곧 온다. 피에트로 준비해."

서문엽이 말했다. 프랑스가 뒤를 치면 피에트로가 마법진을 전부 꺼내 막아낸다는 수였다.

상황이 이렇게 되니 프랑스도 곤혹스러움을 느꼈다.

"놈들이 진짜로 대사제 사냥을 강행할 줄이야."

"할 테면 해보라는 식인가."

프랑스는 본래 한국이 언데드 대사제 사냥을 시도하지 못하고 물러나게 겁을 줄 의도였다.

이렇게 프랑스를 뒤에 두고도 언데드 대사제 사냥을 강행할 줄은 몰랐다.

올 테면 와봐라. 대신 너희도 진흙탕에 발 담글 각오는 해라.

한국이 그렇게 배짱부리는 것이었다.

이번 3세트도 지면 완전히 패배하게 되는 프랑스로서는 과감하게 뛰어들 수가 없었다.

"분명 우리가 유리한 구도이긴 한데……."

"한국 생각은 뻔해. 우리도 같이 뒤엉키게 해서 난전을 벌이겠다는 거잖아."

뒤죽박죽된 난전 상황에서는 팀워크보다 개개인의 역량이

빛났다.

　프랑스에게 유리한 소리 같지만, 실은 서문엽과 피에트로가 있는 한국이 반길 소리였다. 프랑스는 개개인의 역할보다 팀워크에서 더욱 빛나는 일류 팀이었으니까.

　그렇게 망설일 때였다.

　"가자."

　나단이 단호히 말했다.

　　　　　＊　　　　＊　　　　＊

　"우리가 유리한 구도야. 이런 싸움을 피하면 이길 수 없어."

　나단의 말에 프랑스 선수들은 고개를 끄덕였다.

　"치고 빠지기를 반복하자. 서로 뒤섞여서 난전을 벌이는 것을 피하면 돼."

　결심을 굳힌 프랑스는 공격을 개시했다.

　이대로 한국이 언데드 대사제를 사냥하게 방치할 수 없었다.

　"간다!"

　프랑스 선수 11인이 일제히 심장실에 침투했다.

　이에 대비하고 있던 한국 측도 즉각 맞섰다.

　"피에트로!"

　서문엽이 소리쳤다.

　피에트로는 바로 마법진 13개를 꺼내 들었다.

　파파파파파파팟!

마법진들이 노도처럼 밀려드는 프랑스 선수들을 가로막았다.

"하나당 서너 명씩 붙어서 마법진을 부숴!"

프랑스 선수들은 피에트로에 대비한 대응도 준비했다.

강력한 힘으로 강제로 마법진을 부수는 것.

3명 혹은 4명씩 힘을 합쳐서 마법진을 부수기 시작했다.

콰콰콰쾅!

강력한 오러로 충돌하자 마법진 3개가 부서졌다.

하지만 여전히 10개에서 영령들이 대거 소환되었다.

영령들이 공중을 날아다니며 날뛰자 프랑스 선수들의 기세가 주춤했다.

그러나 그 와중에도 나단은 영령들과 마법진을 요리조리 피해 다니며 날렵하게 침투했다.

"딜러들, 가까운 탱커 뒤에 붙어! 백하연은 나단을 쫓아다니며 마크해!"

서문엽이 계속 오더를 내렸다.

그리고 본인은 언데드 대사제와 육탄전을 벌였다.

콰앙!

언데드 대사제가 휘두른 지팡이가 지면을 때렸다. 땅이 부서져 나가는 듯한 굉음이 울려 퍼졌다.

그러나 이를 아슬아슬하게 피한 서문엽은 언데드 대사제에게 접근해 창을 찔렀다.

쿵!

왼쪽 다리뼈에 적중. 덕분에 이어지던 언데드 대사제의 다음

동작이 멎었다.

한편, 깊숙이 침투했던 나단은 백하연의 요격을 맞았지만 위축되지 않고 계속 킬 기회를 엿봤다. 하지만 한국 측의 준비 태세가 좋아 킬을 거둘 빈틈은 찾지 못했다.

그러는 동안 프랑스 선수들은 계속 마법진을 파괴해 나갔다.

마법진을 거의 절반쯤 파괴했을까.

"후퇴!"

프랑스는 일제히 퇴각했다. 한 번에 승부를 보지 않고 치고 빠지기로 천천히 하겠다는 뜻이었다.

그들은 마법진 6개 파괴라는 성과로 만족하고 물러났다.

"삼촌, 계속 치고 빠질 생각인가 본데. 피에트로의 오러 소모를 조심해야 하지 않을까?"

백하연이 물었다.

서문엽은 고개를 저었다.

"괜찮아. 오러 아낄 필요 없어. 이차피 여기가 승부처야. 피에트로가 막는 동안 다들 대사제 사냥에 집중해. 사냥이 진척되면 놈들도 다급해질 거야."

서문엽은 조금도 템포를 늦추지 않았다. 프랑스의 공격을 받으면서도 계속 언데드 대사제 사냥에 팀 역할을 기울였다. 그래야 프랑스를 조급하게 만들 수 있다고 믿었기 때문.

'여유가 사라지면 치고 빠지는 짓도 못할 거다.'

프랑스는 삼파전이라는 난전 상황에 빠지지 않기 위해서 치고 빠지고 있었는데, 서문엽은 난장판을 만들고 싶었다.

"조승호, 피에트로 옆에 붙어서 계속 오러 전달해 줘."

"네."

서문엽은 조승호 카드를 일찍 써먹기로 했다.

피에트로는 프랑스가 공격할 때마다 초능력을 계속 쓰기로 했고, 소진되는 오러는 조승호가 충당해 주기로 했다.

그렇게 해도 오러가 빠르게 소모되는 것을 피할 수는 없지만, 서문엽은 그전에 결판을 짓는다는 생각이었다.

그 뒤로 프랑스가 치고 빠지는 수법으로 한국을 계속 괴롭혔다. 그때마다 피에트로가 활약했다.

─피에트로 아넬라 선수, 또다시 초능력을 펼쳤습니다! 멈칫하는 프랑스 선수들, 이번에도 3명씩 짝지어서 마법진 파괴에 나섭니다! 마법진이 파괴될 때마다 다시 만들어야 하는데요, 그럴 때마다 오러가 뭉텅이로 빠져나가고 있습니다!

전 세계 관중들이 보는 경기 화면은 오러의 흐름이 특수 효과로 표현되고 있었다.

피에트로가 마법진을 만들 때마다, 그의 몸에서 대량의 오러가 나와 마법진으로 구성되는 특수 효과가 연출됐다.

즉, 피에트로의 오러 소모가 시각적으로 뚜렷하게 보여지고 있으니 한국을 응원하는 입장에서는 걱정될 수밖에 없었다.

─프랑스 대표 팀이 피에트로 선수에 대한 대비를 아주 열심히

한 것 같습니다. 물론 피에트로 선수도 가만히 있지 않고 마법진을 움직이면서 파괴되는 것을 피하고 있습니다만, 역시 혼자서 프랑스 선수들 전부를 가로막고 있으니 오러 소모가 커지고 있습니다.

─프랑스 선수들 정말 똑똑하게 치고 빠지면서 피에트로 선수의 오러를 고갈시키고 있습니다. 하지만 상황이 그렇게 대한민국에 나쁜 것은 아니죠?

─예, 그렇습니다! 어쨌거나 우리 선수들은 프랑스의 공세를 계속 막아내면서 언데드 대사제를 사냥하고 있습니다. 지금까지는 계속 치고 빠지면서 이득을 취한 프랑스입니다만, 슬슬 조급해질 때가 됐습니다. 언데드 대사제의 상태가 무척 안 좋거든요?

─서문엽 선수가 정말 열심히 두들겼습니다. 언데드 대사제를 저렇게 잘 패는 선수도 없었죠?

─하하, 그렇습니다. 만인릉의 황제도 솔로로 잡는 서문엽 선수인데요.

시간이 경과할수록 프랑스의 상황이 좋지 않았다.

교전 때마다 피에트로의 오러를 소진시켜서 스마트하게 이득을 거두는 것 같지만, 시간은 그들의 편이 아니었다.

이대로 피에트로의 오러를 전부 소진시킨 것으로 만족한다?

'안 돼. 언데드 대사제를 내주는 건 대가가 너무 커!'

나단은 다급해졌다.

사실 그는 이토록 일방적으로 궁지에 몰려본 적이 없었다.

소속 팀은 파리 뤼미에르 BC, 국가 대표는 프랑스였기 때문.

둘 다 세계 최강 팀이었기 때문에 아쉽게 패배한 적은 있어도 일방적으로 완패한 일은 없었다.

데뷔 이후로 수많은 경기를 치렀다. 불리해도 이길 수 있으니 조금만 더 힘내자고 투지를 불태워 본 적은 많다.

하지만 그렇게 경험도 풍부할 것 같은 나단도 의외로 승률이 한참 낮은 갑갑한 상황에서 싸워본 적은 없었던 것이다.

가슴이 너무 답답하고 분했다. 어떻게든 이기고 싶은데 상대는 서문엽. 자신의 힘으로 처치할 수 있는 상대가 아니어서 더욱 갑갑했다.

'언데드 대사제를 허용하게 되면 마무리는 서문엽이 차지하겠지. 서문엽이 사냥 포인트까지 대량으로 먹으면 도저히 당해내지 못해!'

언제나 에이스였기 때문에 나단은 책임감이 남달랐다.

그래서였을까. 지금 상황에서 느끼는 조급함도 남달랐다.

"결판 짓자."

"뭐?"

나단의 말에 다들 깜짝 놀랐다.

나단이 말했다.

"이대로 가면 언데드 대사제가 잡히고 말아. 마무리를 서문엽이 먹으면 어떡해?"

"어떡하긴? 팀플레이로 잡아야지."

"2세트 기억 안 나? 사냥 포인트에서 우위를 내줘서는 안 된단 말이야!"

"그래도 아슬아슬한 상황까지는 계속 이대로 치고 빠지자. 피에트로 아넬라의 힘을 계속 빼놓는 게 중요해."

"지금도 아슬아슬해. 차라리 언데드 대사제와 싸우고 있는 지금이 서문엽을 처치할 찬스일지도 몰라."

자신의 힘으로 처치할 수 없는 선수, 서문엽.

그런 상대를 지금껏 만나본 적이 없었던 나단으로서는 언데드 대사제와 함께 서문엽을 공격하는 구도를 놓치기 싫었다.

나단이 강력하게 주장하자 다른 선수들도 따르기로 했다.

프랑스 대표 팀에서 나단은 메인 오더가 아닌 서브 오더였지만, 절대적인 에이스이다 보니 강력히 주장할 때는 누구든 따를 수밖에 없었다.

나단의 주장에 의해 프랑스는 치고 빠지기가 아니라 한 타 싸움을 치르기로 했다. 언데드 대사제가 건재할 때 승부를 치른다는 판단.

계속 기회를 엿보다가, 언데드 대사제가 골렘을 소환해 한국 선수들을 공격하는 상황을 포착했다.

"지금이다!"

맷집 좋고 센 골렘이 활개 치는 지금이야말로 싸움을 걸 절호의 찬스였다.

"첫 타깃은 채우현!"

프랑스는 채우현을 가장 먼저 처치하기로 했다.

채우현은 골렘들에게 '둔화'를 걸었기 때문에 본인도 움직이지 못하는 상황.

채우현이 데스되면 '둔화'에 걸려 있던 골렘들이 다시 팔팔해지기 때문에 가장 먼저 처치하기로 한 것이다.

프랑스가 공격을 펼치자 어느 때와 마찬가지로 피에트로가 마법진으로 맞섰다.

그런데 프랑스의 기세가 이전과 달랐다.

이를 눈치챈 서문엽이 지시했다.

"최혁, 신태경! 우현이 커버해!"

골렘이 생성됐을 때 공격을 개시했다면, 골렘들을 둔화시키고 있는 채우현을 먼저 보호해야 했다.

2세트의 경험을 통해 프랑스의 생각을 바로 간파한 서문엽이었다. 최혁과 신태경이 채우현을 보호하고, 피에트로의 마법진도 프랑스의 공세가 집중되고 있는 쪽에 모여들었다.

첫 타깃인 채우현이 완벽하게 보호되자 프랑스의 공세도 주춤하는가 싶었다.

하지만 그때, 나단이 루이 코시엘을 이끌고 방향을 꺾었다.

한국의 모든 디펜스가 한곳에 집중된 상황. 그 틈을 노려서 두 사람은 허를 찔렀다.

바로 피에트로였다.

파앗!

나단은 분신을 펼쳤다. 쌍도법을 펼치며 앞장서서 길을 열었다.

한국의 탱커 4인이 모두 바쁘기 때문에 나단을 막을 사람이 없었다.

"이거나 먹어!"

심영수가 속박을 펼쳤다.

오러로 이루어진 로프가 날아들었지만.

슈카, 슈카!

오러를 머금은 쌍도가 휘둘러지자 삽시간에 산산조각 나 흩어져 버렸다.

백하연이 골렘들과 싸우던 와중에 채찍을 뻗어 공격했지만, 역시나 피해 버린 나단이었다.

그렇게 나단이 맹렬하게 돌파했고, 그 뒤를 루이 코시엘이 바짝 쫓았다.

피에트로는 두 사람이 가까이까지 접근하자 공간 이동을 써서 달아나야 했다.

파앗!

좀 더 으슥한 곳에 도착한 피에트로.

그러나 나단과 루이 코시엘은 닭 쫓던 개가 됐다고 실망하지 않았다. 애초에 목표는 공간 이동을 소모시키는 것이었으니까.

"가자."

"응."

두 사람은 함께 한국 진영 깊숙이 파고들었다.

그야말로 마음대로 적진을 헤집고 다녔다.

탱커들은 모두 바쁘고, 골렘들도 날뛰고 있어서 나단을 막을 자가 없었다. 그나마 백하연이 안간힘을 쓰며 견제할 뿐이었다.

그런 노력에도, 나단은 삽시간에 심영수를 궁지에 몰았다.

심영수는 다급히 '속박'을 다시 펼쳤지만, 두 나단 중 어느 쪽
도 묶지 못했다.

촤착!

―나단 베르나흐, 1킬.

3세트 최초로 피를 맛본 것은 나단이었다.

나단은 타오르는 눈으로 서문엽을 바라보았다.

서문엽은 아직도 언데드 대사제와 육탄전을 벌이고 있었다.

나단과 루이 코시엘이 함께 달렸다.

분신의 나단. 자폭의 루이 코시엘. 그리고 언데드 대사제까지.

누가 봐도 서문엽의 위기였다.

그런데 그때였다. 놀라운 슈퍼 플레이가 펼쳐졌다.

쿵!

"으헉!"

나단과 함께 달리던 루이 코시엘이 뭔가에 발에 걸려 엎어지
고 말았다.

발에 걸린 장애물의 정체는 바로 조승호.

피에트로에게 오러를 거의 다 빨린 조승호는 남은 여력으로
서문엽의 주위에서 납작 웅크린 채 투명화를 쓰고 있었다. 바
로 지금 같은 상황을 위해서.

"아오, 나단을 노렸는데!"

투덜거리며 조승호는 쓰러진 루이 코시엘을 덮쳤다. 끌어안고

뒤엉켜 일어나지 못하게 했다. 그 틈을 놓칠 서문엽이 아니었다.

슉— 콰직!

—서문엽, 1킬.
—조승호, 데스.

창은 조승호와 루이 코시엘을 한꺼번에 꿰어버렸다. 마지막까지 소모품 취급을 당한 조승호였지만, 슈퍼 플레이로 경기를 지켜보는 전 국민에게 인상을 남기는 성과를 거뒀다.

서문엽은 새 창을 꺼내며 나단에게 턱짓했다. 너도 덤비라고.

이를 악문 두 나단이 덤벼들었다.

언데드 대사제와 두 나단이 3 대 1로 서문엽을 몰아붙였다.

*   *   *

언데드 대사제의 정신은 온통 서문엽에게만 쏠린 상황.

가장 위협이 된 적이 서문엽이었기 때문에 나단에게는 신경 쓰지도 않았다.

나단이 원하던 바도 이 점이었다.

서문엽이 워낙에 언데드 대사제를 몰아붙였기 때문에 모든 어그로를 다 가져가서 2 대 1 상황을 만들 수 있었던 것.

거기에 나단도 분신으로 좌우에서 덮치니 도합 세 방향에서 서문엽이 공격받는 형국이었다.

서문엽은 당황하지 않고 나단을 맞이했다.

적당히 창을 쓰며 왼쪽에 있는 나단을 견제.

오른쪽의 나단이 휘두르는 쌍도는 방패로 막아냈다.

이어서 언데드 대사제가 철탑 같은 거대한 금속 지팡이를 휘두를 때.

팟!

재빨리 무릎 꿇고 고개를 숙였다.

부우우웅!

지팡이가 맹렬한 파공음을 뿜으며 머리 위를 스쳐 지나갔다. 바로 앞에 있던 오른쪽의 나단까지 같이 덮쳤다.

오른쪽의 나단은 재빨리 뒤로 몸을 날려 후퇴. 그 정도 공격에 당할 나단의 순발력이 아니었다.

그 틈에 무릎을 꿇고 있던 서문엽은 땅을 힘껏 박차고 왼쪽의 나단에게 달려들었다.

민첩성 111/112.

온몸이 화살처럼 쏘아지면서 창을 내질렀다.

너무 빨라 피할 여유가 없었다. 움직일 타이밍을 못 잡을 정도로 빨랐다. 나단은 쌍도를 교차해 창을 막고 옆으로 걷어냈다.

북!

완전히 걷어내지 못하고 창이 왼쪽 어깨를 살짝 긁었다.

별반 피해는 없었지만 나단은 오싹함을 느꼈다.

'타이밍을 놓치면 큰일 나겠다.'

1세트 때 붙어보면서도 느꼈지만, 서문엽은 정말 빨랐다.

이전까지 순발력으로 세계 신기록을 보유하고 있었던 나단은 눈으로 보고 피하면 늦는 공격을 받은 일이 없었다.

그런데 서문엽은 달랐다. 낌새를 알아차리고 미리 반응하지 않으면 늦고 만다.

템포를 읽고 언제 또 공격이 오는지 예측하지 않으면 안 되었다. 오늘 나단은 여러 가지로 지금껏 느껴보지 못한 상황에 맞닥뜨린 것이다.

'그동안 나와 싸웠던 선수들이 이런 느낌이었겠구나.'

상대의 난폭한 스피드에 압도된 나단. 이전까지와는 바뀐 처지에서 생각하게 되었다.

파파팟!

서문엽의 3연속 찌르기가 터져 나왔다.

극한의 스피드를 100% 활용할 수 있는 짧고 간결한 공격이었다. 나단은 다행히도 아예 창의 사거리 밖으로 미리 벗어날 수 있었다.

그 사이에 오른쪽의 나단이 공격을 펼쳤다. 계속 공세를 받는 왼쪽의 나단을 구하기 위해서였다.

연이어 왼쪽의 나단도 다시 쌍도법을 펼치며 공격에 참가했다.

양방향에서 4자루의 도가 요란하게 휘둘러지자 서문엽은 협공에서 빠져나가기 위해 물러났다.

이때다 싶어 두 나단이 몰아세웠지만, 때마침 언데드 대사제의 지팡이 공격이 또 펼쳐졌다.

부우우우우웅!

한차례 폭풍이 지나가듯, 지팡이가 횡으로 휘둘러져 흙먼지를 일으켰다.

과감하게 지팡이가 휘둘러지는 궤적 안으로 들어가 피한 서문엽은 그대로 거대한 무릎뼈를 방패로 후려쳤다.

콰앙!

크어어!

격노한 언데드 대사제는 지팡이를 양손으로 잡고 위에서 아래로 마구 찍었다.

쿵! 쿵! 쿵쿵!

서문엽은 좌우로 움직이며 모조리 피해냈다.

그러면서 창을 던지는 그립으로 전환한 뒤 바로 투창!

쾅!

창이 언데드 대사제의 얼굴에 맞고 튕겨 나갔다.

언데드 대사제의 무릎을 밟고 뛰어오른 서문엽이 튕겨 나간 창을 낚아챘다. 거의 던지자마자 움직여서 해낸 일이었다.

그대로 아래로 낙하하며 이번에는 나단에게 연속 찌르기!

촤촤촤촥!

나단은 좌우로 흩어져 피한 뒤, 다시 모여들며 좌우에서 협공했다.

─언데드 대사제를 공격했다가 나단 베르나흐 선수를 공격했다가, 서문엽 선수 정말 바쁩니다!

─분명 위기 상황 같은데 전혀 위태로워 보이지 않는 서문엽

선수입니다. 정말 잘 싸워주고 있어요!

중계진의 흥분된 멘트가 쏟아진다.

서문엽과 나단, 그리고 언데드 대사제가 뒤엉킨 격전!

오늘 경기는 월드컵 결승전답게 명장면이 쏟아지고 있었다.

특히나 가장 고대했던 서문엽과 나단의 싸움이 계속 쏟아지고 있었다.

나단은 이미 1세트에서 서문엽에게 밀리는 것을 느꼈음에도 피하지 않고 2, 3세트에서도 계속 용감하게 싸웠다.

자신이 아니면 서문엽을 상대할 사람이 없다는 걸 알기에, 에이스의 숙명을 받아들인 것이다.

"크아아!"

나단이 언데드 대사제를 연상케 하는 괴성을 지르며 쌍도를 휘둘렀다.

쌍도법.

두 자루의 도를 불규칙하게 휘두르는 절기. 반복되는 패턴 없이 완전히 불규칙하게 휘둘러야 한다. 그리하면 그 누구도 쌍도의 움직임을 예측하지 못하게 된다.

촤촤촤촤촤촥!

2명의 나단이 함께 펼치는 쌍도법이 서문엽에게 큰 압박으로 다가왔다. 나단에게서 강한 기백이 느껴졌다.

'이 자식이 정말 작정을 했군.'

서문엽은 나단이 점점 성장하고 있다고 느꼈다.

비로소 자신보다 강한 상대에게 맞서는 마음가짐을 배웠다고 해야 할까.

팀의 에이스로서의 의무감과 절대로 져서는 안 된다는 조급함 등, 지금까지 복잡했던 생각들을 모두 훌훌 털어버리고 무아지경으로 싸우고 있었다.

"차아!"

격렬한 노호성이 증거였다.

저렇게 강하게 소리치며 싸우는 나단을 보지 못했던 것이다.

'그래, 그래야지.'

서문엽은 피가 끓었다.

자기보다 강한 적과 싸울 때는, 때로는 모든 생각을 다 집어치우고 에라 모르겠다 덤벼야 하는 것이다.

치열하게 맞붙었다.

쌍도와 창과 방패가 수없이 충돌하다가도, 언데드 대사제의 지팡이가 휘둘러질 때면 둘 다 흩어졌다.

하지만 이내 다시 서로 또 만나서 치열하게 공방을 주고받는다. 언데드 대사제가 서문엽을 공격하는 상황을 이용하여서 같이 호응해 협공하는 모양새를 띠는 나단.

언데드 대사제의 공격에 나단도 함께 휩쓸리도록 유도하는 서문엽.

교묘한 싸움은 나단이 언데드 대사제의 공격 패턴에 익숙해지면서 더욱 격화되었다.

두 사람은 최후의 던전에서 가장 위험한 곳, 바로 언데드 대사제의 지적에서 끊임없이 치고받았다.

그러는 동안 전체적인 전황도 치열하게 전개되고 있었다.

골렘들이 날뛰는 심장부에서 한국과 프랑스 선수들이 치열하게 붙었다.

발이 빠른 프랑스 선수들은 골렘들을 곧잘 피해 다니며 한국 선수들만 공격했다.

복잡한 난전 상황에서도 물 흐르듯 포메이션이 변하면서 계속 서로 연계하는 팀플레이가 예술적으로 작동되는 프랑스였다.

그에 비해 한국은 기동력도 조직력도 부족했다.

정석적인 상황이었다면 그동안 철저히 훈련받은 팀플레이가 이루어졌을 텐데, 난전 상황이다 보니 개개인의 역량이 드러나 버린 것.

그럼에도 양측이 팽팽하게 균형을 유지하는 것은 피에트로의 노력이었다.

마법진을 조종하면서 전황을 교묘하게 조율하고 있었던 것이다. 이는 엄청난 센스가 요구되는 것으로, 피에트로이니까 할 수 있는 일이었다.

─피에트로 아넬라, 1킬.

소환되어 있는 영령들이 마침내 프랑스 선수 하나를 데려갔다.

"저놈을 먼저 처치해야 해!"

프랑스 선수들도 뒤늦게 그 사실을 깨달았다.

우세한 싸움을 자꾸 힘들게 만들어가는 것이 피에트로의 수작임을 느낀 것이다.

일부 프랑스 선수들이 피에트로를 노리고 돌진했다.

공간 이동을 이미 사용했기 때문에 재사용 시간 3분이 필요했던 피에트로는 도망칠 수 없었다.

순간 다가오는 저 인간 놈들을 처치할 수 있는 수십 가지 방법이 머릿속에 스쳐 지나갔지만……

"이게 뭐 하는 짓인지 모르겠군."

피에트로는 나직하게 한숨을 쉬었다.

자신이 지저임을 광고하고 싶지 않다면, 지금 여기서 쓸 수 있는 것은 한 가지밖에 없었다.

팟!

마법진 하나를 만들어 방패처럼 손에 쥐었다.

프랑스 선수들의 공격을 마법진으로 받아치기 시작했다.

치열하게 맞붙는 상황에서도 피에트로는 계속 상황을 조율했다.

서문엽 쪽을 살피기도 했다.

얼른 상황을 진전시키지 않으면 안 되겠다고 생각한 피에트로는 마법진 하나를 언데드 대사제의 등 뒤에 만들었다.

파앗!

마치 후광처럼 언데드 대사제의 등 뒤에서 빛나고 있는 마법진.

하지만 그 후광은 결코 언데드 대사제에게 좋은 것이 아니었다.

콰앙!

크어어어!

마법진에서 소환된 영령들이 일제히 코앞에 있는 언데드 대사제를 두들기기 시작했다.

언데드 대사제의 움직임이 눈에 띄게 굼떠졌다.

"안 돼!"

나단이 소리쳤다.

언데드 대사제를 한국 대표 팀이 사냥하게 놔둬서는 안 된다.

경각심이 든 프랑스 측은 태도를 달리할 수밖에 없었다.

지금까지 한국 선수들을 몰아붙이고 있었는데, 그보다 더 중요한 목표가 생긴 것.

"대사제부터 처치해!"

"빼앗겨서는 안 돼!"

프랑스 선수들은 언데드 대사제를 향해 일제히 달렸다.

그때였다.

파앗!

백하연이 '순간 이동'을 펼치며 순식간에 프랑스 탱커 하나를 채찍으로 낚아챘다.

"큭!"

프랑스 탱커가 채찍에 발목이 감겨 멈칫했다.

그의 옆에는 골렘들이 2마리 있었다.

"이런 제기랄!"

다급한 나머지 허를 찔린 상황이었다.

프랑스 탱커는 두 골렘의 주먹질을 피하지 못하고 방패로 막아야 했다.

쿠웅! 쿵!

계속 두들기는 골렘의 힘을 버티기란 어려웠다.

만신창이가 된 프랑스 탱커는 달려드는 백하연의 검에 베어져 마무리되었다.

─백하연, 1킬.

순간적으로 터져 나온 센스 있는 플레이. 활약은 백하연만이 아니었다. 지금껏 가만히 골렘들에게 '둔화'를 걸고 있었던 채우현도 마침내 움직였다.

'둔화'를 해제하여 골렘들을 날뛰게 놔두었다.

동시에 프랑스 선수들 중 자신보다 오러양이 적은 선수 두 명에게 '둔화'를 걸었다.

둔화에 걸려 속도가 30% 느려진 프랑스 선수들은 순간적으로 당황할 수밖에 없었다.

그들은 30% 느려졌고, 반대로 골렘들은 30% 빨라졌다.

이런 중복 효과로 초능력의 위력을 극대화시킨 채우현이었다.

계속 가만히 동료들의 보호를 받고 있는 동안 생각해 낸 채우현의 계획된 플레이였다.

—장 로벨, 데스.

프랑스의 근접 딜러 장 로벨이 골렘의 공격을 받아 데스당했다.

한국의 대대적인 반격. 프랑스 선수들이 갑자기 다급하게 움직인 탓에 여유가 생긴 한국 선수들이 반격을 펼친 것이다.

계속 일방적으로 밀어붙이고 있었던 탓에 은연중에 한국 선수들을 얕보고 있기도 했다.

서문엽과 피에트로 아넬라 외에는 별거 아니다.

그런 인식을 갖고 있던 이들에게 한국 선수들이 본때를 보여준 셈이었다.

갑자기 프랑스 대표 팀이 흔들리기 시작하자 서문엽은 눈을 빛냈다.

서문엽의 창이 움직였다. 노리는 건 언데드 대사제의 두개골.

이를 악문 나단이 이를 방해하기 위해 뛰어든다.

하지만 그때, 서문엽은 재빨리 몸을 돌려서 나단을 공격했다.

연속 찌르기.

하지만 이것도 어느 정도 주의하고 있었던 나단은 양옆으로 흩어져 피해냈다.

그중 오른쪽의 나단을 노리고 창을 던졌다.

오른쪽의 나단은 몸을 굴려 피했다.

날아간 창은 그대로 궤적이 옆으로 휘어졌다.

콰악!

—서문엽, 2킬.

노렸던 것은 달려들고 있던 다른 프랑스 선수였다. 이에 나
단은 크게 당황했다. 갑자기 팀이 무너지고 있었던 것이다.

"서두르지 마! 진열을 정비해!"

나단이 소리치며 동료들을 진정시켰다.

하지만 승기는 이미 갑자기 한국 쪽에 기울었다.

피에트로가 상황을 급변시키자 이에 프랑스 선수들이 격하
게 반응한 결과였다.

"이제 끝낸다! 무조건 프랑스 놈들만 공격해!"

서문엽이 지시를 내렸다.

한국은 언데드 대사제와 골렘들은 놔둔 채 오직 프랑스 선수
들만 공격하기 시작했다. 결승전이 끝을 향해 달려가고 있었다.

*   *   *

갑자기 무너진 프랑스 대표 팀.

한국의 공격이 집중되자 우왕좌왕했다.

그 와중에도 나단이 분신 하나를 동료들에게 보내서 지원하
는 등 상황을 수습하려고 애썼다.

하지만 결정타는 피에트로에게서 나왔다.

파파팟!

마법진 5개를 언데드 대사제의 머리 위에 생성한 것이다.

소환된 영령들이 언데드 대사제에게 밀려들었다.

그렇지 않아도 기운이 거의 다 빠져 있었던 언데드 대사제는 영령들에게 이리 치이고 저리 치이다가 마침내 쓰러졌다.

―최후의 던전의 최종 보스, 언데드 대사제가 처치되었습니다.

막대한 사냥 포인트가 한국 선수들에게 쏟아졌다.

갑자기 한 단계씩 성장한 한국 선수들은 용기백배했다.

사기가 땅에 떨어져 버린 프랑스와 대조되는 모습이었다.

피에트로는 모든 힘을 다 쓴 듯 그것을 마지막으로 더는 활약하지 않았지만, 그가 없어도 이미 승기는 완전히 한국에게 넘어왔다.

"펼쳐! 퇴로를 다 막아!"

서문엽이 소리쳤다.

한국 선수들은 외곽으로 넓게 퍼졌다. 바깥에서 프랑스 선수들을 안으로 가둬놓은 형태였다.

프랑스 선수들은 마지막까지 포기하지 않았다.

"한 명만 처치하면 돼!"

나단이 소리치며 선두에 섰다. 프랑스 선수들이 마지막 투지를 불사르려는 듯 그 뒤를 따랐다.

그 한 명이란 말할 것도 없이 서문엽이었다.

피에트로가 기운이 다 빠져서 더는 싸움에 임하지 않는 상황이었다. 서문엽만 처치하면 한국을 이끄는 듀오가 다 사라지는 셈이었다.

물론 그게 쉽지 않았으니 프랑스가 지금 이렇게 궁지에 몰린 것이지만 말이다.

0-3 완패 직전에 몰린 나단은 눈에 뵈는 것이 없었다.

투지로 활활 불타는 눈동자가 서문엽을 맹목적으로 바라보고 있었다.

서문엽은 창과 방패를 들고 턱짓했다. 덤벼보라고.

월드컵 내내 상대 팀에게 집중적으로 노려졌지만 한 번도 싸움을 마다해 본 적이 없는 서문엽이었다.

"크아아아!"

악에 받친 나단의 두 분신체가 일시에 덤벼들었다.

카캉!

서문엽은 능숙한 방패 컨트롤로 쌍도를 연이어 차단했다.

두 나단은 서문엽을 앞두고 좌우로 흩어졌다. 뒤따르던 프랑스 선수들이 정면으로 달려들어 삽시간에 둘러싸는 움직임을 펼쳤다.

물론 포위를 당해줄 서문엽이 아니었다.

서문엽은 뒤돌아 달아나기 시작했다.

그의 무지막지한 달리기 속도나 경량화된 갑옷은 달아나는데 최적화되어 있었다.

단지 달아나기만 하는 게 아니었다.

달아나다가 점프하며 공중에서 뒤로 돌아 창을 던졌다.

증폭된 '던지기'로 투창!

쉬익!

프랑스 선수들이 창을 피하기 위해 흩어졌다.

첫 투창은 아무도 못 맞히고 빗나갔다.

하지만 그것은 시작에 불과했다.

쉬익! 쉭!

서문엽은 계속해서 달아나다가 뒤돌아 투창하는 공격을 연속으로 펼쳤다.

8자루의 창을 전부 던졌는데, 증폭시킨 '던지기'였기 때문에 던졌던 창이 되돌아오면 또 던졌다.

그렇게 끊임없이 반복했다.

나단을 비롯한 상대의 추격을 뿌리치고 달아나면서도 말이다.

―서문엽, 3킬.

―서문엽, 4킬.

무한히 창을 던지니 프랑스 선수들은 모조리 다 피하지는 못했다. 데스가 속출되면서 승부는 완전히 결판 나버렸다.

"나단을 잡아!"

한국 선수들이 바깥에서부터 포위망을 좁히며 나단을 협공했다. 계속된 분투로 지친 나단은 사방에서 달려드는 한국 선수들을 당해내지 못했다.

─백하연, 2킬.

프랑스 측에서 마지막으로 남은 나단을 킬하는 영광은 백하연이 차지했다.

경기가 종료되었다.

─나단 베르나흐 선수가 백하연 선수에게 데스당했습니다!

─대한민국 월드컵 우승!

월드컵 승자가 결정된 순간 중계진이 열광했다.

"와아아아아!!"

경기장도 환호성으로 뒤덮였다.

한국인 팬들과 한인 팬들의 환호였다.

접속 모듈에서 한국 대표 팀 선수들이 나오자 관중들은 아예 자리에서 일어나 박수를 치기 시작했다.

"진짜 월드컵 우승컵이라니……."

대표 팀의 전 주장이었던 채우현은 감격에 겨웠다. 세계 무대에서 약체 취급을 받았던 과거의 대표 팀이 떠올랐다. 그때는 이런 날이 올 줄 몰랐다.

"엽아!"

더그아웃에서 백제호가 뛰어와 서문엽에게 안겼다.

"놔라, 징그럽다."

"하하, 짜식! 고맙다! 덕분에 내가 월드컵 우승 감독도 해본다."

"월드컵 우승 명장 타이틀 얻고는 멋지게 은퇴하시겠다 이거지?"

"당연하지. 이제 감독 안 한다. 박수 칠 때 떠나야지."

꽤 오래전부터 자신이 배틀필드 지도자로서의 재능이 없음을 서문엽에게 지적받았던 백제호는 감독 생활을 더 할 마음이 전혀 없었다.

"고생은 내가 다 했는데 재미는 어째 네가 본 기분이다?"

"에이, 무슨 소리야. 명실상부한 세계 최고의 선수로 등극해 놓고. 나도 깜짝 놀랐다. 나단 베르나흐를 그렇게 압도할 줄이야."

"내가 마음먹으면 이 정도다."

서문엽은 한껏 거들먹거렸고 백제호는 껄껄 웃으며 어깨를 토닥였다.

한국 대표 팀 선수들은 저마다 끌어안고 기쁨을 만끽했다.

월드컵 우승.

대한민국이 세계 정상에 등극한 순간이었다.

빛이 있으면 명암도 있는 법.

0-3의 상상도 못 한 완패를 당한 프랑스 측은 분위기가 어두웠다.

무릎을 꿇고 우는 선수도 있었고, 그런 동료를 위로해 주는 선수도 있었다.

그리고 한 사람……

나단 베르나흐는 물에 젖은 솜처럼 축 늘어진 채 믿기 어려운 표정으로 경기장의 풍경을 바라보고 있었다.

여기저기 보이는 태극기.

기뻐하는 한국 선수들.

실망한 채 경기장을 떠나고 있는 프랑스 관객들.

혹시 악몽은 아닐까?

나단은 그런 착각이 들었다.

무척 비현실적인 풍경이 아닌가. 자신이 소속된 팀이 0-3이라는 무참한 패배를 당하다니?

패배는 여러 번 겪어봤지만 이토록 이길 승산이 안 보였던 싸움은 난생처음이었다.

그리고 이는 팀의 에이스인 자신의 책임이었다.

그런 나단에게 루이 코시엘이 다가왔다.

"나단, 네 탓이 아니야."

"내 탓이 아니라고? 난 아무것도 못했어."

"넌 충분히 많은 것을 했어. 다만 그게 적에게 통하지 않았을 뿐이지."

"난 그렇게 져서는 안 되는 거였어. 내가 서문엽을 꺾었어야 했어."

"그건 불가능해, 나단. 이번 월드컵의 서문은 터무니없는 괴물이었어. 우리는 최선을 다했어. 그래도 질 수밖에 없을 정도로 한국이 강했던 거지. 아니, 정확히는 서문과 아넬라 콤비라고 해야겠지."

"루이, 난 패배가 이번이 처음이 아니야. 로이 마이어, 다니엘 만츠… 결정적인 순간에 내 앞을 가로막았던 적수는 이전에도 있었어. 하지만……."

나단은 왈칵 눈물을 쏟았다.

"이렇게 무기력해 본 적은 처음이야. 말도 안 돼. 난 정말 최선을 다했는데……."

루이 코시엘은 눈물을 흘리는 나단을 다독이며 위로해 주어야 했다.

"다음을 기약하자, 나단. 우리는 또 정상에서 서문과 붙게될 거야. 그때는 멋지게 복수를 해주자고. 그러면 오늘의 패배는 그날의 승리를 꾸며주는 재료에 불과하게 되니까."

나단은 말없이 고개를 끄덕였다.

정상에서 서문엽과 또 붙게 된다.

바로 월드 챔피언스 리그 말이다.

서문엽과 피에트로 콤비를 어떻게 막아야 하는지는 월드 챔스에 진출한 모든 클럽의 숙제가 되었다.

나단과 루이 코시엘도 월드 챔스에서 다시 붙는 날을 대비하기로 했다.

*   *   *

월드컵이 폐막할 때까지 한국은 우승의 여파로 여전히 떠들썩했다.

우승컵을 들어 올리고 있는 서문엽과 한국 대표 팀의 우승 세리머니는 질리지도 않고 계속 반복해서 미디어에 방영되고 있었다.

월드컵 우승과 더불어 서문엽은 MVP, 최다 킬을 기록하며 한국 배틀필드에 새 역사를 썼다.

서문엽의 월드컵 플레이 모음은 세계에서 가장 인기 있는 영상이었다.

대표 팀이 귀국했을 때 인천공항은 월드컵 승리에 취한 국민들로 인산인해를 이루었다.

공항에서부터 광화문까지 대표 팀은 개선 행진을 했다. 가는 길마다 거리에 나온 국민들이 환호와 박수를 보내는 진풍경이 벌어졌다.

개선 행진의 백미는 서문엽이 광화문에 세워진 자신의 동상 앞에서 월드컵 우승컵을 들어 보이는 순간이었다.

세종대왕, 이순신 장군과 함께 광화문에 자신의 동상을 장식했던 서문엽은 또다시 위업을 달성해 한국을 감동의 물결에 빠뜨렸다.

세계를 구한 서문엽이 이번에는 추락했던 한국 초인의 위상을 다시 회복시켰다고 말이다.

그런 서문엽에 대한 기자들의 취재 열기는 무척 뜨거웠다.

물론 다른 대표 팀 선수들도 관심의 대상이었지만, 아무래도 초점은 서문엽에게 쏠릴 수밖에 없었다. 모두가 다 같이 잘한 덕이 아니라, 서문엽이 잘해서 달성한 우승이었기 때문이다.

"서문엽 선수, 월드컵 우승 소감 한 말씀 부탁드립니다."

"기쁩니다."

"우승을 예상했습니까?"

"예, 목표는 우승이라고 전에도 말했으니까요."

"우리나라가 월드컵 우승이라는 위대한 업적을 달성한 비결이 무엇이라고 생각하십니까?"

"제 활약 덕분입니다."

서문엽은 자만심을 숨기지 않았다.

좌중에 웃음이 터져 나왔다. 오만하지만 부정할 수 없는 말이기도 했다.

"한국 배틀필드의 국제 대회 경쟁력을 제고하기 위한 협회의 노력이 성과를 거두었다고 봐도 되겠습니까?"

"아뇨, 그냥 제가 아주 센 덕에 우승한 것일 뿐 아직 갈 길이 멉니다. 뭐, 미약하게나마 협회의 노력도 보탬이 되긴 했습니다."

"올해의 선수상을 수상하실 것을 확신하십니까?"

"그 상을 누구에게 줄지 결정하는 사람이 제가 아니므로 잘 모르겠습니다. 하지만 전에도 말했듯, 제 기준상 제가 최고입니다."

"나단 베르나흐 선수와의 맞대결은 어땠습니까?"

"제법이긴 한데 제 적수는 아니었습니다. 선물을 다 뜯어보아서 더 이상 설렘이 남아 있지 않은 기분입니다."

기자들이 질문을 할 때마다 서문엽은 거침없이 대답해 주었다. 지치지도 않는지 질문이 계속 쏟아졌지만, 열심히 답해준 서문엽은 이내 기자회견을 마치고 일어났다.

"자, 이제 더 궁금한 게 없겠지? 당분간은 조용히 쉴 생각이니까 이제 그만들 쫓아오쇼."

그 직후 오토바이를 타고 떠난 서문엽은 월드컵 종료 후의 휴가를 즐기기 위해 잠적했다.

그밖에도 기자들의 관심은 백제호, 피에트로 등에게 이어졌다.

피에트로는 공간 이동을 펼쳐서 사라진 탓에 어떤 기자도 찾을 수 없었지만, 백제호는 공식 기자회견을 통해 대표 팀 감독직을 내려놓는다고 발표했다.

대외적으로는 월드컵 우승을 이룬 명장으로 통하는 백제호였기에 대중들의 아쉬움이 상당했다.

이번 월드컵 우승에 많은 기여를 한 라이너 하임 전술 코치가 그 뒤를 이어 대표 팀의 사령탑이 되었다는 후속 발표가 이어졌다. 그로써 빠른 출세를 위해 한국행을 택했던 라이너 하임의 선택은 옳았던 셈이었다.

월드컵 우승 멤버인 선수들은 많은 해외 클럽의 관심을 받았다.

아무리 서문엽과 피에트로 콤비가 이끈 팀이라고는 하지만, 다른 선수들도 기여가 아예 없다고 할 수는 없었기 때문이다.

해외 리그로 진출하는 선수들의 소식이 잇달아 알려지면서, 바야흐로 한국 배틀필드의 전성기가 찾아온 듯했다.

그렇게 세계의 축제 월드컵은 종료되었다.

—
제2장

임박

　서문엽은 한동안 바이크를 타고 전국을 돌아다녔다.

　피에트로가 개조해 준 덕에 무음으로 폭발적인 스피드를 내는 바이크는 삽시간에 전국을 누볐다.

　전국 각지에서 헬멧 안 쓰고 명백한 속도 위반으로 질주하는 서문엽을 목격했다는 SNS가 속출했다.

　월드컵 우승의 여파가 아직도 가시지 않아, 서문엽이 전국 일주를 하고 있는 뉴스가 넘쳐흘렀다.

　또한 한국에 우승컵을 선물해 준 이탈리아에서 온 귀인, 피에트로의 과거 행적을 조사하는 특집 기사까지 나타났다.

　분개한 이탈리아 국민들이 피에트로를 비난하는 모습이나 피에트로의 어릴 적 친구들의 증언 등이 방영되어 선풍적인 인기를 끌었다. 잠적한 채 모습을 드러내지 않고 있는 피에트로의 신비주의 콘셉트 탓에 그런 식으로라도 알고 싶어 하는 팬들이었다.

다큐멘터리도 방영됐다.

제목은 서문엽의 아이들.

서문엽에게 발탁되어서 월드컵 국가 대표 선수로 성장한 선수들을 조명한 다큐멘터리였다.

덕분에 박영민은 PC방에서 양아치 짓을 하다가 서문엽에게 쥐어 터진 영상이 또다시 공개돼 잊을 만했던 양아치 별명이 다시 떠오르는 고통을 맛봤다. 갱생하여 월드컵 우승에 일조했으니 이미지는 호감이었지만 말이다.

참고로 그때 그 광경을 인터넷 방송에 내보냈던 'BJ이쁜나리'는 박영민의 초대로 YSM 클럽하우스를 소개하는 방송을 해서 시청자 10만 명을 찍는 대박을 터뜨렸다.

이후로도 BJ이쁜나리의 개인 방송에 박영민이 자주 출연했는데, 서로 친해진 두 사람을 두고 시청자들은 어서 커플이 되길 기대했다.

사귀면 별사탕 30만 개 쏜다는 어느 열혈 팬의 제안에 BJ이쁜나리는 상당히 혹했다. '우주급짱짱맨'이라는 닉네임을 가진 열혈 팬은 둘이 사귀면 별사탕 100만 개를 쏘겠다고 공언해 BJ이쁜나리를 혹하게 했다. 물론 그 닉네임의 주인은 전국 일주 중인 서문엽이었다.

한편, 이나연과 조승호도 다큐멘터리에서 조명을 받아 일약 스타덤에 올랐다.

귀여운 외모를 가진 이나연.

택배 기사였던 과거 이력이나 경기 내용이나 성격이나 어디 하나 특이하지 않은 구석이 없는 조승호.

월드컵에서 맹활약한 두 사람은 무수히 많은 광고를 찍어댔다. TV만 켜면 CF를 볼 수 있을 정도.

반면 월드컵으로 도리어 인기가 떨어진 선수도 있었다.

신태경.

한때 대한민국 최고의 재능으로 불렸던 유망주 보조 탱커였다.

'무한 체력'이라는 초능력으로 조금도 쉬지 않고 뛰어다녀 우승에 일조했지만, 대중들의 시각은 그리 곱지 않았다.

워낙 데스를 많이 당했기 때문이다.

사실 실력 미숙도 있긴 했지만 이제 갓 프로가 된 유망주 선수치고는 상당한 활약을 한 신태경이었다.

그러나 워낙 데뷔 때 받은 스포트라이트가 화려해서 '궂은일을 해준 숨은 일꾼' 정도로는 팬들의 기대치를 충족시키지 못했다.

만난 상대들이 워낙 강팀이고 그를 데스시킨 적도 하나같이 월드 클래스 선수들이었지만, 월드컵에서 한국이 승승장구하며 대중의 눈이 높아진 탓에 피해를 본 케이스였다.

하지만 그런 면에 있어서 신태경은 그다지 개의치 않아 했다. 이미 팬들의 실망은 KB-1 리그에서 데뷔하고서 쭉 받은 것이어서 새삼스럽지도 않았다.

게다가 월드 챔피언스 리그를 앞둔 YSM에 영입되었다는 것, 서문엽의 선택을 받았다는 점에서 반전의 여지가 얼마든지 있었다.

팀 전술에서는 안 돌아가는 머리가 이런 쪽에서는 회전이 빠른 신태경이었다.

대중의 시선도 두려워하지 않은 신태경을 경악케 한 것은 따로 있었다.

"차앗!"

촤촤촤!

조그마한 체구의 단발머리 여자가 레이피어를 미친 듯이 휘둘렀다.

칼날이 바람을 가르는 소리가 날카롭게 울려 퍼졌다.

상대는 사니야 아흐메토바.

서문엽이 발굴한 최고의 유망주라는 평가를 받으며, 수많은 빅 클럽의 러브콜을 받고 있는 스타 선수였다.

저 조그만 여자는 그런 사니야를 상대로 열심히 싸우고 있는 것이었다.

물론 모든 면에서 밀리는 모습이 역력했지만, 의외로 사니야도 마무리를 짓지는 못하고 싸움이 질질 끌리고 있었다.

중요한 순간마다 '위압'을 펼쳐 사니야의 민첩성과 정신력을 10씩 낮췄기 때문.

위압을 시종일관 펼치는 게 아니라, 중요할 때마다 써서 상대의 템포를 흐트러뜨리는 것.

그녀가 지금껏 얼마나 지옥 훈련을 받았는지 알 수 있었다.

그녀는 바로 신태경의 쌍둥이 누나였다.

'누나가 어떻게 저런……!'

상대는 저 사니야였다.

신수경이 어떻게 저런 강자를 상대로 저 정도까지 버티는 실력을 갖게 되었는지 의문이었다.

고작 반년 전까지만 해도 신수경은 그저 신태경의 쌍둥이 누나일 뿐 보잘것없는 선수였는데 말이다.

문득 누나가 YSM에 영입 제의를 받았을 때 했던 말을 떠올렸다.

"백하연 선수까지 들먹이면서 내가 가능성 있다고 막 그러는 거야! 아무리 칭찬을 해줘도 그렇지 세상에, 백하연 선수는 좀 아니지 않아?"

"지, 진짜였어?"

신태경은 넋을 놓고 말았다.

자신이 아는 누나는 저곳에 없었다.

서문엽이 지금껏 한 번도 경기에 내보내지 않고 꽁꽁 숨겨놓았던 YSM의 비밀 병기가 있을 뿐이었다.

—사니야, 일찍 끝내려 하지 말고 충분히 압박을 하도록.

대형 스크린으로 훈련을 지켜보던 가브리엘 감독이 마이크로 말했다.

고개를 끄덕인 사니야는 좀 더 차분하게 신수경을 몰아세웠다.

신수경의 예상 동선을 미리 차단하며 위치 선점 싸움을 걸었다.

뿐만 아니라 사니야의 장창보다 짧은 레이피어를 가진 신수경은 공격을 위해 접근해야 하니, 그때마다 오히려 더 가까이 붙어서 밀착하려 들었다. 체격과 완력이 더 강한 점을 이용해서 몸싸움을 하려 든 것이다.

갑자기 할 수 있는 게 없어진 신수경은 시종일관 물러나기만 했다.

결국 구석에 몰려서 물러날 곳이 없어진 신수경은 사니야의 일격에 당하고 말았다.

―흐엑!

비명 소리만은 자신이 알던 누나가 맞았다.

"어때, 깜짝 놀랐지?"

뒤에서 문득 낯익은 목소리가 들렸다.

깜짝 놀란 신태경이 돌아보니, 어느새 전국 일주를 마치고 돌아온 서문엽이 서 있었다.

"흐엑! 구단주님?!"

접속 모듈에서 나온 신수경이 서문엽을 보고 겁먹은 표정이 되었다. 하도 서문엽에게 강도 높은 훈련을 받다 보니 얼굴만 봐도 겁을 내는 것이었다.

"오늘은 몇 킬 몇 데스냐?"

"…0킬 20데스요."

우물쭈물하며 대답하는 신수경.

오늘 사니야와 치른 일대일 대결의 전적이었다.

신수경은 월드 챔스에 출전하는 선수들과의 싸움에 익숙해지기 위해서 수준 높은 실력을 갖춘 사니야와 매일 대결을 펼치고 있었다.

―대상: 신수경(인간)

―근력 82/85

―민첩성 91/95

―속도 82/86

―지구력 70/70

―정신력 83/87

―기술 79/86

―오러 80/80

―리더십 25/25

―전술 40/78

―초능력: 위압

처음 영입된 반년 전과는 천지 차이로 달라진 신수경.

그동안 얼마나 혹독하게 훈련받았는지 알게 해주는 능력치였다.

피지컬은 거의 다 끌어 올렸고, 문제는 기술인데 이는 계속 실전 경험을 통해 성장해야 할 부분이었다. 그래서 억지로 실전 경험을 주입시키고 있는 중이었다.

"쯧쯧, 그래 가지고 월드 챔스 나가겠어?"

"죄송해요……."

혼나는 신수경을 보며 신태경은 경악을 금치 못했다.

'저렇게 잘 싸웠는데도 혼난다고?'

신수경은 가브리엘 감독에게 방금 패배한 원인과 극복 과제를 들은 후 다시 던전에 접속해 사니야와 싸움을 벌였다.

엄청나게 담금질되고 있는 신수경을 보며 신태경은 몸을 부르르 떨었다.

'이건 말도 안 돼. 이러면 이제 내가 밀리게 되잖아!'

간신히 YSM에 교체 멤버로 들어온 신태경으로서는 주전이 거의 확실한 누나의 실력에 경각심을 느꼈다.

그 마음을 아는지 서문엽은 신태경의 어깨를 툭 치며 말했다.

"네 누나 잘 봐둬."

"알아요. 저도 누나한테 지지 않도록 열심히 훈련하겠습니다."

신태경은 이를 악물며 대답했다.

그러자…….

"뭐래? 뭘 이기고 지고야. 포지션이 겹치는 것도 아니고. 네 누나 움직임 잘 봐두라고. 탱커니까 네가 네 누나를 보호해야 할 것 아냐. 둘이 쌍둥이니까 호흡 척척 맞도록 서로를 잘 파악해야지."

"아, 네……."

대꾸하는 신태경의 목소리는 왠지 맥 빠진 상태였다.

가브리엘 감독과는 훈련이 다 끝난 뒤에야 인사를 나눌 수 있었다.

"오셨습니까, 구단주님."

"어, 신수경 잘 봤어. 부쩍 좋아졌던데?"

"구단주님의 안목이 정확했던 것뿐입니다."

"뭘, 당연한 소리를. 그보다 별일은 없었고?"

"있었습니다."

"뭔데?"

"세계 협회가 새로운 던전을 발표했습니다."

"새 던전을?"

"예, 월드 챔피언스 리그에서도 쓰일 거라고 합니다. 각국 프로 리그에서도 많이 쓸 것을 당부했습니다. 이유는 모르겠지만 세계 협회가 대단히 적극적으로 권장하고 있는 던전이라고 합니다."

여왕 일행이 새 던전을 만들어 적극적으로 도입했다는 뜻이었다.

"지금까지와는 전혀 다른 던전이라 팀 훈련을 좀 더 빨리 시작해야 하지 않나 싶습니다."

"어떤 던전인데?"

"던전 명칭은 '침공'이고, 배경은 지저 던전이 아니라 지상의 도시였습니다. 시공간 게이트가 열리고 괴물들이 쏟아지는데, 지금껏 본 적 없었던 종류의 괴물도 상당수여서 파악이 필요해 보였습니다."

그 말에 서문엽의 두 눈이 휘둥그레졌다.

'문'이 열리고 환란이 벌어질 때를 대비한 여왕의 조치가 분명했다.

"경기 방식도 기존과는 달랐습니다. 양 팀이 서로 싸우는 게 아니라, 제한 시간 내에 사냥 포인트를 더 많이 거두는 팀이 승리하는 방식입니다. 사람끼리 서로 싸우지 않으면 재미없지 않냐고 말들이 많은데, 세계 협회는 끝까지 방침을 고수할 예정인 듯합니다."

"배틀필드의 본래 취지와는 적합한 던전이네."

서문엽의 말에 가브리엘 감독은 고개를 끄덕였다.

"그건 맞습니다. 배틀필드의 기본 취지는 다시 발생할지 모르는 지저 전쟁으로부터 세계를 지킬 준비를 갖추는 것이니까요."

*   *   *

'여긴 지옥인가.'

첫 번째 상급 사제는 실낱같은 희망도 보이지 않는 세계를 헤매고 있었다.

이곳은 왕의 몸속에 구축된 일종의 영적 감옥이었다.

왕은 괴물 주제에 영령계를 흉내 낸 공간을 만들어냈다.

하지만 이곳은 태초의 빛의 지혜가 닿는 영령계와 전혀 달랐다.

그저 사로잡은 영혼을 보관하는 용도로 지어진 영적 감옥일 뿐이었다.

심지어 왕은 이것저것 실험을 해봤는지, 영적 감옥을 자유자재로 조작해 안에 가둬진 영혼들을 괴롭힐 수 있었다.

첫 번째 상급 사제는 자신의 자아가 빠르게 마모되어 가고 있음을 자각했다.

'내 기억들이 빠른 속도로 사라져 가고 있다. 괴물 놈의 짓이다. 이런 짓까지 할 수 있다니. 대체 이게 생체 조작으로 탄생한 괴물이 맞단 말인가?'

어린 시절의 기억부터 사라져 가고 있었다.

죽은 지 얼마 되지 않은 점을 감안하면, 자아가 마모되는 속도가 너무 빨랐다.

때문에 첫 번째 상급 사제는 이것이 왕이 만든 이 영적 감옥의 기능임을 눈치챌 수 있었던 것.

'자아를 마모시켜 정신을 무너뜨린 후에 내 지식을 흡수하려는 의도인가.'

첫 번째 상급 사제는 왕의 간사한 의도를 알고는 치를 떨었다.

한낱 괴물 주제에 혼자서도 이런 재주를 터득한 왕이었다. 그런 괴물에게 상급 사제였던 자신의 지식까지 전해지면 터무니없는 재앙이 일어날 터였다.

'놈이 나의 지식까지 가지면 온 세상이 송두리째 지옥이 되리라……'

첫 번째 상급 사제는 이런 결과를 낳은 스스로의 어리석음이 원망스러웠다.

'태초의 빛이시여. 저는 틀렸습니다. 저는 당신을 뵙지 못하고 소멸될 겁니다. 하지만 부디 이 세상은 당신의 지혜로서 지켜지기를. 저의 이 불행도 당신의 위대한 안배의 일부에 불과하기를 바랍니다.'

첫 번째 상급 사제는 절망의 구렁텅이에 빠진 뒤에야 강력한 정신력을 발휘했다.

영적 감옥에 영혼을 소멸시키는 기운이 일어나고 있었지만, 꿋꿋하게 버텨냈다.

길었던 일생에서 점점 많은 기억이 사라지고 있었다.

하지만 자신이 해야 할 최후의 사명만은 기억하려 했다.

─신기하군.

문득 '왕'의 목소리가 들렸다.

또 어떤 말로 현혹하려 할지 몰라 긴장한 첫 번째 상급 사제는 정신을 바짝 차렸다.

─지성체여서 그런가. 상당히 오래 버티는군. 다른 놈들이었다면 진즉 영혼이 소멸되었을 정도였는데 말이야.

─다른 놈들이라면 너 같은 괴물들 말이냐.

─그래, 괴물들. 나 같은 존재는 또 있을 수 없지만. 아무튼 지성체의 영혼을 손에 넣은 것은 이번이 처음이다.

자신이 괴물에게 영혼을 팔아넘긴 최초의 멍청이라는 사실은 썩 달갑지 않았다.

왕이 말했다.

―아무튼 이렇게 영혼이 마음대로 다뤄지지 않는 것은 처음이라 흥미가 들더군. 더 많은 지성체의 영혼을 손에 넣어서 실험해 보고 싶은데 말이야.

　왕의 말에 첫 번째 상급 사제는 분노를 느꼈다.

　왕은 자신의 호기심을 충족시키기 위해 능히 수많은 동족의 영혼을 손에 넣으려 할 터였다.

　역시나 존재 자체로 재앙인 것이다.

　―너 같은 놈을 버려진 세계에서 벗어나게 할 수는 없다.

　―그건 네가 어찌할 수 없는 일 같은데. 시간의 문제일 뿐, 결국 넌 내 뜻대로 될 테니까.

　왕은 기분이 좋은지 연신 웃음을 흘렸다.

　―내 생각엔 이 세계에서 벗어날 날이 그리 머지않은 것 같군.

＊　　　　＊　　　　＊

　수천 마리의 자식이 왕에게 죽임당한 걸 목격한 어미 괴물은 아직 낳지 않은 알을 품고 달아났다.

　왕은 어미 괴물이 어차피 오래 못 살 거라고 생각하여 방치했지만, 어미 괴물은 왕이 선택한 암컷이었다.

　강인한 생명력을 지녔으며, 하나밖에 남지 않은 새끼마저 죽게 하지 않으려고 지독한 강행군을 했다.

　쇠약해진 어미 괴물은 가는 곳마다 괴물의 표적이 되었다.

　싸우고 쫓기고.

오래전에 낳았어야 할 알을 여전히 배 속에 품은 어미 괴물은 몸이 무거웠다.

상처 입고 헤매던 어미 괴물은 끝끝내 안전한 곳을 찾아냈다.

빛 한 점 들지 않는 깊은 계곡이었다.

기이하게도 어떤 괴물도 이곳에는 접근하려 하지 않았다.

그 덕에 어미 괴물은 다른 괴물들의 추격을 따돌릴 수 있었다.

계곡에 들어선 순간 까닭 모를 공포가 엄습했다.

이곳에서 나가라고 누군가가 위협하는 듯한 기운이 감돌았다.

하지만 어미 괴물은 이 계곡에서 나가면 꼼짝없이 죽기 때문에 오히려 더 안으로 들어갔다.

어떻게 된 일인지, 공포를 이기고 안에 들어서자 더 이상 거부감이 들지 않았다.

계곡 안에는 거대한 암석을 깎아 만든 기이한 구조물이 있었다.

절대로 자연적으로 형성된 것이 아니었다.

그것은 이전에 이 세상을 지배했던 작은 생명체들이 만든 유적이지만, 어미 괴물이 그것을 알 리 없었다.

다만 어미 괴물은 유적을 살펴보다가 거대한 벽면에 새겨진 소용돌이치는 듯한 문양을 발견했다.

상처 입고 쇠약해진 어미 괴물이었다.

영양을 섭취하지 못한 지 오래되어 먹이를 찾지 못하면 이대로 죽는 일만 남았다.

그런데도 어미 괴물은 소용돌이치는 문양에서 시선을 떼지 못했다.

소용돌이 속으로 빨려 들어가는 듯한 기분이 들었다.

의미 모를 고양감에 피가 끓었다.

누군가가 머릿속에 소리치고 있었다.

―다 죽여라.

지성이 없는 어미 괴물은 머릿속에 밀려오는 누군가의 악의에 저항하지 못했다.

―다 죽이고 군림해라.

―그들은 더 이상 너희를 지배하지 못할지니.

악의적인 감정이 어미 괴물에게 주입되었다.

유적의 소용돌이치는 문양이 어미 괴물에게 계속 복수와 군림을 요구하고 있었다.

유적에 홀려 있던 어미 괴물은 비로소 깨달았다.

왕이 바로 이곳에서 탄생했음을.

왕이 왜 자신의 자식들을 죽였는지를.

복수!

무참히 죽은 자식들의 복수를 하고 싶다.

군림!

그 난폭한 왕처럼 자신 또한 지배자가 되고 싶었다.

하지만 어미 괴물은 자신이 죽어가고 있다는 것을 알고 있었다.

자신으로서는 소용돌이치는 문양이 요구하는 바를 이룰 수 없었다.

하지만 내 배 속의 자식은 할 수 있으리라.

결심 끝에 어미 괴물은 오랫동안 품었던 알을 낳았다.

이미 오래전에 태어났어야 했던 알은 세상 밖으로 나오자마자 부화를 시작했다.

빠가각!

알을 깨고 새끼가 나왔다.

어미 괴물은 새끼를 사랑스럽게 바라보았다.

사랑스러운 나의 아이.

너에게 줄 먹을 거라고는 하나밖에 없구나.

나를 먹으렴.

나를 먹고 강해져서 왕이 되어라. 네 아비의 자리를 빼앗아라.

어미 괴물이 굶주렸듯, 그 배 속에서 새끼 또한 굶주려 있었다.

영양이 부족한 새끼는 본능적으로 먹이를 요구했고, 어미 괴물은 자신의 피를 먹여주었다.

갑자기 밀려드는 풍부한 영양에 새끼는 눈이 희번덕거렸다.

새끼는 죽어가는 어미 괴물을 먹기 시작했다.

식사를 하면서 유적의 소용돌이치는 문양을 빤히 바라보았다.

소용돌이치는 문양이 새끼에게 어미 괴물과 같은 요구를 했다.

─다 죽이고 군림해라.

고양감이 솟구쳤다.

식사를 통해 어미 괴물의 모든 영양과 오러를 흡수한 새끼
는 엄청난 속도로 성장을 개시했다.

그동안 알에 갇혀 있어서 하지 못한 성장을 한꺼번에 몰아
서 한 것이다.

무럭무럭 자라는 자신의 육체와 용솟음치는 오러에 새끼는
환희했다.

본능적으로 더 강해져야 한다는 것을 느꼈다.

식사를 해야 한다.

그래야 지금처럼 강해질 수 있다.

새끼는 계곡 밖으로 나가 사냥을 시작했다.

만만한 괴물을 발견하면 해치우고 사체를 계곡에 끌고 들어왔
다. 어떤 괴물도 이 계곡에 접근하려 하지 않는다는 사실을 알고
이용하는 것이었다. 계곡은 새끼의 보금자리 역할을 해주었다.

그리고 소용돌이치는 문양을 바라보며 식사를 하면, 먹이가
생전에 갖고 있었던 힘이 자신에게 흡수된다는 것을 깨달았다.

그것은 지성이라기보다는 경험을 통한 본능이었다.

왕과 같은 지성은 얻지 못했지만, 새끼는 다른 유형으로 진
화를 해냈다. 식사를 통해 힘을 흡수하는 변종이 된 것이다.

버려진 세계는 왕에 의해 완벽하게 통치되고 있었다.

생태계의 정점에 선 최고 포식자였고, 누가 포식자이고 누가 먹이인지를 결정지었다.

버려진 세계를 살아가는 모든 괴물의 종을 파악하고 있었고, 자신을 위협할 만큼 성장하는 개체를 죽여서 잡아먹으며 까마득한 세월 동안 권력을 유지하고 있었다.

때문에 버려진 세계에서 왕처럼 오래 산 괴물은 존재하지 않았다. 긴 세월 걸쳐 성장하고 나면 왕에 의해 잡아먹혔기 때문이다.

괴물들에게 왕은 일종의 자연의 법칙처럼 받아들여질 정도였다.

하지만 언제부터였을까.

왕은 문득 버려진 세계에서 자신이 모르는 어떤 변수가 생겼음을 깨달았다.

까마득한 세월간 통치했던 노하우가 쌓여 있었기 때문에 왕은 버려진 세계의 생태를 소상하게 알고 있었다.

어떤 개체가 누구에게 잡아먹혔는지를 상세하게 알 수 있을 정도였다.

이는 자신이 모르는 사이에 강해지는 개체가 없도록 하기 위한 집요한 노력이었다.

그런데 어느 순간부터, 왕이 모르게 죽어 없어진 괴물이 속출하기 시작한 것이다.

처음에는 너무 사소해서 알지 못했지만, 점차 자신이 모르는 다른 포식자가 생겼음을 알아차렸다.

'누구냐? 내가 모르는 곳에서 성장하는 이놈은?'

왕은 경각심을 느꼈다.

얼른 찾아서 처치하려 했지만, 대체 어디에 보금자리를 튼 것인지 발견할 수 없었다.

왕은 충격이었다.

'이 세계에 내가 모르는 곳이 있다고?'

잠재적 위협을 느낀 왕은 집요하게 숨겨진 포식자를 찾아 나섰다.

도대체 어떤 괴물의 새끼 개체가 저렇게 성장해서 포식자가 될 수 있는지를 추리하던 끝에, 마침내 먼 옛날 도망쳤던 어미 괴물을 떠올렸다.

'그냥 달아난 게 아니었구나. 알을 품고 달아났던 것이야!'

자신의 자식.

한때 수천 마리의 자식을 보았지만, 하나같이 자신을 닮아 교활하고 왕을 복종 아닌 욕망의 눈길로 바라보던 놈들.

어미 괴물이 도망쳐서 그런 자식을 낳았다고 생각하니 경각심은 커져만 갔다.

'나와라! 내가 널 찾아내겠다. 이 세계에서 내 눈을 피해 살 수 있을 것 같으냐?'

그때부터 왕과 숨은 포식자 간의 보이지 않는 싸움이 시작되었다.

주도면밀하게 버려진 세계를 감시하면서 왕은 충격적인 사실을 깨달았다.

'놈이 점점 훨씬 강력한 개체를 사냥하고 있다!'

적의 성장 속도가 너무 빨랐던 것이다.

작은 괴물만 사냥해 잡아먹던 녀석이 어느새 보다 큰 사냥감에 도전하는 것.

왕은 놈이 사냥하고 떠난 흔적을 찾아가 조사했다.

싸움의 흔적에서도 이전까지 본 적 없었던 사실을 유추할 수 있었다.

'놈에게 이전까지 없었던 신체적 특성이 생겨나고 있다.'

권력을 유지하는 데 힘써왔던 왕은 자신의 적수를 분석하고 유추하는 데 놀라운 추리력을 발휘하고 있었다.

왕이 분석한 결과, 놈은 다른 개체를 잡아먹으면 사냥감이 지니고 있던 장점을 흡수하는 게 가능했다.

이런 놈을 그냥 내버려 두었다가는……

'나마저 잡아먹혀 버린다!'

왕은 오랜만에 공포를 느꼈다.

이런 공포심은 나약했던 어릴 때 느꼈고, 문이 열리고 외부 세계에서 만났던 무시무시한 지성체에게 패배했을 때 느껴보았다.

그 이후로는 지금이 처음이었다.

사냥하고 포식할 때마다 비정상적으로 강해지는 이 숨은 포식자는 자신의 대적(大敵)이 될 것이라고 직감했다.

'사냥을 하게 둬서는 안 된다!'

왕은 괴물들을 모두 자신의 영향권 안으로 이주시켰다.

누군가가 사냥당하면 재빨리 달려가 확인할 수 있도록 말이다.

그 정책은 효과가 있었다.

사냥할 때마다 왕에게 발각될 위험을 감수해야 하니, 놈도 활동이 위축된 것이다.

하지만 시간은 놈의 것이었다.

왕은 노쇠화가 진행되고 있었고, 놈은 시간이 흐를수록 장성했다.

왕이 영령계에 정신 팔린 동안, 대적은 다시 활동을 개시했다.

몇 번 사냥에 성공해 강해지고 나니, 이제는 자신감이 생겼는지 점점 과감해졌다.

자신이 방심했음을 깨달은 왕은 다시 감시를 강화했지만, 대적은 이제 자신감이 생겼는지 한층 과감해졌다.

대적이 사냥하고 떠난 흔적을 관찰할 때마다 왕은 두려움을 느꼈다. 이제는 자신이 싸워도 쉽게 이기지 못할 정도로 대적이 성장했음을 느낀 것이다.

육체적으로는 이미 왕 자신을 넘어섰다.

물론 왕은 오러를 활용한 다양한 기술을 터득한 터라 이길 수는 있겠지만, 큰 부상을 각오해야 했다.

부상은 위험했다.

자신이 부상을 입고 약해지면, 다른 괴물 놈들이 그 틈을 놓치지 않고 도전해 올 테니까.

쉽사리 싸움을 벌일 수 없다는 걸 깨달은 왕은 대적을 방치할 수밖에 없었다.

놈은 점점 과감하게 사냥하고 나날이 더 강해졌다.

왕은 이제 해결책을 버려진 세계가 아닌 다른 외부 세계에서 찾기로 했다.

그리하여 현재.

'생각보다 저항이 질기군. 어리석은 지성체 주제에.'

왕은 체내에 영적 감옥을 만들어 첫 번째 상급 사제의 영혼을 가두고 있었다.

첫 번째 상급 사제의 영혼은 영적 감옥에서 고통받으며 점점 약해지고 있었다.

차츰 자아를 잃어가고 있는데, 그럼에도 여전히 왕에 대한 저항심이 사라지지 않았다.

'이러다가 이 녀석이 내게 아무 지식도 안 넘기고 소멸되면 안 되는데!'

첫 번째 상급 사제는 절망에 차 있었지만, 조바심이 나기는 왕도 마찬가지였다.

'계속 시도해 보자. 한 번 속인 놈을 또 속이는 건 쉬운 일이니까.'

왕은 다양한 방식으로 놈에게 거짓말을 가했다.

태초의 빛을 흉내 내는 일도 계속했고, 이미 지식이 자신에게 흘러 들어오고 있다며 거짓말도 했다.

그런 흉계 탓에 첫 번째 상급 사제는 자신이 왕에게 굴복되어가고 있다며 절망했다.

스스로에 대한 의심이 들자 쇠약해지는 것은 한순간이었다.

'됐다!'

첫 번째 상급 사제가 지니고 있던 지식들이 조금씩 왕에게 흘러 들어오기 시작했다.

저항이 집요한 탓에 넘어온 지식은 완벽하지 않고 단편적으로 조각나 있었다.

하지만 그것으로도 충분했다.

작은 조각만 봐도 왕은 까마득한 세월을 살며 축적해 온 경험을 토대로 커다란 퍼즐을 유추해 나갔으니까.

흥미를 끈 지식은 바로 언데드였다.

왕은 가장 먼저 불사를 이루는 방법을 알고 싶었던 것이다.

하지만…….

'언데드는 죽지 않는 게 아니라 이미 죽은 채로 존재할 뿐이었군.'

건너온 지식에는 만인릉 황제에 대한 정보도 있었다.

영원히 통치하려던 만인릉 황제는 스스로 언데드가 되었지만, 결국 인간에 의해 토벌된 모양이었다.

'그 강대한 자가 겨우 인간에게 토벌되다니. 살아생전의 힘이 보존되지 않았기 때문이다.'

결국 불사에 대한 생각은 포기할 수밖에 없었다.

하지만 좋은 정보였다.

옛날 자신을 초죽음으로 만들었던 황제가 이제는 죽고 없다는 뜻이었으니까.

'흐흐, 그렇다면 더는 두려울 게 없지.'

이제 적수는 버려진 세계 어딘가에 숨어 있는 대적 한 놈뿐
이었다.

아무튼 왕은 오랜만에 활기를 되찾았다.

물꼬가 트인 것처럼 새로운 지식이 계속 넘어오고 있었다.

왕의 호기심도 샘솟아서 단편적인 지식을 통해 여러 가지 새
로운 지식을 창출하고 있었다.

           *   *   *

월드컵으로 인한 휴식기가 끝나고, 모든 배틀필드 클럽들이
새로운 던전 '침공'에 대한 훈련에 돌입했다.

세계 협회는 '침공'을 발표하며 오는 월드 챔피언스 리그에 도
입하겠다고 했으며, 또한 전 세계 프로리그에도 높은 비중으로
운영하도록 권유했다.

각국의 프로리그는 흥행에 따라 도입할 던전을 자유롭게 선
택할 권리가 있었지만, 절대적인 권위를 가진 세계 협회의 뜻을
거스르고 싶지 않았기 때문에 순순히 따랐다.

새 던전에 대한 평은 엇갈렸다.

제2의 지저 전쟁으로부터 인류를 지키기 위해 대비한다는
취지에는 걸맞지만 흥미는 떨어진다.

신종 괴물들이 많이 출현하는 부분은 흥미롭지만, 솔직히 인간끼리 싸우는 것보다 재미없다.

그동안 너무 검투 노예처럼 서로 싸웠다. 사냥 포인트 경쟁을 하는 이 방식이 그리 싫지는 않다.

전 세계 클럽들이 모두 대인전 위주로 선수를 편성하고 있었는데 너무 갑작스럽다.

새 던전 도입을 강권한 것은 사실상 세계 협회의 갑질 아닌가.

배틀필드의 취지를 중시하는 쪽은 호평을 했지만 그 수는 적었고, 흥행을 중시하는 대부분의 배틀필드 관계자는 불만을 토로했다. 하지만 세계 협회의 뜻을 따르지 않을 수 없었다.

아직도 배틀필드 시스템은 불가사의해서 현존하는 기술력으로는 흉내조차 낼 수 없었기 때문이다.

세계 협회 내에서도 그 정체가 베일에 싸인 세계 협회장 외에는 누구도 배틀필드 시스템에 대해 모른다고 했다.

세계 협회장이 지저인 아니냐는 신빙성 있는 추측이 있었지만, 아무도 그것을 파고들 엄두를 내지 못했다. 세계 협회장 없이는 배틀필드가 성립되지 않기 때문에 풍파를 일으키지 못한 것.

어찌 되었건 새 던전 '침공'은 YSM에서도 팀 훈련을 진행하였다.

"라훌라, 광역!"

YSM의 메인 오더인 개리 윌리엄스가 소리쳤다.

그러자 라훌라 조하르가 수십 자루의 수리검을 공중에 흩뿌렸다.

좌좌좌좌좌좌!

"키룩!"

"키루룩!"

거대한 메뚜기를 닮은 곤충형 괴물 떼가 수리검에 일제히 얻어맞았다.

몸뚱이에 수리검이 잔뜩 꽂혔지만 위력 자체는 낮은 공격이었기에 격추된 괴물은 없었다.

하지만 수리검에는 칸 아르얀의 맹독이 발라져 있었다. 독이 퍼진 탓인지 거대 메뚜기 괴물 떼의 움직임이 둔해졌다.

월드컵에서 인도 대표 팀의 16강을 이끌었던 라훌라 조하르가 YSM에 영입되면서 칸 아르얀과 다시 한번 콤비 플레이를 하게 된 것이다.

라훌라의 수리검 이후, 나머지 YSM 선수들이 일제히 돌격했다.

"팀플레이! 그냥 막 공격하면 안 돼! 확실히 처치할 수 있을 것 같지 않으면 동료와 협력해!"

개리는 본인도 화살을 쏴 동료들을 지원하며 지휘를 했다.

YSM의 부주장이자 메인 오더인 개리는 해외 명문 클럽에서 활약한 경험이 많기 때문에 아직 미숙한 YSM 선수들의 팀워크를 잘 조정해 주었다.

YSM은 나날이 호흡이 척척 맞았다.

개리 윌리엄스가 동료들과 함께 싸우며 지휘를 하고, 전투 현장에서 조금 떨어진 곳에서는 숨어 있던 조승호가 서브 오더로 보조해 주었다.

"못 버텨요. 물러나서 다시 자리 잡고 싸워요."

멀찍이서 상황을 객관적으로 보고 있었던 조승호가 판단을 내렸다.

전술 88/90의 조승호는 이미 판단력이 이름난 감독 수준이었다.

메인 오더인 개리도 조승호가 승산을 판가름하자 이의 없이 따랐다.

"후퇴! 2지점까지 물러나!"

한창 싸움에 열이 올라 있던 참이라 냉정하게 물러나는 것은 힘든 일이었다.

하지만 개리의 지시에 모두가 미련 없이 따랐다.

조승호의 판단이 옳았다.

거대 메뚜기 떼 뒤에는 머리가 2개 달린 코브라처럼 생긴 괴물이 다가오고 있었던 것이다.

'쌍두샤'라 명명된 괴물이었다.

"메뚜기 다음은 코브라냐. 뭐 이렇게 신종 괴물이 많아!"

심영수가 투덜거렸다.

"이상한데, 세계 협회는 원래 실제로 존재했던 괴물만 구현하는 방침 아니었나?"

박영민도 불만스럽기는 마찬가지였다.

지금까지 세계 협회는 던전에 출몰하는 괴물은 항상 실제로 존재했던 것만 구현했다. 그런데 이번에는 그 룰을 깨고 희한한 괴물을 마구 창작한 것이다.

창작한 괴물이니 당연히 알려진 정보도 없었고, YSM을 포함한 모든 팀들이 신종 괴물 분석에 여념이 없었다.

후퇴한 일행은 2지점에서 다시 괴물들과 싸웠다.

하지만 아직 약점이 파악되지 않은 괴물들과 싸우는 일은 평소의 사냥과는 차원이 달랐다.

결국 선수들은 전멸하여서 접속 모듈에서 나왔다.

"후, 미치겠네. 세계 협회 개새끼들."

심영수는 접속 모듈에서 나와서도 불만을 감추지 않았다.

"배틀필드가 장난이야? 터무니없는 괴물을 만들어서 사람 괴롭히고 있어."

"배경이 도시인 것도 기분이 안 좋아요……."

정신적으로 지친 이나연이 울상을 지으며 토로했다.

그도 그랬다.

괴물들이 건물들을 무참히 무너뜨리고 짓밟을 때마다 섬뜩했다. 현실이었으면 그 안에 있던 사람들이 다 죽는다는 뜻이니 기분이 찜찜한 것이었다.

훈련을 지켜본 가브리엘 감독은 함께 지켜봤던 서문엽에게 말했다.

"구단주님, 역시 두 분이 없으면 쌍두사 구간이 한계입니다. 좀처럼 더 진전이 없군요."

그랬다.

팀 훈련은 서문엽과 피에트로 없이 나머지 멤버들로만 진행하고 있었다.

두 사람은 따로 싸우고, 나머지 멤버들이 팀워크로 괴물 떼의 공습을 버틴다는 전술이었다.

서문엽이 강하게 밀고 있는 전술인데, 가브리엘 감독은 부정적이었다.

"쌍두사는 약점이 딱히 안 보여. 페이스를 더 올려서 아크리다 떼를 먼저 처리한 다음에 다 같이 협공해서 처치해야 해."

'아크리다'는 메뚜기를 뜻하는 그리스어로 바로 쌍두사 전에 출몰한 거대 메뚜기 같은 괴물들을 뜻했다.

"페이스를 더 올릴 수 있을지 모르겠군요. 가능하다 해도 다들 지칠 겁니다."

"그래도 해내야 해. 쌍두사까지는 나나 피에트로의 도움 없이 어떻게 해봐."

가브리엘 감독은 부정적인 입장이었지만, 서문엽의 표정이 너무 심각해 보여서 더는 반론을 하지 않았다.

보이는 그대로, 서문엽은 무척 심각했다.

'이 정도밖에 못 버티면 안 되는데.'

당연하지만 새 던전 '침공'은 언젠가 벌어질 수 있는 실제 상황을 염두에 둔 일종의 모의 훈련이었다.

세계 협회에서 창작한 줄 아는 괴물들도 실제로는 여왕 일행이 피에트로와 함께 작업해서 구현해 낸 고대종 괴물들이었다.

창작이 아니라 실제로 저런 괴물들이 존재하는 것이다.

물론 고대종 괴물이라 해도 버려진 세계와는 연대가 다르기 때문에 100% 일치한다는 보장은 없다.

하지만 버려진 세계에서 침공해 올 괴물들은 침공에서 구현된 고대종보다 더 강하면 강했지 약하지는 않을 터였다.

'나와 피에트로는 왕을 처치해야 해. 우리 없이도 어느 정도는 싸울 수 있어야 한다고. 근데 지금 꼴을 보니 이건……'

생각보다 훨씬 심각했다.

여왕이 배틀필드를 보급한 덕에 인류도 어느 정도 준비가 되어 있는 줄 알았다. 지역마다 배틀필드 클럽이 존재하니, 각자 자기 연고지를 지킬 수 있다고 생각했다.

그런데 막상 '침공'을 통해 나타난 결과는 심각했다. 결국 괴물들에 의해 도시가 모두 파괴될 것 같았다.

훈련이 끝나고, 서문엽은 피에트로를 만나 따로 상의를 했다.

"야, 다른 방법 없어? 지상에서 놈들과 싸우면 인류는 다 멸망하겠다."

"전 지역이 공격받는 건 아닐 것이다. 공격받는 지역으로 다른 초인들이 도우면 지금보다는 낫겠지."

"지역마다 모두 배틀필드 클럽이 존재하는 건 아니잖아. 또 모든 클럽이 다 실력이 좋은 것도 아니고."

당연하지만 YSM은 서문엽과 피에트로를 제외해도 상당히 강력한 클럽이었다.

2부 리그나 아마추어 리그에서 활동하는 약소 클럽의 선수들은 괴물 떼의 침공을 받으면 곧바로 전멸할 터였다.

"상당한 재산 피해는 각오해야겠지. 하지만 어쨌거나 살아남으면 되는 것 아닌가."

"그건 네 생각이고!"

"그 정도면 됐지 무엇을 더 바라나? 우리는 성역을 잃고 몰락했다. 살아남은 몇몇 유민들만 여왕이 마련한 거처에서 생존해 있을 뿐이지."

"……."

피에트로의 지적에 서문엽은 침묵했다. 자신이 지저 문명의 멸망에 크게 일조한 장본인이었기 때문. 물론 정당방위였으니 죄책감 같은 건 없었지만 말이다.

인류도 지저인처럼 될 수 있다니 속이 답답했다.

자신이 정의를 위해 노력하는 사람이라고는 한 번도 생각해 본 적 없는 서문엽이지만, 전쟁으로 인해 수많은 아이들이 부모를 잃고 자신처럼 불행하게 사는 것은 싫었다.

피에트로는 그런 서문엽을 가만히 지켜보다가, 입을 열었다.

"확신할 수는 없어서 아직 말은 안 꺼냈지만, 다른 방법이 없는 것은 아니다."

"뭔데?"

서문엽이 반색했다.

"그동안 배틀필드를 해보면서 나 또한 알게 된 것이 있다. 도움이 될 만한 인간이 없다는 것이다."

"……."

대다수의 초인들을 무시해 버리는 피에트로의 발언이었다.

"하지만 그건 살아남은 지저인들도 마찬가지지. 결국 너와 나 둘이서 해결할 수 있다면 그것이 최선이라고 생각이 들었다."

"그야 당연하지. 근데 우리 둘이서 괴물 군단을 다 맞아 싸울 수는 없잖아?"

"우리가 왕을 처치하면 된다."

"왕이 혼자 오겠냐?"

서문엽의 물음에 피에트로는 고개를 저었다.

"그럴 리가. 다른 괴물들을 앞세워서 안전한지를 항시 체크하겠지."

왕은 강력한데 자만하지도 않았다.

어쩌면 자신의 강함에 심취했다가, 만인릉 황제에게 죽을 뻔하고서 신중해야 한다는 교훈을 배웠는지도 모른다.

"그럼? 둘이서 암살이라도 하자고?"

"아니. 많은 괴물을 동원할 수 없는 장소에서 싸워야지."

피에트로의 말이 이어졌다.

"왕이 첫 번째의 지식을 흡수하는 데 성공해서 공간 이동에 성공한다 해도, 처음부터 지상에 나타나지는 않을 것이다. 지상의 좌표도 모를 테고, 일단은 첫 번째에게서 빼앗은 기억 속에 있는 장소로 공간 이동을 시도하겠지."

"거기가 어딘데?"

"모른다. 말했던 대로 확신할 수 없다. 첫 번째의 기억 속에 있는 장소가 한둘은 아닐 테니까. 하지만 가능성이 높다고 생각되는 장소는 있다."

"어디?"

"첫 번째가 죽은 장소. 초대 황릉이다. 자신이 죽은 장소이니 첫 번째의 기억 속에 깊이 각인되었을 것이다. 왕이 그 기억을 흡수했다면, 마땅히 그곳으로 먼저 공간 이동을 시도해 오겠지."

"거기에 나타났을 때 둘이서 처치하자?"

"그렇다. 좁은 곳은 아니지만 많은 괴물을 동원할 정도로 드넓은 곳도 아니니까. 그리고 그곳이라면 나도 싸움에 앞서 여러 가지 준비를 할 수 있고."

서문엽도 피에트로의 의견에 마음이 가울었다.

일단 지상에서 싸우는 것보다는 훨씬 속 편했다.

장소도 한정적이니 철저히 준비를 갖추고서 맞서는 게 가능하기도 했다.

문제는 왕이 정말로 그곳으로 공간 이동을 해올 것이냐지만.

"가능성은 있겠네. 한번 해보자."

"최악의 경우는 지상에서 왕이 이끄는 괴물 군단을 맞아야 한다는 것을 잊지 마라. 말했지만 확신할 수가 없는 문제다."

"알았어. 그래도 할 수 있는 것은 다 해봐야지."

*   *   *

무지막지한 난이도의 새 던전 출시로 전 세계 배틀필드 클럽들이 진땀을 흘리고 있을 때, 서문엽도 비밀 훈련에 박차를 가하고 있었다.

서문엽과 피에트로가 함께 맞서는 상대는 신화적인 크기를 자랑하는 거대 뱀. 머리를 치켜세우면 하늘에 닿고 똬리를 튼 몸은 산과 같았다. 많은 선수들이 침공의 고대종 괴물들로 고생하지만, 이 두 사람의 상대는 차원이 달랐다.

크아아!

거대 뱀이 거칠게 포효했다.

상당한 분노를 표출하고 있었다.

예전의 거대 뱀의 분노가 귀찮게 하는 파리를 대하는 것이었다면, 지금은 조금의 여유도 보이지 않았다.

그만큼 서문엽이 매섭게 몰아붙이고 있었던 것이다.

서문엽은 순간순간마다 고도의 테크닉을 여러 번 구사해야 했다.

분석안을 증폭, 거대 뱀이 어떻게 움직일지 미리 파악한다.

그 직후 민첩성을 증폭시키며 회피를 한다.

그뿐만이 아니었다. 한 번에 한 가지만 해서는 살아남을 수 없었다.

서문엽은 동시에 상형 언어의 기법으로 거대 뱀에게 시각적 이미지를 전달했다.

쿠우우웅!!!

거대 뱀의 몸뚱이가 땅에 떨어치며 지진을 일으켰다.

거대한 몸집에서 나오는 질량은 그 자체로 흉기. 서문엽을 한 방에 짓눌러 죽일 만한 공격이었다.

그러나 서문엽은 공중으로 뛰어오른 뒤였다.

동시에 반격도 이루어졌다.

증폭 대상을 불사로 변경시켜서 영체화를 이루고 곧바로 무기 영체화로 전환된다.

살아 있는 괴물의 생체 조직을 개조해서 만든 창은 오러 전도율이 높아 찰나의 순간에도 힘을 집중시켜 주었다.

콰지직!

끄어어어어!

미간 부위에 괴물 창이 꽂히자 거대 뱀이 비명을 질렀다.

거대 뱀이 대가리를 좌우로 격렬하게 흔들며 날뛰었다.

다행히 서문엽은 그 전에 괴물 창을 얼른 뽑아 든 뒤라 휩쓸리지 않았다. 이는 증폭된 분석안으로 미리 보지 않아도 그간의 경험에서 우러나온 빠른 대처였다.

─그물!

서문엽은 증폭된 분석안으로 다시 거대 뱀의 움직임을 파악하고는 피에트로에게 지시했다.

그제야 가만히 지켜보던 피에트로가 마법진 5개를 펼쳤다. 마법진 5개가 겹쳐지며 그물이 되었다.

서문엽을 씹기 위해 아가리를 벌리고 달려들던 거대 뱀이 그물에 걸렸다.

찌이익!

그물은 즉시 찢어졌지만, 약간의 시간을 서문엽에게 제공해

주었다.

그 짧은 시간 동안 서문엽은 무기 영체화를 다시 펼치며 달려들었다.

과감하게도 거대 뱀의 턱 아래까지 파고든 서문엽이 목 줄기에 괴물 창을 꽂았다.

푸욱!

끄어어어!

괴물 창의 위력은 거대 뱀으로 하여금 큰 고통을 느끼게 했다. 거대 뱀에게는 이쑤시개처럼 작은 무기에 불과했는데도 말이다.

찔렀다가 뽑는 즉시 무기 영체화는 다시 해제했다. 오러를 아끼기 위해서였다.

서문엽도, 피에트로도, 거대 뱀을 상대로 수없이 싸우면서 느끼는 가장 큰 과제는 오러 소모였다.

거대 뱀을 쓰러뜨리기 전에 오러가 다 소진되면 패배하는 것이었다.

최근 수십 차례의 전투는 모두 그런 식으로 끝났다.

평균 기록 약 5시간.

엄청난 혈투였지만 결국은 거대 뱀의 까마득한 오러양과 맷집을 당해내지는 못했던 것이다. 그마저도 서문엽과 피에트로가 전보다 강해진 덕에 이룰 수 있었던 결과였다.

'조금이라도 더 오러를 아껴야 해.'

'증폭'도 최대한 쓰지 않으려 하고, 무기 영체화도 창으로 찌르는 순간까지 아꼈다.

필요한 순간에 필요한 만큼만 쓰는 것.

필요한 순간이 오면 찰나의 순간에 재빨리 초능력을 펼치는 고도의 테크닉이 필요했다. 계속 집중력을 최고조로 유지해야 하는 정신적 부담은 물론이고 말이다.

—대상: 서문엽(인간)

—근력 91/95

—민첩성 113/114

—속도 100/101

—지구력 105/106

—정신력 165/166

—기술 123/124

—오러 189/190

—리더십 100/101

—전술 100/101

—초능력: 분석안, 던지기, 불사, 증폭, 영혼 연성

월드컵 후에 서문엽은 거대 뱀과의 사투와 혹독한 훈련에 많은 시간을 투자했다.

거대 뱀과 싸우고, 싸움에서 체감한 부족한 부분을 보완하기 위한 훈련의 반복.

지금의 능력치는 그 결과물이었다.

민첩성은 2 올랐다.

증폭된 분석안으로 거대 뱀의 빠른 움직임을 미리 보고 피하는 행위가 반복되다 보니, 이전보다도 더 반사 신경이 좋아졌다.

지구력은 3 상승.

오러를 아끼려다 보니, 오러 대신 체력을 소모하는 일이 많아졌다. 그래서 지구력 단련을 위한 특별 코스를 짜서 매일 수행 중이었고, 인간의 한계를 넘어선 강도의 트레이닝이 효과를 보이고 있었다.

정신력의 경우 무려 5 상승했다.

거대 뱀과 싸우는 내내 집중력을 높게 유지해야 하다 보니 저절로 정신력 단련이 되는 것이었다. 끝까지 이기기 위해 노력하는 치열한 투지도 도움이 되었다. 저런 터무니없이 강한 적을 상대로는 자포자기하고 싶은 심정이 들게 마련이었으니까.

기술은 3이 올랐다.

무기 영체화, 상형·표의 언어 기법을 수없이 사용하니 자연히 오르게 되는 능력치였다.

지금의 서문엽은 지금까지의 모든 준비가 조화를 이룬 종합 예술 그 자체였다.

장장 7시간째.

최고 기록을 초과한 지 오래였다.

그동안 계속 유효타만 먹인 결과, 거대 뱀도 상태가 좋지 않았다.

곳곳에 상처를 입었는데, 무기 영체화에 당한 상처는 괴물

특유의 재생력으로도 회복되지 않았다. 상처가 누적되어서 거대 뱀은 누더기 같은 꼴이 되어 있었다.

"끝이 보인다."

서문엽이 중얼거렸다.

몹시 지쳤지만 눈빛은 여전히 집중을 잃지 않아 또렷했다.

저놈이 쓰러지는 꼴을 반드시 보고 싶었다.

최소한 저 거대 뱀 정도는 쓰러뜨려야 실제 문을 열고 나타날 왕과의 싸움도 승산이 있지 않겠는가.

크아아아아!!

잠시 숨을 고르고 있던 거대 뱀이 다시 기운을 내서 서문엽에게 덤볐다.

서문엽도 같은 타이밍에 증폭된 분석안을 썼다.

운이 좋아서가 아니라, 이제 눈빛만 봐도 놈의 생각을 알 수 있게 된 것이다.

경험 누적.

그것이 거대 뱀과 서문엽의 결정적인 차이였다.

하늘을 떠받치는 기둥처럼 몸을 일으킨 거대 뱀이, 서문엽을 향해 그대로 깔아뭉갰다.

쫘아아아아앙!

지진이 일어났다.

흙먼지가 사방을 가득 메웠다.

그저 몸으로 깔아뭉개는 공격 한 번으로도 자연재해를 일으키는 거대 뱀.

하지만 그 순간 거대 뱀의 약점이 드러났다.

몸집이 너무 거대해서 서문엽을 깔아뭉개는 데 성공했는지 감각이 없는 것.

거기에 흙먼지가 시야를 가렸다.

서문엽은 오러를 최대한 죽이고 소리 없이 움직였다.

발소리를 내지 않으면서도 빠르게 거대 뱀의 머리를 향해 다가간다.

기술이 123이다 보니 거의 유령이나 다름없이 기척을 죽일 수 있게 된 서문엽이었다.

기척을 감지하는 감각이 예민한 거대 뱀도 그 순간만큼은 서문엽이 죽었는지 살았는지 알지 못했다.

푸우욱!

시야가 없는 흙먼지 속에서, 서문엽은 거대 뱀의 목덜미를 찌르는 데 성공했다.

끄아아아아아!

거대 뱀은 무기 영체화된 괴물 창에 깊숙이 찔린 뒤에야 고통에 깜짝 놀라 벌떡 일어났다.

이번엔 너무 깊게 찔러서 서문엽도 괴물 창에 매달려 딸려 올라갔다.

이대로는 괴물의 몸부림에 의해 창을 놓치고 날아가 버릴지도 몰랐다.

하지만 서문엽은 그 와중에도 기회를 보았다.

'지금이다!'

지금이야말로 승부수를 띄울 때라고 느꼈다.

파아앗!

서문엽은 영체로 변신했다.

무기 영체화가 아닌, 완전 영체 상태에서는 오러가 급속도로 소모된다.

하지만 대신 막대한 파워를 낼 수 있고 물리 법칙에서 자유로울 수 있었다.

서문엽은 영체로 변신한 상태에서 괴물 창을 더 깊숙이 찔러 넣었다.

―뒈져, 이 새끼야!

끄아아아아아아!

서문엽이 온 힘을 발휘하자, 피에트로도 아껴왔던 오러를 대량 방출하였다.

파파파파파파팟!

22개의 마법진이 공중에 수놓여졌다.

영령들이 소환되어서 쏟아져 나왔다.

대량의 영령들이 거대 뱀을 공격했다. 서문엽이 만든 상처를 헤집으면서 괴롭히니, 이전까지와 달리 거대 뱀이 무척 고통스러워했다.

끄아아아!

소름 끼치는 괴성을 연신 지르는 거대 뱀.

공포에 질려 있었다.

그 소리가 서문엽에게 용기를 주었다.

―이제 그만 죽으라고, 개새끼야!

괴물 창을 비틀고서 상처를 계속 잔인하게 파헤친다.

피가 철철 흘러 홍수를 일으킨다.

결국 서문엽의 오러가 먼저 소진되었다.

영체화가 풀려서 무방비 상태가 된 순간, 피에트로가 공간 이동으로 나타나 구출해 주었다.

멀찍이 떨어진 두 사람은 거대 뱀의 동태를 살폈다.

거대 뱀은 계속 영령들에게 공격받고 몸부림치고 있었다.

영령들의 숫자도 워낙 많았지만, 서문엽이 그동안 깊은 상처를 많이 만든 덕분이었다. 지금의 상황은 상처에 소금을 뿌리는 행위에 비유할 수 있었다.

"엄청 고통스러워하는데?"

서문엽이 기대 어린 목소리로 말했다.

피에트로도 고개를 끄덕였다.

"확실히 이전까지는 볼 수 없었던 반응이군."

"제발 죽어라. 우리도 한 번은 이겨보자."

"죽을 것 같군. 실험으로 만든 괴물들이 죽을 때 일으키는 반응과 상당히 유사하다."

생체 조작으로 괴물을 만든 경험이 많은 피에트로는 거대 뱀의 상태를 잘 파악하고 있었다.

아니나 다를까.

쿠우웅!

또다시 지진이 일어났다.

하지만 이번에는 깔아뭉개기 공격이 아니었다.

몸부림치던 거대 뱀이 기력을 다하여 축 늘어져 버린 것이다.

"…저거 죽은 거 맞지?"

"그렇다."

서문엽의 눈빛이 떨렸다.

지금까지 놈에게 도전했다가 죽은 횟수만 천여 차례는 될 터였다. 처음에는 1초 만에 죽은 적도 있었으니까.

정신력이 초월적인 경지에 이르렀어도, 서문엽도 사람이었다. 밥 먹듯이 죽어가며 계속 싸우면서 쌓인 스트레스가 존재했다.

그런데 지금 이 순간 씻은 듯이 사라졌다.

저 거대 뱀을 마침내 쓰러뜨린 것이다.

"해냈다!"

서문엽은 탈진해서 털썩 쓰러진 채, 두 팔만 간신히 들어 올리며 소리쳤다.

"힘들군. 지쳤으니 축하는 나가서 하지."

"아, 그래."

두 사람은 접속 모듈에서 나왔다.

완전히 탈진했던 아바타와 달리 현실의 컨디션은 최상이었다.

서문엽은 피에트로에게 씨익 웃어 보였다.

"어때? 이제 첫발은 뗀 거지?"

"물론. 처음처럼 승산이 절망적이지는 않군. 그렇다고는 해도 이제 첫 승이지만."

"진짜 왕은 저놈과 비교하면 어떨까?"

"좋은 점과 나쁜 점이 하나씩 있다."

"나쁜 점부터 말해봐. 아니, 들으나 마나지. 진짜 왕은 지성을 가졌으니까. 오러도 기가 막히게 다루고 말이지?"

"그렇다."

서문엽은 갑자기 끓었던 투지가 식어버린 기분이었다.

그냥 저 몸집으로 몸싸움만 해도 이렇게 힘든데, 지저인들처럼 오러를 다양하게 구사한다니?

"그럼 좋은 점은?"

"오러를 적극적으로 활용한다는 것은, 그만큼 오러의 소모도 크다는 뜻이다. 저 뱀보다 더 빨리 지칠 수도 있다는 뜻이지."

뜻밖에도 희망적인 부분도 있었다.

"그리고 오러 활용에 익숙해져 있다면, 그만큼 신체를 활용한 물리 공격은 약해져 있을 수도 있다."

"아하, 너희 지저인처럼 말이지?"

"그렇다."

처음에는 승산이 전혀 보이지 않았던 싸움.

서서히 희망이 보이고 있었다.

제3장

문

초대 황릉.

한때는 피라미드 못지않은 거대한 건축물이었으리라 추측되나 지금은 철저하게 부서진 잔해가 산처럼 쌓인 곳이었다.

"이곳이 초대 황릉이군요."

여왕은 새로운 감회를 느끼는 표정으로 주위를 둘러보았다. 공허한 폐허. 그러나 지저 문명의 새 역사를 연 이의 무덤이었다.

"아마도 그렇게 추측하오."

피에트로의 대꾸에 여왕은 고개를 끄덕였다.

"예, 저도 그 추측이 맞다고 봐요. 황릉을 이렇게까지 부숴야 했다면 버려진 세계에 대한 기록이 있는 유적이어서 만인릉의 황제가 환란을 막아내고 파괴시킨 것이겠죠. 그런 유적은 초대 황릉이 유력하고요."

그때, 두 사람의 대화를 가만히 듣고 있던 서문엽이 입을 열었다.

"버려진 세계에서 지저인을 다 이주시키려면 게이트가 얼마나 필요한 거야?"

"쉽게 설명하자면 지상을 침공했을 때보다 훨씬 많이 필요하다."

피에트로가 대답했다.

지저 전쟁 당시 지상 곳곳에 게이트가 나타났었다. 게이트는 괴물들이 번식하는 던전과 연결되어 있어, 성장을 마친 괴물들이 먹이를 찾아 밖으로 나오도록 되어 있었다.

이에 초인들은 괴물들이 나오기 전에 먼저 발견된 던전을 공략하는 방식으로 맞섰던 것이다.

햇빛에 무력해지는 지저인들은 전쟁의 전면에 나설 수 없었기 때문에 전쟁은 간신히 초인들의 승리로 끝날 수 있었다.

"아마 왕도 같은 방식으로 지상에 침공하겠지?"

"첫 번째의 지식을 습득했으니 그럴 거다. 첫 번째가 알고 있는 지상 침공 방식은 지난 전쟁 때의 것이니까."

피에트로는 계속 설명했다.

"하지만 버려진 세계에서 바로 지상으로 연결하는 게이트를 만들지는 못할 거라는 게 내 예상이다. 지상의 좌표를 모를 테니까."

"그래서 일단은 먼저 이곳에 나타날 거라 이거지."

"그럴 가능성이 높다."

하지만 불확실했다.

그게 문제였다.

언제 올지.

어디로 올지.

왕의 능력은 어느 정도인지.

첫 번째 상급 사제에게서 흡수한 지식이 어디까지일지.

확신할 수 있는 게 아무것도 없는 것이었다.

"어쨌든 우리는 할 수 있는 일을 다 해야죠. 저도 최선을 다
해 도울게요."

여왕이 따라온 이유는 초대 황릉으로 예상되는 유서 깊은
유적을 관광하기 위해서가 아니었다.

피에트로가 결전 장소에 미리 여러 가지 장치를 해놓아서 대
비하는 걸 거들어주기 위해서였다.

—대상: 여왕(지저인)

—근력 32/32

—민첩성 40/40

—속도 33/33

—지구력 40/40

—정신력 97/97

—기술 79/79

—오러 199/199

―리더십 100/100

―전술 35/52

―초능력: 기도, 운명안

여왕은 오러양만 따지면 다섯째 상급 사제의 사령을 흡수한 피에트로보다도 많았다. 태초의 빛의 선택을 받은 현직 대사제였기 때문에 당연했다.

거기다가 오러를 다루는 응용력도 비범했다. 배틀필드 시스템을 만들 정도니까.

'못 본 사이에 기술과 리더십이 꽉 차 있네.'

분석안으로 본 여왕의 능력치는 이제 전술을 제외하고 완전히 성장했다.

기술과 리더십이 살짝 비어 있던 걸로 알고 있었는데, 그동안 가만히 있지 않고 노력했다는 뜻이었다.

"가르쳐 주세요. 무엇을 먼저 해야 하죠?"

여왕이 피에트로에게 물었다.

피에트로가 말했다.

"일단 외부의 접촉을 차단하는 결계는 만들면 안 되오. 놈이 이곳에 오도록 유도해야 하니까."

"맞아요."

"그리고 이곳 외에 첫 번째가 알고 있는 모든 장소를 찾아내 차단 결계를 쳐야 하지. 이곳 외에 다른 곳으로는 가지 못하게 말이오."

"네, 다들 첫 번째 상급 사제의 행적을 조사하고 있어요."

여왕은 이미 지저인들을 풀어서 첫 번째 상급 사제가 알고 있는 장소를 샅샅이 찾아내고 있었다.

그 장소들을 전부 결계로 차단시켜 놓으면, 왕은 필히 이곳에 올 수밖에 없을 것이다.

물론 왕의 능력의 한계가 어디까지일지 예상할 수 없는 만큼 장담은 못 하지만, 최대한 확률을 높일 생각이었다.

"그리고 이곳에는 여러 가지 함정을 만들 생각이지만 솔직히 그 정도 되는 괴물에게는 별반 타격이 없을 거요."

피에트로의 냉정한 설명은 들을수록 암담함을 느끼게 했다. 하지만 이곳에 있는 세 사람은 다들 희망이 안 보이는 역경을 겪은 적 있었다. 서문엽이나 여왕이나 개의치 않았다.

"그보다 필요한 것은 탈출 수단이요."

"탈출이요?"

"패배했을 시 무사히 도망칠 수단이 필요하잖소."

피에트로는 이미 패배도 염두에 두고 있었다.

여기서 서문엽과 피에트로가 왕과의 결전에 임할 테지만, 패배한다면 둘 다 무사히 도망쳐서 지상에서 2차전을 해야 하니까.

피에트로는 여왕과 함께 탈출용 장치를 만들기 시작했다.

보이지 않도록 깊이 땅을 파서 그 안에 마력석을 박으며 결계를 만들었다. 일의 대부분은 피에트로가 했고, 여왕은 옆에서 보조를 했다.

설치가 끝난 뒤에는 특수 제작된 귀환석을 서문엽에게 건네

주었다.

"귀환석?"

"땅속에 만든 장치와 연결된 귀환석이다. 왕이 설령 결계 같은 수법을 펼쳐서 귀환을 방해하더라도 뚫고 탈출할 수 있다."

"네가 남의 공간 이동을 조작하는 것처럼 말이지?"

"내가 할 수 있는 것을 왕이 못할 거라고 장담 못 하겠군. 아직은 그 정도까지는 불가능할 거라고 믿고 있지만 말이다. 아무튼 그 귀환석을 이곳에서 쓰는 한, 반드시 탈출할 수 있다. 위험해지면 지체 없이 귀환석을 써라. 난 내가 알아서 벗어날 수 있으니까."

"알았어."

서문엽은 귀환석을 주머니에 넣었다.

서문엽도 두 사람이 일하는 걸 구경만 하고 있지는 않았다.

곳곳을 둘러보며 지형 파악을 하고 있었다.

'저 잔해가 상당히 방해되겠는데.'

거대 뱀이 몸부림치면 저 잔해가 우박처럼 사방에 흩뿌려질 것이다. 거대 뱀에게는 별것도 아니지만 작은 서문엽과 피에트로에게는 충분히 위협이 될 만한 산사태가 될 것이다.

지능이 있는 만큼 왕이 그런 지형적인 이점을 이용하려 들 가능성이 높았다.

'일단 계속 살펴보자.'

서문엽은 계속 황릉을 둘러보았다.

그들은 초대 황릉에서 할 수 있는 작업을 다 했다.

"결국 탈출 장치 외에는 딱히 준비할 게 없는 셈이네."

작업이 다 완료된 초대 황룡을 둘러보며 서문엽이 중얼거렸다.

피에트로가 말했다.

"함정을 여러 개 설치해 뒀다. 왕에게는 어림도 없지만, 적어도 왕이 데려온 다른 괴물들에게는 통할 테지."

"지능 없는 거대 뱀을 상대로도 수백 번 싸워서 겨우 한 번을 이겼는데, 이번엔 지능도 있고 온갖 고차원적인 수법을 다쓰는 괴물의 왕이라……."

서문엽은 혀를 찼다. 이렇게 불리한 싸움은 처음이었다.

그 말에 표정이 어두워진 여왕이 입을 열었다.

"저도 함께 싸울까요? 아직 부족하지만 도움은 될 거예요."

서문엽은 고개를 저었다.

"별 도움 안 될걸? 지상에서 싸운다면 멀리서 지원을 해줄수 있지만, 이렇게 제한적인 공간에서는 모두가 공격 타깃이 될수 있으니까."

여왕은 전투 경험도 없고 공격에 대응할 만한 순발력도 기대할 수 없었다.

피에트로도 동의했다.

"그보다는 뒷일을 부탁하겠소. 우리가 싸우는 동안 인류에게 이 사실을 알리고 대비시켜야 하지 않소."

세계 협회장 신분을 가진 여왕이 해야 할 일은 인류에게 이사실을 발표하는 일이었다.

지금도 새 던전을 출시하고 도입하는 등 최선을 다하고 있지만, 진짜 전쟁이 펼쳐지면 인류는 큰 혼란에 빠질 것이다. 각국 정부가 빠르게 대응할 수 있도록 여왕이 조율을 해줘야 했다.

여왕은 수긍하고 고개를 끄덕였다.

"어쩔 수 없네요. 그래도 걱정 말아요. 할 수 있는 일은 다 하고 있어요. 주요 국가 정부와 언제든 연락할 수 있도록 하고 있고, 혹여 지상에서 전쟁이 일어나더라도 승리한 후에 피해를 수습할 방법도 짜고 있어요."

"그걸 어떻게 수습해? 지상에서 전쟁이 벌어지면 못해도 지구의 절반 이상은 폐허가 될 것 같은데."

인류의 인구수와 함께 세계 경제도 사상 최악으로 망할 것이 자명했다.

예전 지저 전쟁 때와 비교도 할 수 없을 텐데, 무사히 극복할 수 있을 거라는 기대는 들지 않았다.

그런데 여왕은 뜻밖의 해결책을 내놓았다.

"'관측'이 세계 주요 도시를 다니고 있어요."

관측은 배틀필드 시스템 개발에 가장 큰 공헌을 한 지저인이었다.

눈에 보이는 풍경을 저장하고, 동일한 재료만 있으면 저장한 기억을 똑같이 구현 가능했다.

"'관측'과 '구현'으로 주요 도시들을 복구하겠다고?"

서문엽은 깜짝 놀랐다.

"네, 배틀필드의 던전 대부분을 구현했는데, 인간의 도시라도 못할 게 있나요? 햇볕 때문에 활용에 제약은 있겠지만 불가능한 일은 아니에요."

"그런 방법이 있었구나."

괴물들에 의해 도시가 파괴되더라도, 부서진 잔해는 그 자리에 그대로 있을 터였다.

즉, 도시를 구현하기 위한 재료가 그 자리에 그대로 있는 셈이니, 빠르게 복구할 수가 있는 것이었다.

'관측'이 얼마나 많은 도시를 기억 속에 저장할 수 있을지는 모르겠지만, 그게 계획대로 된다면 전후 수습 문제도 한결 수월할 것이다.

"그렇게 전쟁과 전후 피해 수습에 공헌한 뒤에 공식적으로 인류와 우호를 다지고 지저인의 생활권을 인정받는 것이 저희의 목표예요."

여왕은 당찬 포부를 밝혔다.

배틀필드를 도입해서 인류로 하여금 후일의 환란에 대비하게 했고, 전후 피해를 수습할 계획도 세워놨다.

이 정도 공로면 인류도 여왕을 인정할 수밖에 없을 터다.

물론 이 환란도 지저인 때문이 아니냐는 의견도 제기될 테지만, 적어도 지금처럼 정체를 숨긴 채 지내는 것보다는 좋은 상황이 될 것이다.

"잘되면 인간이 살지 않는 일부 지역을 할양받아서 정식으로 국가를 수립할 수 있을 거예요. 그 뒤에도 인간이 손쓰지 못하고 있는 환경 문제 등을 도우면서 관계를 증진시킬 거예요."

"지저인과 공존하는 인류 사회라… 옛날에는 상상도 못 했는데."

서문엽은 여왕에게 감탄했다. 지금까지 해왔던 일들은 누구도 할 수 없는 것이었으니까.

"정말 선지자였군."

피에트로가 중얼거렸다.

*　　　　　*　　　　　*

그 뒤로 서문엽 일행은 예언의 날이 닥칠 때를 기다렸다.

한동안은 잠잠했다.

그사이 YSM은 다시 프로리그를 재개하여 경기마다 맹위를 떨쳤고, 월드 챔피언스 리그도 시작해 16강전을 승리로 장식했다.

서문엽과 피에트로 콤비는 여전했고, YSM의 다른 선수들까지 맹위를 떨쳐서 우승 후보로 주목받았다.

특히 월드 챔스에서 처음 데뷔한 신수경은 화제를 불러 모았다. 서문엽이 꽁꽁 숨겨놓았던 비밀 병기가 마침내 등장했다고 말이다.

앞으로 모두가 멸망할지도 모른다는 사실이 거짓말인 것처럼, 인류는 대체로 평화로웠다.

그러나 그런 평화는 겨울이 오기도 전에 깨져 버렸다.

거대한 오러의 파동을 감지한 것이다.

파동이 일어나고 있는 지역은 바로 초대 황릉이었다.

초대 황릉에 미리 취해놓은 조치 중에는 오러의 파동을 감지한 즉시 알리는 장치도 포함되어 있었다. 피에트로는 곧바로 알아차려서 서문엽에게 알렸다.

세계의 존망을 건 재앙이 시작되려 하고 있었다.

*　　　　*　　　　*

늦은 밤이었다.

서문엽은 갑자기 숙소에 나타난 피에트로에 의해 눈을 떠야 했다.

눈을 뜬 서문엽은 무슨 일이냐고 묻지 않았다. 야심한 시각에 피에트로가 불쑥 찾아올 이유는 하나밖에 없었다.

눈빛만 보고도 깨달은 서문엽은 등골이 서늘해졌다.

"이런 씨발……."

설마 하는 날이 오고야 말았던 것이다.

YSM 클럽하우스 내에 있는 숙소에서 지내고 있었기 때문에 무장이 오래 걸리지 않았다.

최경량 갑옷을 입고 남의 눈에 띄지 않게 숨겨놓은 괴물 창을 챙겼다.

무장을 갖춘 서문엽은 피에트로와 함께 공간 이동으로 초대 황릉에 도착했다.

"여왕한테는 말했지?"

"말했다. 그쪽도 준비하고 있을 거다."

"그나저나 벌써? 생각보다 훨씬 빠르네."

"차라리 다행이다. 왕이 좀 더 철저한 성격이었다면 백 년 정도 더 기다렸다가 우리가 죽은 후에 침공할 수도 있었다."

"우리가 피라미로 보일 텐데 신중할 필요 있겠냐."

"모르지. 어쩌면 그런 시간적 여유가 없었을 수도 있으니까."

"경쟁자의 도전을 받고 있을지도 모른다는 가설?"

"그렇다. 경우의 수는 여러 가지지. 어쨌건 시간상 첫 번째의 지식을 흡수한 지 얼마 안 됐을 텐데 벌써 움직였다는 건 차라리 우리에게는 좋은 일이다."

"결전 장소도 우리가 원하는 대로 됐고 말이지."

서문엽은 그렇게 망하며 위를 바라보았다.

높은 허공에서 오러의 파동이 요동치고 있었다.

공간이 일그러지고 있는 모습은 지저인의 공간 이동과 흡사했다.

바로 게이트가 열리려는 징조였다.

규모로 보아 서문엽이 지금껏 봤던 게이트 중 가장 큰 것이었다.

"오래 걸리는데."

서문엽의 말에 피에트로가 대꾸했다.

"버려진 세계는 외부와 격리시키기 위해 결계가 쳐져 있다. 그걸 뚫고서 게이트를 열어야 하기 때문에 오래 걸리지."

서문엽은 초조한 기분에 계속 괴물 창을 만지작거렸다.

"기분 뭐 같네. 자다가 깨서 부랴부랴 죽을지도 모르는 싸움에 끌려 나오다니."

"죽은 뒤에도 이러고 있는 나만 할까."

피에트로의 말에 서문엽은 꿀 먹은 벙어리가 되었다.

파아아아앗!

오러의 파동이 점점 격렬해졌다.

"이제 곧 열린다."

피에트로가 말했다.

서문엽은 이를 악물었다.

이렇게 막막한 싸움에 임하는 것은 처음이었다.

하지만 이기고 싶었다.

이곳에서.

이기고 돌아가면, 세상은 무슨 일이 있었는지도 모른 채 평소와 다름없는 일상이 계속되길 빌었다.

"이번 일이 끝나고 나면 정말 다시는 무기를 쥐지 않고 살 거야."

점점 형성되어 가는 게이트를 앞두고 뜬금없이 서문엽이 말했다.

"고아로 태어나서 학대받으며 크고 청소년기에는 던전에 다녔지. 기껏 인류를 구하고 난 뒤에는 또 이러고 있고. 정말 평화로운 일상이라는 게 뭔지, 나도 죽기 전에 남들처럼 살아보고 싶다고."

그 말에 보기 드물게 피에트로의 입가에 비틀린 미소가 번졌다.

"평화라. 넌 결국 잠시도 못 견디고 또 싸움을 찾아다니게

될 거다."

"이번엔 진짜야. 오늘 난 정말 원 없이 싸워볼 것 같아. 진저리가 날 정도로."

"과연 그럴지 지켜보도록 하지. 일단 오늘 이곳에서 이기고 나면 말이다."

쿠아아아아아아앙!!

폭음이 울려 퍼졌다.

오러의 파동에 초대 황릉의 무너진 잔해가 토네이도에 맞은 것처럼 여기저기 흩날렸다.

그 탓에 흙먼지가 일어서 사방이 뿌옇게 가득 채워졌다.

피에트로가 손가락을 까닥였다. 그러자.

휘이잉!

흙먼지가 좌우로 갈라져 버렸다.

그제야 서문엽은 눈을 뜨고 위쪽을 바라보았다.

갈라진 흙먼지 사이로 활짝 열린 게이트가 보였다.

굉장히 거대한 게이트가 검은빛으로 흉흉하게 빛나고 있었다.

"온다."

피에트로가 말했다.

아니나 다를까, 게이트가 검은빛을 폭사했다.

파아앗!

누군가가 게이트를 통과하고 있다는 뜻이었다.

거대한 게이트를 좁다고 비집고 얼굴을 내미는 거대한 괴물이 나타났다.

뱀의 얼굴이었다.

서문엽은 움찔했다.

금방이라도 괴물 창을 들고 뛰어들 태세였다. 그러나 피에트로가 말렸다.

"아냐. 잘 봐라."

그제야 서문엽은 얼굴을 내민 괴물이 코브라를 닮았다는 것을 깨달았다.

평소에 시뮬레이션으로 매일 상대하던 거대 뱀이 아니었다.

코브라를 닮은 뱀은 또 다른 머리를 게이트 밖으로 내밀었다.

쉬이이이익!

쌍두사.

'침공'에서도 출현하는, 2개의 머리를 가진 고대종 괴물이었다.

"역시 실험 삼아 다른 괴물을 먼저 보냈군."

피에트로가 중얼거렸다.

쿠웅!

게이트를 완전히 통과해 바닥에 착지한 쌍두사는 거대 뱀과 비교할 수는 없었지만 상당히 덩치가 컸다.

쌍두사는 혓바닥을 날름거리며 두 사람을 바라보았다.

"오러 쓰지 마. 내가 처리할게."

"영체화는 쓰면 안 된다. 왕이 게이트 너머에서도 감지할 거다."

"알아."

서문엽은 쌍두사에게 뛰어들었다.

그와 동시에 쌍두사도 서문엽에게 2개의 입을 벌리며 덤볐다. 2개의 머리가 사이좋게 서문엽을 뜯어먹을 듯했다.

하지만 서문엽은 순간적으로 민첩성을 증폭시키며 급가속했다.

콰지직!

쉬에에에에엑!

괴물 창이 눈알에 깊숙이 파고들었다.

쌍두사가 고통을 호소하며 머리를 마구 흔들었다.

서문엽은 괴물 창을 꽉 쥐고 버텼다.

전신이 흔들렸지만 절대로 창을 놓치지 않고 매달렸다.

쌍두사가 정신을 차리고 잠시 멈췄을 때, 비로소 서문엽은 괴물 창을 뽑아 들고 다시 다른 눈을 찔렀다.

푸우욱!

쉬에에에에엑!

울부짖는 쌍두사의 다른 머리가 서문엽을 노렸다.

콰드득!

쌍두사의 머리는 자신의 다른 머리를 물고 말았다. 서문엽은 이미 피한 뒤였다.

상처 입은 쌍두사가 계속 몸부림치듯이 공격을 퍼부었지만, 서문엽은 모조리 피하며 꾸준히 괴물 창을 꽂아 넣었다.

잠시 후.

쿠우웅!

쌍두사는 쓰러졌다.

서문엽은 괴물 창을 쌍두사의 몸에 꽂아넣은 채 그대로 두었다.

괴물 창이 포식을 하고 있었기 때문이다.

살아 있는 생체 무기인 괴물 창은 완전하게 살아 있는 생명체가 아니었지만, 다른 괴물들처럼 오러를 탐했다.

그동안은 가상 던전 내에서만 썼기 때문에 현실에서 피 맛을 보지 못했던 괴물 창이었다. 풍부한 오러가 담긴 쌍두사의 몸에 들어가자 연신 맥박이 뛰듯이 꿈틀거렸다.

마치 피를 꿀꺽꿀꺽 삼키고 있는 듯해서 서문엽은 기분이 더러웠다.

하지만 이 괴이한 무기가 왕을 상대할 유일한 수단이니 별수 없었다.

게이트에서 또다시 빛이 뿜어져 나왔다.

또다른 고대종 괴물이 모습을 드러냈다.

이번에도 왕은 아니었다.

"이번엔 내가 하지."

피에트로는 공간 이동을 펼쳐 까마귀의 얼굴과 두더지의 몸을 합쳐놓은 듯한 괴상한 고대종 괴물 앞에 나타났다.

괴물의 얼굴에 손을 얹었다.

게이트를 막 통과하느라 정신없는 괴물은 피에트로에게 기습적인 일격을 받았다.

파앗!

작은 마법진이 형성되더니.

끼에에에엑!

놀랍게도 피에트로의 손을 따라 괴물의 영혼이 강제로 뽑혀져 나왔다. 피에트로 아넬라의 영혼을 뽑아 죽였을 때 봤던 것과 비슷한 광경이었다.

괴물은 게이트를 통과하자마자 시체가 되어 축 늘어졌다.

몇 차례의 싸움이 더 있었다.

고대종 괴물들이 계속 나타났고, 서문엽과 피에트로가 번갈아가며 처치했다. 두 사람은 최대한 힘을 아낀 채 거대한 고대종 괴물들을 간단히 처치하는 능력을 과시했다.

하지만 그것은 서막에 불과했다.

파아아아아아아앗!

게이트에서 어느 때보다도 강렬한 빛이 흘러나왔다.

"뭐야? 갑자기 왜 저래?"

서문엽이 묻자 피에트로는 침중한 목소리로 말했다.

"이놈들보다 훨씬 질량이 큰 놈이 통과하고 있다."

"얼마나?"

"네가 매일 봤던 그 크기다."

"……."

매일 봤던 크기라면 거대 뱀, 즉 왕이었다.

서문엽은 괴물 창을 꽉 쥐었다.

괴물 몇 마리를 처치하면서 몸은 풀렸지만, 아직도 긴장감이 가시지 않았다.

시뮬레이션에서 서문엽에게 수많은 죽음을 선사했던 거대

한 뱀.

그 실제 모델이 되는 괴물 중의 괴물이 이곳에 나타나고 있는 것이었다.

거대한 무언가가 게이트 밖으로 모습을 드러냈다.

가장 먼저 보인 것은 뱀의 얼굴.

거대한 노란 눈동자 한 쌍이 두 사람을 응시했다.

눈이 마주친 순간, 서문엽은 심장이 멎어버릴 것 같았다.

압도적인 존재감.

그리고 분노와 식욕에 찬 다른 괴물과 달리 많은 생각이 들어 있는 눈빛.

존재감뿐만 아니라 다른 괴물과 전혀 다른 이질감이 미지에 대한 공포심을 자극하는 것이었다.

그 눈빛에 담겨 있는 것은 바로.

'지능!'

서문엽은 마음을 단단히 먹었다.

갑자기 공격이 시작될 수도 있으니 언제든지 몸이 반응하도록 태세를 갖췄다.

순간 압도되었어도 165에 달하는 정신력이 흔들리는 일은 없었다.

쿠우우우우웅!!

거대한 뱀이 게이트를 완전히 빠져나와 온전한 모습을 드러냈다.

몸집은 너무 거대해 초대 황릉이 좁게 느껴질 정도.

―대상: 태고의 뱀(괴물)

　―근력 37,306/37,306

　―민첩성 932/932

　―오러 28,170/28,170

　―약점: 오만

분석안에 능력치가 보였다. 역시나 어마어마한 수치였다.

하지만 평소에 시뮬레이션으로 상대했던 거대 뱀보다 근력과 민첩성은 떨어졌다. 노쇠화와 더불어, 오러 활용에 익숙해서 몸을 잘 안 움직인 탓 같았다.

'하지만 오러양은 훨씬 많네. 미치겠다. 이거 정말 이길 수 있나?'

오러양은 거대 뱀보다 8천가량이나 더 높았다.

확실했다.

눈앞의 괴물은 바로 왕, 예언의 괴물이었다.

그런데 거대 뱀에게서는 볼 수 없었던 약점이 눈에 띄었다.

'오만한 게 약점이라고? 그게 약점이나 되나? 저런 힘을 갖고 있으면 나라도 그러겠다.'

저런 힘을 지니고 있고 지능까지 가졌으며 까마득한 세월을 지배자로 살았다. 오만하지 않은 게 더 이상한데 그것이 약점이라고 나온 게 어이가 없었다.

서문엽과 피에트로도, 왕도 서로를 공격하지 않았다.

양측은 조용히 대치 상태에 있었다.

　왕의 노란 두 눈이 호기심에 반짝거리며 두 사람을 관찰하고 있다.

　—내 생각이 맞는 건가?

　왕이 오러로 음성을 냈다.

　서문엽은 오싹해졌다.

　저 괴물 놈이 지금 한국어를 발음하고 있었으니까.

　"그 언어는 첫 번째에게서 얻은 지식의 일부인가?"

　피에트로가 물었다.

　—그렇다.

　"흡수한 지식이 온전하지 않았을 텐데, 훌륭한 재주다."

　—칭찬하는군. 그래, 이 정도면 칭찬받을 만한가 보군.

　"그렇다."

　—역시 그렇군.

　왕은 어쩐지 웃는 것 같은 기색이었다.

　—녀석의 지식을 얻고서 내가 깨달은 바가 있다. 역시 난 위대한 존재였다는 사실 말이다. 녀석의 기억 속에 나에게 비견될 존재는 없었다. 역시 나는 왕이었던 것이다.

　"지식을 얻더니 못된 부작용이 나타나 버렸군."

　어쭙잖은 지식이 낳는 폐단.

　왕은 못 본 사이에 오만해져 있었다.

　—이렇게 직접 눈으로 보니 참으로 신기하군. 꿈에서 깬 것 같은 기분이야.

"무슨 뜻이지?"

피에트로의 물음에 왕은 웃음 섞인 답을 했다.

―너희들, 정말 작군. 영혼이 아닌 육체와 결합되어 있는 실체를 보니까 말이야, 너희는 정말 작은 존재야. 몸의 질량뿐만 아니라 체내에 축적된 오러양까지도 말이야. 난 너희가 너무 하찮아 보인다.

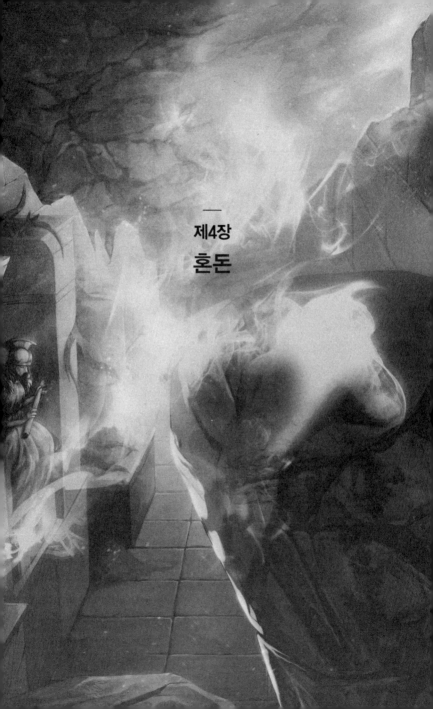

제4장

혼돈

느껴진다.

괴물의 표정이야 알 수 없지만, 왕은 명백히 웃고 있는 것 같았다.

─너희는 내가 나오지 못하게 막으려 했다지? 그래서 나도 조금은 경계했다만, 보아라. 이렇게 맞닥뜨리니 너희는 너무 작지 않은가.

계속되는 비웃음에 서문엽은 참지 못하고 입을 열었다.

"작은 건 팩트니까 할 말 없는데, 옛날에 만인룡 황제는 덩치가 커서 널 쥐어 팼냐?"

도발을 해봤지만 왕은 그것을 도발로 받아들이지 않았다.

그저 대화 자체를 즐기고 있었다.

지성을 가진 대화 상대가 있다는 즐거움을 느끼고 있었던 것이다.

—만인릉 황제라. 그때 날 죽일 뻔했던 그 무서운 지성체를 그렇게 부른다지? 나에게 두려움과 함께 중요한 가르침을 주었지.

오히려 왕은 추억에 잠긴 듯이 말을 이었다.

—그 자체도 강했지만 강력한 군대를 거느리고 있었어. 그 당시 나도 부하를 이끈다는 개념은 알고 있었지만, 그는 격이 달랐다. 강력한 군대가 마치 하나의 거대한 생명체가 된 것처럼 다뤘다. 그것을 보고 배웠지. 그것이 바로 왕이라는 것을.

'역시 본신의 능력 하나만으로 저 괴물을 이긴 건 아니었구나.'

서문엽은 문득 만인릉을 떠올렸다.

잔인무도한 황제와 함께 순장된 1만 명의 언데드들.

그 언데드 군단은 어쩌면 예언의 괴물이 다시 나타났을 때를 대비한 준비였는지도 몰랐다.

만약 만인릉이 건재했다면 저 괴물을 막을 수 있었을까? 그런 상상을 해보았다.

왕이 말했다.

—그 강한 자도 강력한 군대를 거느리고 있었다. 그런데 너희를 보아라. 단둘이라니. 이건 실망스럽군. 그냥 허탈해졌다.

왕은 두 사람을 내려다보았다. 두 사람은 깨달았다.

왕이 자신들을 싸울 상대로 보고 있지 않음을.

일생일대의 결전을 치를 각오로 온 자신들을, 왕은 아예 무시하고 있었던 것이다. 아무래도 좋은 길가의 돌멩이처럼 말이다.

'나쁜 일은 아니야. 적어도 방심했다는 뜻이니까. 그래, 약점

이 오만이라는 건 이걸 뜻하는 건가.'

서문엽의 머릿속은 어떻게든 저 가공할 왕을 이겨볼 생각으로 치열하게 궁리하고 있었다.

'아직 왕의 능력에 대해 가늠이 안 돼. 육체적 능력이야 시뮬레이션으로 충분히 봤지만, 오러 활용 능력과 타락한 대사제에게서 흡수한 지식을 어떻게 싸움에 쓰는지는 전혀 몰라. 그러니 이쪽이 먼저 공격하는 건 안 된다.'

서문엽은 마지막의 마지막까지 지켜볼 작정이었다.

'왕이 먼저 공격할 때까지 지켜본다.'

아마도 왕은 오러 활용에 익숙해졌으니 육체를 활용한 육탄 공격보다 오러를 활용한 공격을 펼칠 것이다.

그것까지 눈으로 확인해야 비로소 조금이라도 왕의 전투 능력을 가늠할 수 있는 것이다.

그 전에 먼저 무턱대고 공격하는 것은 너무 모험이었다.

왕에게 선공을 양보할 정도로 서문엽은 절박하게 이길 방법을 탐구하고 있는 것이었다.

피에트로도 같은 생각인지 싸움을 열지 않고 가만히 왕을 지켜보기만 했다. 다행히 왕도 싸울 생각이 별로 없어 보여서 지켜볼 기회는 많았다.

─기쁘구나. 마침내 새로운 세상으로 통하는 문을 열었어. 내가 있던 세계는 넓었지만 긴 세월을 살기에는 너무 좁았어. 지성이 있는 녀석 하나 없는 외로운 세계. 마침내 그곳에서 빠져나온 것이다.

왕은 계속 말했다.

─저 위에는 빛이 내리는 땅이 있다지? 그곳에는 인간이 살고 있고. 하늘이라는 끝이 없는 공간이 펼쳐져 있다고 하던데, 나는 몹시도 기쁘다. 끝없이 광대한 세계를 지배할 수 있으니 어찌 안 기쁠까?

"모두 지배하겠다고? 어떻게?"

서문엽이 물었다.

─나의 세계에서 그랬듯 똑같이 지배한다. 난 왕으로서 군림할 것이다.

"글쎄? 음식을 지배한다고 표현하지는 않잖아? 너희들에게 우리는 입가심도 안 되는 먹잇감일 텐데. 다 때려 부수고 먹어 치우는 걸 지배라고 표현하진 않잖아?"

─너는 어리석은 말을 하는구나.

왕이 서문엽에게 말했다.

─누가 포식자고 누가 먹잇감인지를 정하는 것이 지배다. 생태계라고 표현하지? 명쾌한 개념이다. 생태계. 세상의 질서. 왕은 그것을 지배하는 존재다. 살아남고 혹은 먹잇감이 되고는 모두 왕인 나로 인해 정해질 것이다.

서문엽은 나직이 고개를 저었다. 뭘 기대했을까. 그래도 지성이 있는 놈이니 혹시나 싶었는데, 역시 글러먹은 괴물이었다.

─그래도 안심해라. 너희는 지성체 중에서도 가장 우수한 두 사람인 것으로 알고 있다. 너희는 살아서 나를 섬겨야 하니 살려주도록 하지. 난 너희처럼 지성이 있는 부하가 필요했으니까.

서문엽의 머리가 팽팽 돌아갔다.

자신들을 아예 경계 대상으로 안 보는 왕의 방심을 어떻게

이용해야 할지를 궁리했다.

─너희는 오늘 똑똑히 보아라. 내가 진정한 왕이 되는 순간을.

그리고 왕은 거대한 오러를 일으켰다.

파아아아앗!

파아아앗!

엄청난 오러양의 유동에 서문엽은 흠칫 놀랐다.

이윽고 공중에 2개의 거대한 게이트가 더 형성되었다.

"저건 뭐지?"

피에트로가 물었다.

─저게 뭔지 모르는 건 아닐 테고. 무슨 목적이냐를 묻는 건가?

"그렇다."

─초대하는 거다. 지금쯤 내 존재감이 사라져서 당황했을 녀석을 말이지.

왕은 웃었다.

─나를 호시탐탐 노리던 녀석이 있거든. 내게 도전할 기회만 엿보고 있는데, 내가 사라져 버렸으니 당황했을 거야. 그래서 문을 몇 개 더 열어주었다. 열린 문을 통해 내 존재감을 감지하면 녀석은 깊이 생각하지 않고 바로 뛰어들 테니까.

서문엽은 피에트로를 바라보았다.

'이건 예상 못 한 상황인데?'

'나쁘지 않아. 일단 지켜보자.'

눈빛만으로 생각을 주고받은 두 사람은 일단 가만히 지켜보기로 했다.

—제법 교활한 놈이었다만, 이해할 수 없는 현상으로 인해 당황하고 나면 신중함을 잃어버리지. 지능 없는 놈의 한계다.

　과연 왕의 생각은 적중했다.

　새로 만든 2개의 게이트 중 하나가 강렬한 빛을 발한 것이다.

　파아아앗!

　게이트를 통해 거대한 괴물의 형체가 나타나기 시작했다.

　"뭐, 뭐야, 저건!"

　서문엽은 눈을 부릅떴다. 새로 출현한 괴물은 왕보다 훨씬 위협적인 외견을 띠고 있었다.

　덩치는 왕과 비슷했다.

　몸은 온통 시커먼 비늘로 덮여 있었고, 거대한 뱀의 아가리는 날카로운 이빨이 촘촘히 박혀 있었다.

　커다란 노란 눈동자는 왕을 닮았다.

　게다가 온몸이 검은 오러로 뒤덮여 있어서 흉흉한 빛을 뿜고 있었다.

　한마디로 정의하자면 흑룡(黑龍).

　동양의 용이 검게 물든 형상을 띤 괴물이었다.

　크오오오오오!

　흑룡이 포효했다. 그러자…….

　콰아아아!

　오러의 파동이 폭풍처럼 몰아쳤다.

　서문엽은 창을 땅에 찍어 간신히 몸을 지탱한 채, 피에트로에게 물었다.

"저건 어떤 괴물이야?"

"모른다. 저런 종은 듣도 보도 못했다. 예상컨대 변종이 분명하다. 버려진 세계의 선조가 아무리 어리석어도 저런 괴물을 만들지는 않았을 테니까."

피에트로의 표정도 심각했다. 대사제 시절 수많은 괴물을 제작했고, 많은 고대종까지 꿰고 있던 피에트로조차 처음 보는 괴물이었다.

―왔구나. 나의 적수.

그동안 즐겁게 잡담을 하던 왕도 눈빛에서 여유가 사라졌다.

두 사람에게는 보이지 않던 지극한 경계심을 흑룡에게 보이고 있었다. 흑룡은 왕을 보고는 흉흉한 눈빛을 터뜨렸다.

번쩍!

말 그대로 눈에서 오러로 추정되는 검은빛이 흘러나온 것이다.

"말도 안 되는군."

흑룡을 관찰하던 피에트로가 중얼거렸다.

"왜?"

"외견만으로도 대략 추정은 할 수 있다. 내가 알고 있는 여러 고대종의 특징이 들어가 있어."

"여러 특징? 그럼 누군가가 만든 돌연변이란 말이야?"

"그러니까 말이 안 되는 거다. 베이스는 왕과 같은 뱀이다. 거기에 다른 괴물의 특징들이 들어가 있는데, 여러 생명체를 합쳐서 제작한 돌연변이 특유의 불안정한 느낌은 전혀 들지 않아."

"그래서 무슨 뜻인데? 저게 자연발생종이라도 되냐?"

"그렇다. 선조들이 대체 버려진 세계에 무슨 짓을 했는지 모르겠군."

왕과 흑룡은 대치한 것만으로도 강렬한 오러의 충돌을 일으키고 있었다.

─대단한 힘을 모았구나. 역시나.

왕은 흑룡을 노려보았다.

오랫동안 자신을 괴롭혔던 교활한 적이 마침내 눈앞에 나타났다.

이렇게 실체를 눈으로 확인하니, 과연 위협적으로 성장했다.

덩치도, 오러양도 왕을 위협할 수준이었다.

더 무서운 것은 수많은 괴물의 특성을 지니고 있는 것.

크으으으!

흑룡은 불구대천의 원수를 보듯 왕에게 강렬한 적의를 드러냈다.

왕은 알지 못했지만, 흑룡은 왕에 대한 적개심을 어미로부터 물려받고 태어났다. 숙명의 적을 눈앞에 둔 셈이었다.

─내가 지배하던 세계에서, 내 눈을 피해 거기까지 성장한 것이냐. 실로 놀랍다. 하지만 넌 실수했다.

왕은 몸을 일으켜 머리를 치켜세웠다.

이를 따라하듯 흑룡도 똬리를 튼 채 머리를 들었다.

─보다 일찍 도전했더라면 너의 승리였을 것이다. 물론 교활하고 신중한 넌 시간이 네 편인 줄 알았겠지만. 크흐흐흐.

생사대적을 앞두고서 왕은 웃었다.

그 순간, 흑룡이 마침내 덤벼들었다.

쐐애애애애애액!

달려드는 것만으로도 공기를 가르는 소리가 쩌렁쩌렁했다.

왕은 흑룡의 이빨을 피해 급히 머리를 뒤로 피하면서, 몸통으로 부딪쳤다.

쿠우우우우웅!!

광풍이 몰아쳤다.

두 괴물의 몸속에 흐르는 강물 같은 오러가 서로 충돌해 어마어마한 여파를 만들어내고 있었다.

흑룡은 젊었다. 망설임 없이 재차 달려들며 몸싸움을 벌였다.

왕도 물러서지 않고 맞섰다.

쿠우우우웅! 콰아아아아앙!

굉음이 연신 울려 퍼졌다.

초대 황릉의 무너진 잔해는 두 괴물의 몸부림에 흩날려 산사태가 일어났다.

피에트로가 서문엽에게 다가와 둥그런 보호막을 펼쳤다.

고래 싸움이 세우 등 터지는 게 이런 것일까.

두 괴물의 어마어마한 싸움에 서문엽과 피에트로는 그저 자기 몸을 지키는 게 고작이었다.

하지만 저 압도적인 광경을 보면서도, 서문엽은 쥐고 있는 괴물 창을 만지작거리고 있었다.

"야, 나만 그렇게 생각하나? 이건 뜻밖의 찬스로 보이는데."

"삼파전이 훨씬 승산 있긴 하겠군. 하지만 우선 지켜보고 불리한 쪽을 돕는 방향으로 움직이지."

"언뜻 보기엔 왕이 불리해 보이는데?"

왕과 흑룡은 서로를 물어뜯으려 들었는데, 그 과정에서 연신 몸싸움이 벌어지고 있었다. 힘은 왕이 흑룡에게 조금씩 밀리는 것 같았다.

흑룡은 왕에게 없는 단단한 비늘을 온몸에 두르고 있었던 것이다. 그 비늘은 하나하나에 오러가 깃들어 있어서 온몸에 오러를 두른 것처럼 보이는 것이었다.

"이대로 왕이 지면 해결되는 거 아닌가? 저 검은 놈은 공간 이동 같은 것도 못하니까."

"그랬으면 좋겠다만, 왕이 아무 생각도 없이 자신의 적수를 이곳에 부른 것 같지는 않군. 지금까지는 그저 육탄전일 뿐이었다. 왕의 역량은 아직 안 나왔어."

피에트로의 말이 끝나기가 무섭게.

파아아앗!

왕이 오러를 끌어모았다.

순간적으로 거대한 오러가 왕의 입에 모여들었다.

흑룡은 아랑곳하지 않고 계속 달려들었다.

그때, 왕의 입이 쩌억 벌어졌다.

*　　　　　*　　　　　*

"뭐, 뭐야, 저게. 입으로 거대한 레이저빔 같은 거라도 쏠 셈 인가?"

그런 유형의 괴물도 종종 봤기 때문에 서문엽은 자연히 그런 상상을 했다.

"아니. 오러를 사용하는 이상 지금부터는 보통의 괴물이 아 니야. 왕에게 오러는 다른 괴물과 차별화하는 지성의 상징 중 하나다."

피에트로의 말이 끝날 때였다.

왕이 입을 쩌억 벌렸다.

그리고 벌어진 일은 서문엽과 피에트로가 상상한 범주를 넘 어선 것이었다.

벌린 입에서 수많은 영혼들이 튀어나오기 시작했던 것이다.

—크아아아아!

—오오오!

—크르르르륵!

영혼들은 괴물의 울음소리를 내었다.

실제로도 괴물들의 영혼이었다.

괴물들의 영혼은 왕의 오러에 깃들어 하나의 생명체처럼 이 루어졌다.

그리고 그것들이 세상 밖으로 쏟아졌다.

족히 수백이 넘는 괴물들의 영혼이 쏟아져서 흑룡을 공격하 기 시작했다.

서문엽은 눈을 부릅뜬 채 피에트로에게 물었다.

"저거 네 수법 아냐?"

"맞다."

피에트로는 딱딱하게 굳은 표정으로 답했다.

그랬다. 왕이 펼친 수법은 피에트로의 능력과 흡사했다.

"저 녀석이 저걸 어떻게 하는 거야? 첫 번째 상급 사제도 흉내 못 낸 거잖아."

"첫 번째에게 흡수한 지식에서 개념을 얻었겠지. 그런 게 있다, 정도만 알아도 충분했을 것이다. 왕은 원래부터 영혼을 능수능란하게 다뤘으니까. 그리고 저건……."

괴물들의 영혼은 흑룡을 난타하기 시작했다.

크아아아아아!

흑룡은 포효하며 격렬하게 몸부림쳤다.

하나하나 오러가 깃들어 있는 검은 비늘로 뒤덮인 흑룡의 거체!

그 자체로 자연재해를 일으키는 병기라 부딪친 영혼들을 수도 없이 부서뜨렸다.

하지만 왕의 입에서는 괴물들의 영혼이 끝없이 튀어나오고 있었다.

피에트로는 고뇌 어린 표정으로 말을 이었다.

"저건 내 수법보다 더 수준이 높아 보이는군."

오러에 영혼을 깃들에 만드는 핵심 기술은 지저 문명에서도 피에트로만 가능했던 것. 하지만 그것은 이미 왕도 할 줄 알았다. 피에트로와 처음 만나 버려진 세계로 초대했을 때 그 수법을 펼쳐 보였으니까.

하지만 문제는 그렇게 오러에 깃들게 해서 소환한 영혼들을 자신의 뜻대로 움직이는 것이었다.

통제가 불가능하면 멋대로 날아다니다가 끝날 뿐이다. 그 문제에 대하여 피에트로는 영혼에게 양해를 구한다. 영령이든 사령이든 부탁해서 자신의 뜻을 들어주도록 유도한다.

그런데 왕은 설령 자아가 낮은 괴물들이라 할지라도 마음대로 조종하고 있었다.

―보았느냐? 진정한 왕의 모습을. 나는 생태계는 물론이고 사후까지 지배하는 것이다!

왕이 포효하며 소리쳤다.

광기 어린 지배욕을 보이며 왕은 계속 흑룡을 몰아쳤다.

흑룡은 괴물들의 영혼을 처치하느라 정신없어서 왕에게 가까이 가지도 못했다.

피에트로는 소름이 끼쳤다. 왕의 입에서 계속 영혼들이 쏟아져 나오는 광경이 너무도 충격적이었다.

어찌 저 많은 영혼을 자기 배 속에 보관하고 있었다는 말인가.

'저런 많은 영혼을 갑자기 모아놓지는 않았을 터. 설마 저건 영령계를 흉내 낸 건가? 자기 몸속에?'

추측은 어렵지 않았다.

지배욕이 광적인 왕은 자신이 무력해지는 영령계가 싫었을 것이다. 어떤 곳이든 지배해야 하는 성미에 거슬렸을 터.

그래서 영령계와 비슷한 세계를 자기 안에 만든 것이다.

물론 완성된 것은 세계라기보다는 감옥 같은 것일 테지만.

'아득히 긴 세월을 살았다는 건, 한낱 괴물도 저런 스케일 큰 짓을 하는 존재로 만드는 건가.'

피에트로는 서문엽에게 말했다.

"아무래도 우리는 기필코 이겨야겠군."

"새삼스럽게 뭐래? 당연하지."

"아니, 왕은 아무래도 영혼까지 수집해서 사후까지 지배하려는 생각이다."

"그 첫 번째 녀석처럼?"

"그렇다."

그 순간.

두 괴물의 사투에 놀라고 있었던 서문엽의 눈빛이 가라앉았다. 차갑게 식은 눈빛은 왕을 똑바로 바라보았다.

서문엽은 던전이 좋았다.

어릴 때 인간의 악의를 충분히 경험했기 때문이다.

그에 비하면 차라리 던전의 괴물들은 순수한 식욕이니 얼마나 솔직한가.

괴물과 싸우고 사냥하는 일이 즐거웠다. 그런데 저놈은 다르다.

단지 지성을 가졌다는 것만으로도 저렇게 사악해진단 말인가.

"흑룡이 쥐어 터지고 있는데, 슬슬 끼어들자. 저 개새끼를 사냥해야겠다."

서문엽은 괴물 창을 꼬나 쥐었다.

피에트로가 말했다.

"조금 더 지켜보며 타이밍을 잡지. 왕의 적수가 계속 일방적으로 당하기만 하다가 죽지는 않을 것이다."

"저 시커먼 녀석이 반격할 때 끼자고?"

"그렇다. 둘 다 공멸시키는 게 제일이지만, 검은 괴물을 도와 왕만 처치해도 이번 사태는 해결된다."

흑룡은 오러를 다룰 줄 모르니 지상에 올라오지 못할 터였다.

왕만 처치하면 만사가 해결이었다.

"좋아."

서문엽은 고개를 끄덕였다.

*　　　　　*　　　　　*

왕과 흑룡의 사투.

흑룡은 계속 격렬하게 몸을 흔들며 공격하는 영혼들을 처치했고, 그럼에도 왕은 끊임없이 영혼을 쏟아냈다.

왕의 일방적인 공세였다.

하지만 흑룡도 아직은 큰 타격을 입지 않은 상황.

치명타를 가하려면 왕도 보다 확실한 공격을 해야 했다.

왕은 계속 영혼을 토하는 일만 반복할 뿐, 거대한 몸은 미동도 없었다.

그러나 실제로는 전신이 긴장해 있었다. 그런 기색을 보이지 않으려 할 뿐, 언제든 벼락같이 달려들 준비가 되어 있었다.

물어버린다.

수많은 영혼의 공격에도 불구하고 좀처럼 타격을 입지 않는 저 적수에게 확실하게 타격을 입힐 수단은 역시 직접적인 물리 공격이었다.

'나를 처치하기 위해 저리 힘을 키웠겠지?'

왕은 자신의 피를 이어받은 적수를 노려보았다.

자신의 존재감이 사라지자 놈은 당황했고, 게이트를 열자 자신의 존재감이 느껴지는 이곳으로 곧장 달려왔다.

명백한 적의.

왕인 자신을 죽이고 싶다는 일념이 투철한 녀석이었다.

'건방진 놈. 감히 왕인 나에게 적의를 보여?'

왕은 살기를 드러냈다.

그리고 흑룡이 영혼들을 뿌리치기 위해 다시 몸을 흔든 순간.

파아앗!

거대한 몸이 재빠르게 움직였다.

왕은 산 같은 몸집이라고는 믿을 수 없는 속도로 흑룡에게 달려들었다.

흑룡의 몸통을 깨물기까지는 순식간이었다.

콰지지지직!

크아아아아!

흑룡이 포효했다.

고통.

격노.

증오스러운 상대에게 일격을 허용한 사실에 화가 머리끝까지 난 듯했다.

하지만 왕도 한 방 먹었다고 쾌재를 부르며 기뻐할 수는 없었다.

힘껏 깨문 순간, 송곳니와 턱에서 이전까지 느껴본 적 없었던 감각을 느꼈던 것이다.

흑룡의 비늘은 너무 딱딱해서 깊게 물지 못했고, 간신히 비늘을 뚫고 생살에 파고든 송곳니로부터 불쾌한 기운이 오히려 입안에 들어왔다.

그것은 독이었다.

이놈은 피에 맹독이 들어 있는 놈이었다.

왕은 서둘러 물고 있던 흑룡을 내버려 두고 물러섰다.

─이놈······!

왕은 재빨리 오러를 일으켜 입안에 깃든 독 기운을 몰아냈다.

크아아아!

흑룡이 재빨리 반격했다.

왕이 가까이 다가온 이 기회를 놓칠 생각이 없어 보였다.

쿠아아앙!

두 거체가 충돌했다.

흑룡은 왕을 물어버리려 했고, 왕은 물리지 않으려고 했다.

서로 부대껴 몸싸움을 하면서 연신 충돌이 벌어졌고, 하늘을 어지럽게 날아다니는 영혼들은 그 여파에 휘말려 무더기로 소멸되었다.

　　　　　*　　　　　*　　　　　*

"어이, 지금 왕이 밀렸는데?"

"지금이 기회 같군."

"뭐? 근데 이건 검은 녀석이 우세한 상황 아냐?"

"왕은 조금 놀랐을 뿐이다. 저 괴물은 아무래도 몸속에 맹독을 품고 있는 것 같군."

피에트로는 왕이 물었다가 바로 놓은 행동을 보고 그렇게 추측했다.

"독 때문에 놀라서 잠시 밀렸을 뿐이라고?"

"그렇다. 상대는 내가 봐도 놀라울 정도로 흉악하게 진화한 변종이다. 왕이 그걸 입으로 체감하고서 놀란 거지. 하지만 결국 왕이 이긴다."

"제길, 알았어. 곧 들어간다. 잘됐군. 영혼들도 저 두 놈 몸싸움에 휘말려 많이 사라졌어."

그때부터 두 사람은 언제든 싸움에 낄 태세를 했다.

흑룡이 매섭게 왕을 몰아붙였다.

왕은 육탄전을 하면서도 되도록 흑룡과 떨어지려 했다.

왕이 얼굴을 위로 치켜들었을 때, 흑룡도 재빨리 머리를 꼿꼿이 치켜들었다.

흑룡이 왕과 가까운 거리에서 서로 마주 보았다.

그 순간.

쩌억!

왕이 다시 입을 열고 영혼들을 쏟아냈다.

영혼들이 무더기로 흑룡의 안면에 퍼부어진 것이다.

크르르륵!

흑룡은 깜짝 놀라 고개를 옆으로 돌렸다.

그 틈에 왕은 뒤로 물러나 거리를 벌렸다.

그때였다.

왕은 순간적으로 어떤 묘한 기운을 느꼈다.

왕의 까마득한 생애에서 단 한 번밖에 느껴보지 못했던 에너지!

그 기운이 바로 옆에서 느껴졌다.

왕은 흠칫 놀라 아래쪽을 내려다봤다.

그곳에는 어느새 기척을 완전히 죽인 채 접근한 서문엽이 있었다.

흑룡에 신경 쓰느라 미처 신경 쓰지 못했다. 너무 하찮았기 때문에 이 작은 인간은 안중에도 없었다.

그런데 이 작은 인간의 손에 들린 창에 서린 기운이 어쩐지 낯이 익었다.

"안녕, 씨발아?"

서문엽은 무기 영체화된 괴물 창을 왕의 꼬리 부근에 쑤셔 넣었다.

푸욱!

—크아악!

왕은 아찔한 고통을 느꼈다.

몸에 비하면 턱없이 작은 창인데도, 몸서리칠 고통이 온몸에 흘렀다.

그 고통이 옛 기억을 일깨워 주었다.

─황제냐! 그자와 같은 수법이구나!!

왕은 꼬리로 서문엽을 후려쳤다.

하지만 감각은 없었다. 서문엽은 공중으로 점프해 피했다.

"흡수한 지식 중에 이 얘긴 없었나 봐?"

첫 일격을 성공시킨 서문엽은 호쾌하게 소리쳤다.

공격에 성공하고 꼬리 공격을 피한 것까지, 그간의 훈련이 결실을 맺었다.

─이놈!!! 실수한 것이다! 이제 널 살려둘 생각이 없어졌으니까!!

왕이 쩌렁쩌렁하게 포효했다.

"네 친구나 신경 써라!"

서문엽은 잽싸게 멀찍이 물러나며 소리쳤다.

어느새 흑룡이 날파리처럼 귀찮게 하는 영혼들을 헤치고 가까이 접근한 상태였다.

크아아아아아아!!!

흑룡이 벼락같이 덤벼 왕의 목줄기를 물려 했다.

왕은 재빨리 상대의 이빨을 피하고, 온몸으로 부딪쳐 밀어냈다.

쿠우웅!

온몸으로 들이받히고 밀려난 흑룡. 하지만 이 젊은 괴물은 육탄전이라면 환영이었다. 오히려 더 자신감 있게 재차 덤볐다.

"그래, 힘내라!"

서문엽도 타이밍 맞춰서 함께 달려들며 소리쳤다.

왕은 그런 서문엽이 못내 신경 쓰였다.

게다가 이제는 아직 움직이지 않는 피에트로까지 신경 써야했다.

'이 작은 것들이 나름대로 준비한 게 있었구나.'

두 사람은 감히 왕인 자신을 죽이기 위해 갈고닦아 왔다.

그리고 그건 실제로도 아팠다.

용서할 수 없었다.

─다 죽여주마!!

왕이 순간적으로 다량의 오러를 일으켰다.

다량의 오러가 왕의 전신에 응집되는 것을 보고 서문엽은 기겁했다.

파앗!

때마침 피에트로가 서문엽의 곁에 공간 이동해 왔다.

"피해야 한다!"

피에트로는 서문엽의 어깨에 손을 얹고 다시 공간 이동을 시전했다.

파앗! 팟!

두 사람은 함께 초대 황릉을 떠났다.

도착한 곳은 그냥 텅 빈 던전이었다.

주위를 두리번거리던 서문엽이 피에트로에게 물었다.

"그게 뭔데 그래?"

서문엽이 의아해져서 물었다.

"자폭이었다."

피에트로가 간단히 답했다.

서문엽의 안색이 창백하게 질렸음은 물론이었다.

*   *   *

"자폭? 놈이 열받은 나머지 홧김에 같이 죽기로 했다고?"

"오러를 운용하는 구조가 자폭과 비슷했다는 뜻이다. 언뜻 보기에는 일부 오러만 폭발하도록 제어한 것으로 보였다."

"그게 가능한 거였어?"

"그리 어려운 일은 아니다. 오러 소모 대비 폭발력의 문제지. 차고 넘칠 정도로 오러가 많은 왕에게는 쓸 만한 수단이다."

서문엽은 괴물 창을 땅에 꽂고 한숨을 쉬었다.

"검은 괴물 녀석은 죽었겠지?"

"살았으리라 본다. 하지만 시간문제겠지."

피에트로는 왕이 순간적으로 끌어 올린 오러양으로 추정했을 때, 흑룡이 폭발을 온전히 견딜 수 있다고 보지 않았다.

피에트로가 입을 열었다.

"우리에게 세 가지 선택지가 있다. 초대 황릉에 돌아가 혹시나 살아 있을 검은 괴물과 합세해서 싸우는 것. 이곳에서 기다렸다가 왕이 나타나면 싸우는 것. 지상으로 돌아가 다시 준비한 뒤 싸우는 것."

그 말에 서문엽은 잠시 고민하다가 답했다.

"첫 번째가 가장 희망적이네. 가보자."

피에트로는 고개를 끄덕이며 서문엽의 어깨에 손을 얹었다.

친근감의 표시가 아니라 공간 이동을 함께하기 위해서였다.

파앗! 팟!

*　　　　*　　　　*

크어어어어어!

흑룡이 길길이 날뛰었다.

하지만 왕은 물고 있는 목덜미를 결코 놓지 않았다.

간신히 잡은 승기였다.

대량의 오러를 모아 폭발을 일으켰고, 이에 타격을 입고 비틀거리는 흑룡을 재빨리 급습해 목덜미를 물었다.

녀석은 그 폭발에도 치명상을 안 입을 정도로 견고한 육체를 가졌지만, 놈에게도 이 목덜미는 급소였다.

여기를 잡히면 머리를 돌려 상대를 물 수 없으니까 말이다.

흑룡은 왕을 뿌리치기 위해 발버둥 쳤다. 격렬한 저항에 왕도 이리저리 흔들렸지만 끈질기게 물고 있는 목을 놔주지 않았다.

놈의 체내에 있던 맹독이 송곳니를 타고 흘러들어 왔지만, 상관없었다. 오러로 맹독을 정화하며 계속 턱에 힘을 주었다.

'쓸 만한 지식이 많아서 다행이었다.'

첫 번째 상급 사제의 영혼에게 흡수한 지식 중 자폭이라는 개념이 있었다.

스스로 죽으면서까지 상대를 공격하려 한다니 이해가 가지는 않았다. 죽으면 끝인데 스스로 죽음을 앞당기다니?

자폭의 개념은 왕이 나름의 방식대로 재해석했다. 상당히 쓸 만한 공격 수단이 되었고, 그것으로 왕은 자신의 대적을 꺾기로 결심했다.

그리고 현재, 목적대로 되었다.

승기는 왕이 잡았다.

폭발에 당하고 급소를 물린 흑룡은 서서히 힘이 빠지고 있었다.

그때였다.

왕은 뒤편에서 시공간의 일그러짐을 느꼈다.

'귀찮은 녀석들이 왔군.'

파앗! 팟!

아니나 다를까, 피에트로와 서문엽이 나타났다.

서문엽은 오러 영체화를 펼치며 달려들었다.

"이 자식! 내 친구를 놔줘!"

뒤에서 공격하려 하니 영체화된 무기의 아픔을 느껴봤던 왕은 흑룡을 놓고 옆으로 물러났다.

덕분에 풀려난 흑룡도 주춤주춤 물러섰다.

—친구? 저 녀석이 어째서 네 친구인가?

왕은 그 와중에도 궁금한 건 못 참아서 질문했다.

서문엽은 오러를 아끼기 위해 무기 영체화를 해제했다.

"농담이야. 농담 몰라?"

─모른다.

왕은 고개를 갸웃거렸다.

"쯧쯧, 지금까지 만나본 지성체들이 다들 농담과 거리가 멀었구나."

─그 농담이라는 개념을 모르니 답할 수가 없군.

그 와중에 흑룡은 황급히 방향을 돌리더니 게이트 쪽으로 쏜살같이 달려갔다.

그러나…….

팟!

게이트가 사라졌다.

당연히 흑룡이 달아나게 놔줄 왕이 아니었다.

흑룡은 다른 게이트로 빠져나가려 했지만, 역시나 모두 사라지고 말았다.

달아날 곳이 없어진 흑룡은 그제야 독기를 품고는 다시 왕을 노려보았다.

"불쌍하잖아. 달아나게 놔두지 그래?"

─날 죽이려 했는데 어째서 불쌍하지?

왕은 또 서문엽의 헛소리에 반응했다.

"농담이야, 인마."

─농담이라. 이해하기 쉽지 않은 개념이군.

"알기 쉽게 가르쳐 줄 테니 일단 이걸로 한 대만 맞자."

서문엽은 창을 꼬나 쥐고 달려들었다.

왕도 동시에 움직였다.

파아앗!

왕이 움직인 방향은 흑룡 쪽이었다.

크아앙!

흑룡도 포효하며 맞섰다.

쿠우우웅!

두 거체가 또 충돌하며 굉음을 일으켰다.

이번에는 흑룡이 밀려났다. 확실히 타격을 입은 것이었다.

왕이 또 목을 노리자 흑룡은 머리를 좌우로 흔들며 방어했다.

그 와중에 왕은 꼬리를 휘둘러 서문엽을 공격했다.

"차!"

증폭된 분석안으로 미리 본 서문엽은 힘껏 점프하며 피하는 데 성공.

그러나 꼬리가 만들어낸 풍압에 의해 몸이 뒤로 밀렸다.

파앗! 팟! 팟!

마법진 3개가 나타났다.

3개가 겹쳐지며 서로의 문양이 회로처럼 연결되었다.

마법진들이 그물처럼 왕의 머리를 붙잡았다.

흑룡을 돕기 위한 피에트로의 수법이었다.

―재미있는 것을 만드는군!

찌이익!

왕은 머리를 격렬히 흔들어 그물을 찢어발겼다.

그러고는 흑룡에게 맹렬하게 돌격.

기세에 밀린 흑룡이 주춤거릴 때.

휙!

왕은 재빨리 U턴하며 서문엽을 바라보았다.

입을 쩌억 벌리고 괴물들의 영혼을 쏟아냈다.

괴물들의 영혼이 온갖 괴성을 지르며 서문엽에게 쏟아졌다.

"이런 제길!"

서문엽은 무기 영체화를 펼치고 몰려드는 영혼들을 하나하나 찔러 죽였다.

촤촤촤촤촤촤!

폭풍 같은 연속 찌르기.

창은 빗나감 없이 한 번 내지를 때마다 영혼을 하나씩 소멸시켰다.

하지만 상황을 지켜보는 피에트로의 표정은 좋지 않았다.

'이런 방식으로는 이쪽이 먼저 지친다.'

영혼을 하나하나 처치하는 식으로는 오래갈 수 없었다. 두 사람은 최대한 오러를 아껴가며 싸워야 했기 때문이다.

반대로 왕은 비로소 최적의 전투 방식을 발견했다는 듯, 서문엽에게 영혼을 뿌리고 흑룡과 육탄전을 벌였다. 흑룡이 힘이 빠졌기 때문에 가능한 일이었다.

서문엽이 영혼들과 분투를 벌이는 동안, 피에트로는 계속 대책을 강구했다.

'나중에 다시 싸워도 이걸 파훼하지 못하면 승산이 없다.'

그야말로 두뇌를 풀가동하며 괴물들의 영혼을 연구하는 피에트로.

그러는 동안에도 무기 영체화를 유지하는 서문엽의 오러는 계속 소모되고 있었다.

서문엽은 피에트로가 대책을 마련 중임을 눈치챘기 때문에 채근하지 않았다.

'혹시?'

비로소 피에트로가 움직였다.

그는 마법진 5개로 그물을 만들어 영혼들을 쓸어 모았다.

동시에 전광석화처럼 옆에 다른 던전과 통하는 작은 게이트를 열었다.

그러자 놀라운 현상이 벌어졌다.

그물에 걸렸던 영혼들이 일제히 작은 게이트로 몰려간 것이다.

영혼들은 피난민 행렬처럼 우르르 게이트를 통해 다른 공간으로 사라져 버렸다.

─음?

흑룡과 난투 중이던 왕이 반응했다.

쏟아냈던 영혼들이 모두 사라져 버린 기현상.

─어떻게 한 거지?

궁금해진 왕은 다시 한번 입을 열고 영혼들을 쏟아냈다.

피에트로는 이번에도 그물을 쳐서 영혼들을 끌어모으고 게이트를 열어 내보냈다.

공격이 단숨에 와해되자 왕은 휘둥그레졌다.

―놀랍군. 순간적으로 내 지배력을 차단했군?

"다들 네게서 벗어나고 싶어 하더군."

피에트로는 짧게 대답했다.

그물로 왕의 구속력을 일시적으로 방해했다.

그러자 아주 잠깐 왕의 지배력에서 풀린 영혼들은 게이트를 통해 달아나 버렸다. 다들 왕에게 붙잡혀 영적 감옥에서 고통받고 있었다. 또다시 그 처지로 돌아가고 싶지 않았던 것이다.

―역시 너는 재미있군. 특별히 넌 죽이지 않고 내 곁에 놔두겠다.

왕은 이제 흑룡과 싸우는 와중에도 이쪽에 말을 건넬 정도로 여유가 있었다.

"그럼 난?"

―넌 죽는다.

"서운한데."

―혹시 그것도 농담이냐?

"잘 배우네."

감히 왕인 자신과 싸우면서도 두려움 하나 없이 천연덕스러운 서문엽.

왕은 불쾌감을 감추지 않았다.

―마음에 들지 않는 놈이군.

서문엽은 미소를 지었다.

그러나 속으로는 심각한 고민을 하고 있었다.

'이거 안 좋은데.'

피에트로가 영혼들에 대한 대책을 알아낸 덕에 다시 싸움다운 싸움을 하게 됐다.

하지만 이미 서문엽은 오러를 꽤 소진했다.

아직 더 싸울 수 있지만, 왕을 쓰러뜨릴 때까지 버틸 수 있느냐고 묻는다면 글쎄.

흑룡도 기진맥진해서 언제든 왕에게 한 방 크게 물리면 죽을 터.

피에트로는 오러양이 괜찮았지만, 그는 어디까지나 보조. 결정타는 서문엽의 몫이다.

'견적이 안 맞아.'

그렇다고 물러난다? 그리되면 다음 전장은 지상이었다.

지상으로는 왕이 혼자 나타나지 않을 터. 본격적으로 지구 전역이 전쟁터가 되는 것이다.

'어떡하지?'

서문엽은 갈등을 느꼈다.

이대로는 이길 가망이 안 보였는데, 그렇다고 물러나자니 인류가 감당해야 할 재앙이 너무 컸다.

크아아아아아!

그 와중에도 왕과 흑룡의 싸움은 격화되었다.

왕은 맹렬하게 흑룡을 물어뜯으며 구석으로 몰았다.

투지 넘치던 흑룡도 이제는 패배 직전.

서문엽 일행에게는 뜻밖의 우군이라고 여겨졌던 흑룡이지만, 결과는 왕의 계획대로 되었다.

왕은 서문엽과 피에트로가 방해해도 상관없이 흑룡을 처치할 자신이 있었고, 결과는 왕이 옳았다.

[후퇴하는 게 어떠냐?]

피에트로의 목소리가 머릿속에서 울려 퍼졌다. 왕이 듣지 못하게 오러로 비밀리 말을 건넨 것.

서문엽도 오러로 대답했다.

[이 기회가 너무 아깝지 않아?]

왕에 대적하는 흑룡의 존재.

둘의 싸움에 어부지리로 승리를 챙길 절호의 찬스를 포기하자니 너무 아까웠다.

흑룡처럼 왕에 대적할 우군이 또 어디 있단 말인가?

[동의한다만 이미 늦었다. 계속 싸운다 해도 시간문제일 뿐 결국 진다. 게다가 장소도 좋지 않다. 이렇게 공간이 제한된 던전에서는 전 지역이 왕의 공격 범위다.]

[그것도 그렇지.]

[왕의 공격 수단을 알았으니 다음에는 더 잘 싸울 수 있을 것이다.]

[하지만 우리도 밑천이 드러났지.]

[그렇다.]

서문엽은 결정을 내렸다.

[후퇴하자. 근데 이대로 거둔 것 하나 없이는 안 돼.]

[부상이라도 입히겠다는 건가? 회복력은 우리보다 저쪽이 훨씬 우위다.]

피에트로는 부정적이었다. 하지만 서문엽은 웃음을 띠었다.

[그런 거 말고 다른 거.]

피에트로는 잠자코 서문엽의 의견이 뭔지 설명을 기다렸다.

서문엽이 물었다.

[너 말이야. 혹시 내가 죽으면 시체 잘 챙겨서 도망갈 수 있지?]

피에트로는 서문엽의 말뜻을 바로 알아차렸다.

[그렇군. 좋다, 시체는 내가 잘 수습하지.]

대화를 마칠 무렵.

콰드득!

크어어!

흑룡의 고통스러운 비명이 터졌다. 왕이 다시 목을 문 것이다.

위치는 아까보다 더 좋지 않았다. 턱 바로 아래쪽.

저항해도 떨쳐내기 힘든 부위였다.

턱에 힘을 주며 깊이 물어뜯는 왕의 모습은 사납기 짝이 없었다.

"내 친구 때리지 말라고 했지!"

서문엽이 다시 무기 영체화를 하며 달려들었다.

그때 왕의 노란 눈동자가 흘깃 뒤쪽을 바라보나 싶었다.

그리고 다음 순간.

왕은 물고 있던 흑룡을 번쩍 들어서 뒤로 메어쳐 버렸다.

바로 서문엽이 있는 방향이었다. 흑룡의 거체가 서문엽에게 떨어졌다.

하지만 서문엽은 멈추지 않았다.

괴물 창을 왕에게 겨눈 채 더 빠르게 돌진하고 있었다.

'증폭, 민첩성에!'

서문엽은 순간적으로 왕의 예상보다 더 빠르게 가속했다.

콰아아아아아아앙!!!

흑룡의 몸이 땅에 충돌했다. 어마어마한 흙먼지가 일었다.

흙먼지는 서문엽의 몸을 숨겨주었다.

시야가 가려진 순간을 놓치지 않았다. 서문엽은 흙먼지 속에서 재빨리 방향을 옆으로 꺾어 왕의 예상을 벗어났다.

이윽고 측면에서 흙먼지를 뚫고 서문엽이 뛰어들었다.

푸우욱!

무기 영체화된 괴물 창이 왕의 몸통을 찔렀다.

―크아아아! 이놈!

왕이 분노에 차 포효했다.

*   *   *

흙먼지 속에서 방향을 바꿔 허를 찌른 일격.

무기 영체화 공격은 불에 지진 듯한 통증을 유발시키므로 왕은 격노했다.

―죽어라!

왕은 자신이 메쳐서 쓰러뜨린 흑룡을 내버려 둔 채 서문엽만 공격했다.

쿠우우웅!

온몸을 철퇴처럼 깔아뭉갰다.

서문엽은 증폭된 분석안으로 봐뒀다가 미리 빠져나왔다.

그러면서 다시 무기 영체화를 펼치며 한 방.

푹!

—크윽!

왕은 신경이 곤두섰다. 별 타격은 없지만 영혼에 새겨지는 듯한 통증이 거치적거렸다.

아직도 생생하다. 황제에게 당해 형편없이 도망쳤을 때, 이 고통이 두려웠다.

—절대 살려두지 않을 것이다.

왕은 본격적으로 서문엽을 똑바로 노려보며 쉭쉭 헛바닥을 날름거렸다.

스르륵.

좌우로 몸을 뒤틀며 기어오기 시작했다.

S자 곡선을 그리며 다가오는 왕.

서문엽은 왕의 살기가 자신에게 쏟아지자 짜릿해지는 기분을 느꼈다.

'아찔하네. 정신 나갈 것 같아.'

낄낄 웃었다.

이 공포감. 어릴 적부터 수없이 느꼈다. 간신히 살았는데 정신 차리면 어느새 다시 무기를 들고 던전에 들어와 있었다.

덤벼라.

어디 한번 날 죽여봐라.

서문엽은 사뿐히 뒷걸음질 치면서 왕의 움직임을 살폈다.

어느 순간.

'온다!'

준비 동작이 아니지만 낌새가 느껴졌다.

서문엽은 즉각 움직였다. 짧은 찰나의 순간에 왕도 뒤따라 움직였다.

콰드득!

왕은 서문엽이 서 있던 자리를 깨물어 뜯어버렸다.

서문엽은 아슬아슬하게 뛰어올라 공중을 도약하고 있었다.

연이어 꼬리가 날아든다.

공중에 떠 있는 그를 후려치기 위해서였다.

그 순간, 서문엽은 왕에게 형상 언어를 보냈다.

그러고는 몸을 뒤틀어서 공중 동작을 했다.

쏴아아아악!!

꼬리가 아슬아슬하게 눈앞을 스쳐 지나갔다.

식은땀이 등골을 타고 흘렀다.

―응?

왕은 어리둥절했다.

―빗나가?

서문엽이 보낸 형상 언어 때문이었다.

공중을 날고 있는 시각적 이미지를 보내고, 본인은 도중에 몸을 틀어서 방향을 돌린 것이다.

제대로 때린 줄 알았던 왕은 완벽하게 빗나가자 놀랐다.

서문엽은 무기 영체화를 다시 시전했다.

왕은 흠칫하고는 똬리를 들어 둥글게 몸을 말았다. 서문엽은 똬리를 틀고 있는 한가운데에 착지할 예정이었다.

'미안한데, 이 상황도 시뮬레이션으로 연습했다.'

거대 뱀과 싸운 경험이 톡톡히 도움을 주고 있었다.

서문엽은 바로 영체로 변신해 날아서 피해갈 수 있었다.

중간에 몇 번이고 왕이 달려들며 삼키려 해서 좌우로 날며 피해야 했다.

―제법이군. 작은 주제에 꽤나 잘 피해 다니지 않나.

"너도 그 몸집에 꽤나 날렵하네?"

서문엽은 지지 않고 맞받아쳤다. 하찮은 주제에 노력이 가상하다는 듯한 왕의 말투가 거슬렸기 때문.

왕은 희한하다는 듯이 서문엽을 내려다보았다.

―이상하군. 넌 아직 이길 수 있을지 없을지 판단이 안 되는 것이냐? 명백하게 넌 날 이기지 못한다. 그런데 왜 싸우는 것이냐? 도망치려고 시도도 하지 않는군.

"인간 중에 널 이길 수 있는 사람은 나밖에 없거든."

―네가 인류를 대표해서 싸우러 나왔다는 거군.

"그래."

―날 이길 수 있는 유일한 인간이라…….

왕은 유심히 서문엽을 살피더니 웃었다.

―다시 봐도 싱겁기만 하다. 그나마 승산이 있는 인간이 너밖에 없다는 건가.

왕은 다시 서문엽에게 특별한 뭔가가 있나 살펴봤지만, 역시나 하찮게만 보일 뿐이었다.

물론 무기 영체화는 좀 아프지만 그뿐이었다. 황제처럼 목숨을 위협하는 일격을 날릴 힘이 이 인간에게는 안 보였으니까.

—역시나 재미없군. 이제 네게 흥미가 떨어졌다.

왕은 그 말을 마치고서 오러를 끌어모으기 시작했다.

'설마 또?'

자폭이 생각난 서문엽은 화들짝 놀랐다.

하지만 이번엔 아니었다.

입을 쩌억 벌린 왕이 오러를 뿜어냈다.

오러는 불꽃으로 바뀌었다.

서문엽은 몸을 웅크리고 방패를 앞세웠다. 방패에 오러를 실어 쏟아지는 화염을 막았다.

화르르르르륵!!

방패로 정통으로 직격되는 것을 막았지만 온몸이 뜨겁게 작열(灼熱)하는 듯했다.

온몸에 오러를 둘러 불길에 저항했는데, 그래도 서서히 익어가는 듯한 고통이 엄습했다.

"끄으으!"

이를 악물었다.

화염의 범위가 너무 광범위해서 피할 곳도 없었다.

뜨거운 열화가 온몸을 압박하는데도 서문엽은 집중력을 잃지 않았다. 집중이 흩어지면 오러도 흩어지고 삽시간에 재가 된다.

'영체로 변신하면 불에 탈 걱정은 없지. 하지만 아직 아니야.'

정신력.

서문엽은 죽을 것 같은 와중에도 끝까지 괴물 창을 꼬나 쥐고 결정적인 타이밍을 노렸다.

불꽃을 뿜으면서, 왕은 점점 가까이 다가오고 있었다.

점점 거세지는 불길이 이를 증명했다.

'충분히 가까이 왔을 때 한 방 거하게 먹여주마.'

인간을 아득히 초월한 정신력을 가진 서문엽은 끝까지 참았다.

결국 왕의 머리가 가까이 다가왔다.

'바로 지금!'

서문엽은 증폭된 분석안으로 왕의 움직임을 살폈다.

앞으로 몇 초간 왕의 머리는 안 움직인다는 사실을 확인했다.

서문엽은 영체로 변신했다.

파아앗!

온몸이 오로로 이루어진 영체로 화한 순간, 뜨거운 불길에서 해방되었다.

서문엽은 왕의 머리를 향해 똑바로 날아들었다.

화염은 오히려 왕의 눈을 가려주는 장막이 되었다.

불꽃을 뚫고 서문엽이 나타났다.

그대로 미간에 꽂으려 할 때였다.

'응?'

짧은 찰나의 의심. 왕의 민첩성은 자신보다 훨씬 높다.

불꽃을 뚫고 나온 자신을 확인했다면 반응해야 하는데, 움직임이 없다.

노란 눈동자는 자신을 보며 어쩐지 웃는 것 같았다.

찰나의 순간에 할 수 있는 생각은 거기까지였다.

왕의 꼬리가 등 뒤에서 날아와 서문엽을 덮쳐 버렸다.

눈에 안 보이는 곳에서 날아온 일격이라 증폭된 분석안으로도 못 본 것이다.

ㅡ크어억!

서문엽은 처참한 비명을 질렀다.

영체 상태에서는 물리 공격이 통하지 않지만, 왕의 체내에 흐르는 거대한 오러의 격류에 휩쓸릴 수는 있다.

왕이 휘두른 꼬리에 흐르는 오러의 강물은 영체마저 후려쳐 흩어버릴 수준이었다.

영체 상태가 강제로 해제되고도 모자라, 서문엽의 몸뚱이는 세차게 날아가 지면에 강하게 처박혔다.

꽈아아앙!!!

서문엽의 의식은 끊겼다.

죽음이었다.

*   *   *

ㅡ죽었나?

왕은 느긋하게 축 늘어진 서문엽의 몸을 내려다보았다.

생기가 끊겨진 것이 느껴졌다.

ㅡ죽었군. 나름 강한 상대였는데 말이야. 이 왕의 몸에 상처를 입힌 몇 안 되는 생명체 중 하나였다.

왕의 노란 눈동자는 피에트로를 바라보며 웃음을 띠었다.

─그 정도면 작디작은 일개 생명체치고는 충분히 영광스러운 일이지. 안 그런가?

피에트로는 말이 없었다.

다만 약속대로 서문엽의 시신을 재빨리 챙겨서 도망칠 타이밍을 재고 있을 뿐이었다.

'이제 곧이다.'

피에트로는 서문엽의 시신을 보며 초조함을 느꼈다.

서문엽은 불사신(不死身)이었다.

'불사'가 발동되어서 되살아나는 걸 왕에게 들켜서는 곤란하다.

일부러 왕의 눈앞에서 죽어서 방심을 사겠다는 서문엽의 일말의 노림수가 물거품이 되는 것이다. 0.1%라도 승산을 더 높여보겠다는 눈물겨운 노력이었다.

'그러니 일어나라. 충분히 쉬었으면.'

피에트로는 왕 뒤에 가만히 쓰러져 있는 누군가에게 속으로 말했다.

이윽고.

크어어어어!!

쓰러져 있던 흑룡이 벌떡 일어났다. 놀랍게도 만신창이였던 몸이 다소 회복된 모습이었다.

흑룡은 벼락같이 왕에게 덤벼들었다. 목덜미를 물려는 찰나, 왕이 피하는 바람에 몸통 중간쯤을 물고 말았다.

—이놈이!

왕이 신음을 터뜨렸다.

왕은 머리를 돌려 흑룡의 몸을 똑같이 물었다.

서로 안 놓고 버티는가 싶었지만, 흑룡이 먼저 놓고 물러났다. 놀라운 회복 속도를 지녔지만, 기운이 빠진 것은 여전했던 것이다.

'지금!'

피에트로는 공간 이동을 펼쳐 서문엽의 시신에 다가갔다.

몸 위에 손을 얹고 공간 이동을 다시 펼쳤다.

목적지는 지상이었다.

파앗! 팟!

* * *

한국대학병원.

17년 만에 귀환한 서문엽이 입원했던 그곳이었다.

파앗! 팟!

분주하게 움직이고 있는 한낮의 응급실 현관 앞에 두 사람이 나타났다.

"꺄악!"

"헉!"

이제 막 도착한 구급차에서 환자를 꺼내던 구급대원들은 두 사람의 등장에 깜짝 놀랐다.

응급실에서 환자를 받으러 나온 의사도 그 두 사람의 등장에 멍한 표정을 지었다.

바로 피에트로와 서문엽. 월드컵의 영웅이라 전 국민이 다 한눈에 알아보는 유명 인사였다.

피에트로는 의사에게 쓰러진 서문엽을 턱짓했다.

"환자다. 치유 능력 있는 초인 의사 붙여."

"제, 제가 할 줄 알아요. 그, 근데 주, 죽었잖아요! 서문엽이 죽었어!"

의사가 패닉에 빠져 소리쳤다.

서문엽은 목이 비틀린 채 죽어 있었던 것이다. 인류의 영웅 서문엽이 말이다.

주변에 있던 사람들의 시선이 모여들었다.

그들은 모두 만신창이가 된 채 죽어 있는 서문엽을 보며 충격을 받았다.

*   *   *

(서문엽 숨진 채 발견)

충격적인 자막이 하단에 붙은 뉴스 특보가 TV에 방영되고 있었다.

─오늘 오후 2시, 한국대학병원 응급실 앞에서 서문엽 씨가 숨

진 채로 나타나 충격을 주고 있습니다. 서문엽 씨는 팀 동료 피에트로 아넬라 씨와 함께……

그 속보를 뚱한 표정으로 보고 있는 1인실 환자가 있었다.

"자막 바꿔라. 부활했다고."

바로 서문엽 본인이었다.

한국은 벌써 들썩이고 있었고, 속보는 전 세계 외신으로 퍼져 나가고 있었다.

시체가 되어 돌아온 서문엽으로 인해 병원은 난리가 났는데, 다행히 서문엽이 불사신이라는 것을 뒤늦게 떠올린 병원 측은 침착하게 그를 1인실로 옮기고 치유 능력을 가진 초인 의사를 붙여주었다.

하지만 시간이 지나도 서문엽의 생명이 돌아오지 않자 다들 당황했다.

다행히 피에트로는 침착했다.

생명이 쉬이 돌아오지는 않고 있지만, 체내에서 오러가 계속 활동하고 있음을 감지하고 가만히 지켜보기로 했다.

그 결과, 정확히 3시간 47분 만에 부활한 것이다.

"생각보다 되살아나는 게 늦더군."

"그러게. 전에는 심장이 뚫렸어도 안 죽었거든? 근데 3시간 47분이나 시체로 있었다니 희한하네."

몇 년 전, 아바타 등록을 할 때 테스트에서 서문엽은 살러분에게 심장이 꿰뚫리고도 안 죽는 모습을 보여줬었다.

그래서 오러를 최대한 가라앉힌 채로 죽은 체를 하려고 했었다. 그런데 왕의 일격에 아예 진짜로 시체가 되었던 것이다.

"불사를 증폭해서 영체로 변신하는 원리였으니, 이것과 연관 있겠군. 영체 상태에서 강제로 해제당한 충격에 일시적으로 불사가 기능을 안 했을 수 있다."

"죽은 체하려다 진짜로 임사 체험했네."

서문엽은 나직이 욕지거리를 했다.

자신이 어떻게 죽었는지는 피에트로에게 들었다.

뒤통수로 꼬리가 날아오는 바람에 아무것도 모르고 맞아 죽었다고 했다.

시야 밖에서 펼치는 공격. 증폭된 분석안의 유일한 약점이었다.

TV에서 속보가 계속 이어졌다.

─한편 세계 배틀필드 협회는 서문엽 씨의 사망과 관련하여 중대 발표를 하겠다고 밝혀 관심이 모아지고 있습니다.

소식을 듣자마자 여왕이 움직이기 시작한 듯했다.

서문엽은 한숨을 쉬었다.

"진짜 난리가 나겠구나."

제5장

일곱 명

시간을 지체할 수 없었다. 기자회견은 다음 날 바로 진행되었다.

간밤에 여왕이 준비 자료를 갖고 한국에 바로 왔고, 여러 상의를 거쳐 발표 내용을 확정했다. 기자회견 장소로 섭외된 호텔에 많은 국가의 언론 기자들도 두루 모여 있었다.

전 세계가 이번 사건에 촉각을 곤두세우고 있었다.

서문엽의 일시적인 사망.

그 직후 세계 배틀필드 협회의 중대 발표 예고.

거기다가 이번 발표에 그동안 베일에 싸여 있던 협회장이 직접 모습을 드러낸다고 하니, 심상치 않은 일이 벌어지고 있다는 것을 모두가 느끼고 있었던 것이다.

서문엽과 피에트로, 그리고 여왕이 함께 회견장 안으로 입장하자 카메라 플래시가 터져 나왔다.

모두의 시선이 한 사람에게 집중되었다.

여왕.

세계 배틀필드 협회장이 마침내 대중 앞에 모습을 드러낸 것이다.

"여자였어?"

"굉장히 젊잖아?"

"아니, 근데 뭔가 좀……."

기자들은 웅성거렸다.

배틀필드를 창조하고 업계를 지배해 온 인물이라고 하기에는 굉장히 젊은 여자였다.

하지만 외모가 인간과는 사뭇 다른 이질감이 느껴졌다.

바로 햇볕을 한 번도 안 받은 듯한 창백한 피부와 인간보다 약간 더 큰 눈동자.

눈썰미 있는 기자들은 외모를 보고 여왕의 정체를 의심했다.

셋은 나란히 앉은 채 기자회견을 시작했다.

여왕이 입을 열었다.

"안녕하십니까. 저는 세계 배틀필드 협회의 회장입니다. 마침내 이렇게 여러분께 인사를 드리네요."

"혹시 지저인 아니십니까?!"

어떤 한국인 기자가 불쑥 소리쳤다. 그 무례한 행동에 몇몇 기자들은 눈살을 찌푸렸다. 여왕은 미소를 지었다.

"그런 소문이 많이 돌았죠. 배틀필드는 인간의 능력으로 만들 수 있는 시스템이 아니다. 인간 사회에 숨어든 지저인이 만든 것이다. 세계 협회장은 지저인이라서 모습을 숨기고 있는 것이다."

일부 기자들이 농담인 줄 알고 웃었다.

하지만 여왕은 고개를 끄덕였다.

"네, 맞습니다. 인간에게는 배틀필드를 만들 능력이 없죠. 전 지저인입니다."

"헉!"

"지, 진짜?!"

"설마 했는데!"

기자들이 웅성거렸다.

"다시 한번 소개해 드리죠. 전 지저 문명의 마지막 여왕입니다. 성역이 붕괴된 후 몇몇 지저인 난민을 이끌고 지상에 올라와 은둔하고 있었습니다."

더 큰 폭탄이 떨어졌다. 괴담이 사실이었다는 게 밝혀진 것도 모자라, 지저 문명의 여왕이라는 신분까지 공개됐다.

기자들은 흥분해서 질문을 쏟아냈다.

"살아남은 지저인은 몇 명이나 됩니까?"

"지상이라면 어디에서 숨어 지내는 겁니까?"

"배틀필드를 만든 목적이 뭡니까!"

"이번 사태와 관련이 있습니까?!"

기자들은 긴장감과 경계심을 보였다. 당연했다. 지저 전쟁의 여파는 아직도 인류에게 큰 공포로 남아 있었으니까.

안 되겠다 싶었는지 서문엽이 덧붙였다.

"최후의 던전에서 절 구해준 장본인입니다."

그제야 기자들의 흥분이 조금 가라앉았다. 여왕이 말했다.

"지저 세계에서 떠도는 유민을 계속 찾아서 수용하고 있지만 현재 살아남은 지저인의 숫자는 소수입니다. 그리고 저희가 거주하고 있는 위치는 말씀드릴 수 없습니다. 저희가 배틀필드를 만든 목적은 평소에 늘 얘기해 왔다시피 앞으로 다시 생길 수 있는 전쟁에 대비하는 것이 맞습니다. 바로 오늘날을 위해서였죠."

분위기가 무겁게 가라앉았다.

지저 전쟁의 악몽이 또다시 펼쳐질 수 있다는 뜻이 아닌가.

"우리는 다시 한번 전쟁의 위기를 맞았습니다. 적은 버려진 세계라 불리는 고대 지저인의 옛 터에서 서식하던 고대종 괴물들로, 번식과 진화를 거듭해 고대 지저 문명을 파괴한 적들입니다. 그중 하나는 지저인 못지않은 지성을 얻어 괴물들의 왕으로 군림하는데, 끝없는 지배욕을 가지고 있어 지상을 침공하려 하고 있습니다."

설명과 함께 준비했던 자료를 화면에 띄웠다.

서문엽과 피에트로가 매일 싸웠던 고대종 거대 뱀이었다.

사진에는 서문엽도 함께 있었기 때문에 크기가 어느 정도인지 짐작케 했다.

"헉!"

"저, 저게 뭐야!"

"왜 저렇게 커?"

"저게 왕이라고?"

기자들은 충격을 받았다.

저렇게 거대한 괴물은 듣도 보도 못했다.

기자들 중 하나가 화를 내며 소리쳤다.

"지저인들의 흉계가 아닙니까?! 지저인의 도움이 없으면 어떻게 괴물이 지상을 침공합니까? 지난 전쟁 때도 지저인들이 게이트를 열어 던전과 연결했고, 그곳으로 괴물들이 쏟아졌잖아!"

"맞다!"

"진실을 밝혀라!"

"지난 전쟁으로 원한을 품은 지저인의 짓일 거다!"

공포에 휩싸인 기자들의 원성에 여왕이 답했다.

"왕은 스스로 게이트를 열 수 있습니다. 오러를 사용하여 지저인처럼 다양한 수법을 펼치며, 많은 괴물을 수족처럼 부립니다. 지성을 가졌으면서 상상도 할 수 없는 까마득한 세월을 살아왔기 때문에 왕의 역량이 어디까지인지 짐작도 할 수 없습니다."

"배틀필드가 이 전쟁에 대비해서 만든 것이라고 하셨는데, 그 사실을 어떻게 미리 알았던 것입니까?"

어느 기자가 물었다. 여왕은 고개를 끄덕이며 답했다.

"좋은 질문입니다. 저희는 오래전부터 환란이 닥치리라는 예언을 받아왔습니다. 그러나 예언은 추상적이었기 때문에 그 실체를 알게 된 것은 최근의 일이며, 지상이 공격을 받기 전에 결판을 지어보려 했지만……."

여왕은 서문엽과 피에트로를 가리켰다.

"어제 오전, 두 분은 전투 끝에 왕에게 패배하였습니다. 이제 지상에서 모두와 함께 싸워 이기는 수밖에 없습니다."

다들 어리둥절한 반응이었다.

"그 중요한 전투를 겨우 두 사람이서 했다는 말씀입니까?"

그 질문에는 서문엽이 답했다.

"둘이서 싸울 수밖에 없었습니다. 최후의 던전을 공략하기 위해 7인이 투입됐듯이, 그 싸움은 숫자의 문제가 아닙니다. 이 말이 이해가 안 된다면 참고 영상을 보십쇼."

이윽고 참고 영상이 재생되었다.

서문엽과 피에트로가 거대 뱀과 싸우는 영상이었다.

첫 장면부터 기자들은 왜 숫자의 문제가 아닌지 알 수 있었다.

콰콰콰콰콰쾅!!!

거대 뱀이 꼬리를 휘두르자 그 일대가 모조리 쓸려 버린 것이다.

서문엽은 간신히 피했고, 피에트로는 공간 이동을 썼다.

계속되는 전투 장면은 압도적이었다.

한 번 움직일 때마다 자연재해를 일으키는 거대 뱀의 위용! 그런 말도 안 되는 괴물과 간신히 싸우고 있는 두 사람.

"저, 저런 게 지상으로 오면……."

"…어떻게 이기겠다는 거야?"

"그, 그래도 어떻게든 싸우고는 있는 것 같은데?"

잠깐만 삐끗해도 즉사라는 것을 한눈에 알 수 있게 하는 전투 영상. 서문엽은 그런 괴물을 상대하고 있었다. 매번 아슬아슬하게 한 끗 차이로 피해내면서 말이다.

서문엽이 말했다.

"지금 영상은 일부러 느리게 재생되고 있는 겁니다. 실제로는 더 빠릅니다. 저조차도 공격이 온다는 걸 눈으로 확인한 뒤에는 늦습니다. 초인들을 잔뜩 끌어모아 덤빈다 해도 꼬리 한 방에 무더기로 시체가 됩니다. 저 공격을 피할 수 있는 사람은 저 외에는 아무도 없다고 단언합니다."

영상에서는 피에트로도 온 힘을 다해 공격을 퍼붓고 있었다.

월드컵을 화려하게 수놓았던 소환술도 펼쳐졌는데, 거대 뱀에게는 별반 타격이 가지 않았다. 그런 강력한 초능력조차 소용없다는 증거였다.

"어, 어째서… 어째서 미리 알리지 않은 겁니까? 미리 알아야 대비를 했을 것 아닙니까? 왜 인류의 존망이 걸린 중대한 사태를 극소수의 사람들끼리만 알고 있었던 겁니까?"

패닉에 빠진 어느 기자가 절규하듯이 소리쳐 물었다.

저런 괴물이 지상에 나타나면 끝장이다.

배틀필드 선수들이 다 달려들어도 안 될 것 같았다. 서문엽의 창도, 피에트로의 공격도 별반 통하지 않는데 무슨 수로 싸운단 말인가?

여왕이 답했다.

"말씀대로 이 사실을 알고 있었던 인간은 이 두 분을 제외하고는 없습니다. 하지만 대비는 이미 되어 있습니다."

"대비가 됐다고?"

"어떻게?"

의아해하는 기자들에게 여왕이 재차 말했다.

"저희 배틀필드 협회는 오래전부터 옛 전쟁 때 쓰였던 대피소를 복구하고 관리해 왔습니다. 또한 배틀필드 클럽 창설을 적극적으로 지원하여 지역마다 괴물들과 맞서 싸울 수 있는 초인 집단을 융성하였습니다. 여러분은 전쟁을 치를 준비가 되어 있으십니다."

"아……."

"그래서 배틀필드가!"

기자들은 감탄을 금치 못했다.

각국의 협회가 전쟁 때 쓰였던 지하 대피소 등을 복원하고 관리하는 일을 해왔다는 건 알고 있었다. 그때는 지저 전쟁의 아픔을 기리는 의미에서 역사적 유적지를 관리하는 줄 알았다.

그런데 알고 보니 이 전쟁을 대비한 것이었다.

웬만한 지역에는 다 있는 배틀필드 클럽들도 말이다.

"새로 출시된 던전 '침공'도 이 전쟁을 위한 대비였습니까?"

"맞습니다. 거기에 출현하는 신규 괴물들은 저희의 창작이 아니라 실제로 존재하는 고대종들입니다. 던전 '침공'에서 선수들이 고대종 괴물들을 상대로 고전해서 걱정했었는데, 다행히 최근에는 잘 적응한 모습을 보였습니다. 배틀필드 경기에서처럼 잘 싸운다면 오늘날 맞이한 환란도 잘 이겨낼 수 있을 겁니다."

"그건 저 왕이라는 놈을 이길 수 있을 때의 이야기 아닙니까?"

처음으로 여왕은 말문이 막혔다. 여왕은 서문엽을 쳐다보았다.

왕.

저 압도적인 괴물을 이길 수 있는 열쇠는 서문엽이 쥐고 있었다. 서문엽은 말하기에 앞서 정지된 영상 속에 있는 거대 뱀을 바라보았다. 그러고는 입을 열었다.

"진짜 왕은 저것보다 셉니다."

"……!"

기자들의 안색이 창백해졌다.

그러고 보니 서문엽은 이미 어제 오전 왕에게 패배해서 시체로 돌아왔었다.

"저 거대한 뱀이 피에트로처럼 오러를 쓴다고 보면 됩니다."

"피에트로처럼?"

"게이트도 열고 오러도 자유자재로 구사하면……."

"우린 망한 거잖아!"

기자들은 패닉에 빠졌다. 서문엽은 계속 말했다.

"네, 망했죠. 어제 저도 그렇게 생각했습니다. 둘이서 싸워보니까 정말 승산이 쥐뿔도 안 보인다 싶었습니다."

"방법이 없는 겁니까?"

"핵무기라도……."

소란스러운 기자들에게 서문엽이 손을 들어 침묵시켰다.

들어 올린 손은 손가락 2개를 폈다.

"둘이서는 도저히 안 되겠다. 그 말은 왕과의 싸움을 도와줄 멤버가 더 필요하다는 뜻입니다."

"……!"

"곰곰이 생각했습니다. 누가 도움이 될까? 탱커는 어림도 없습니다. 제럴드 워커 100명을 세워놔도 꼬리 한 방에 우수수입니다."

농담조였지만 아무도 웃을 수가 없었다.

"웬만한 선수는 다 아무것도 못 해보고 목숨만 잃을 겁니다. 저는 제가 지금껏 봐왔던 선수들 중에서 고르고 골라, 조금이나마 보탬이 될 법한 멤버를 골랐습니다."

서문엽은 손을 하나 더 들었다.

손가락 여러 개가 더 펼쳤다.

펴진 손가락의 숫자는 7개.

"왕에게 죽지 않고도 같이 싸울 수 있으며, 왕에게 유효한 타격을 줄 수 있는 멤버는, 저를 포함하여 7인입니다."

*　　　　*　　　　*

세계를 충격으로 몰아넣은 그날 발표는 전 세계로 퍼져 나갔다.

세계 배틀필드 협회 측에서 구체적인 자료를 배포하였고, 전 세계 정부가 그것을 토대로 대책 마련에 들어갔다.

놀랍게도 배포 자료에는 전후 복구 계획까지 첨부되어 있었다.

여왕의 측근 지지자인 '관측'의 능력으로 전 세계 주요 도시를 단번에 복구해 낼 수 있다는 것.

물론 '관측'의 구현 능력은 제약이 있었다.

기억 속에 저장되어 있는 것이어야 하는 것.

즉, 도시의 모든 건축물을 외관상으로는 똑같이 구현할 수 있지만, 내부 인테리어 같은 것까지는 못하는 것이다. 전 세계 주요 도시의 모든 건물 안을 다 둘러볼 수는 없었으니까 말이다.

또 하나의 제약은 바로 대상과 동일한 성질·질량의 재료가 있어야 하는 것.

하지만 이 부분은 문제가 없었다. 재료는 무너진 폐허에 그대로 있을 테니까.

놀랍게도 관측은 지난 수개월 동안 전 세계 도시를 두루 둘러보며 모두 기억 속에 저장해 놓았다고 한다. 눈에 보이는 풍경을 그대로 기억 속에 저장하는 초능력 덕분이다.

전쟁 준비부터 전후 복구까지 모든 계획이 준비된 여왕의 조처에 인류는 감탄할 수밖에 없었다.

그 점은 옛날 지저 전쟁의 주범인 지저인이라는 종족 차이에서 오는 악감정을 다소 해소해 주었다.

"전쟁을 일으킨 건 대사제라는 놈이라며? 여왕은 평화주의자였고. 대사제는 7영웅이 처치했으니 된 거 아냐?"

"우리 가족은 지저 전쟁으로 많은 걸 잃었기 때문에 악감정이 남아 있지만, 지금은 그런 걸 따질 때가 아니지."

"여왕이 아니었으면 우리는 괴물 떼에게 침공당할 때까지 아무것도 몰랐을 거야."

물론 아직도 수많은 의혹이 있었지만, 현재 인류는 그런 걸 따질 틈이 없었다. 당장 인류가 종말을 맞이할 판이었으니까.

전 세계 정부는 지저 전쟁 당시 쓰였던 지하 대피소를 다시 점검하는 한편, 괴물들을 상대할 군사무기 및 초인 위주로 구성된 군대를 대기시켰다.

전 세계 배틀필드 클럽들은 당장 대책 훈련에 들어갔다.

훈련은 바로 신규 던전 '침공'을 공략하는 것.

이미 수개월 전부터 모든 선수들이 죽어라 훈련해 왔던 던전이었다. 이미 자신들도 모르게 이번 사태에 대비한 준비를 해왔던 것이다.

여왕의 노력 덕에 인류는 큰 혼란 없이 전쟁에 대비할 수 있었다. 이미 지저 전쟁을 겪어봤기 때문에 뭘 해야 할지 몰라 어쩔 줄을 모르는 일은 없었다.

갑작스럽게 알려진 사태였지만, 인류는 절망하지 않았다.

여왕의 조처도 있었지만, 마지막에 서문엽이 발표한 발언 때문이었다.

"왕에게 죽지 않고도 같이 싸울 수 있으며, 왕에게 유효한 타격을 줄 수 있는 멤버는, 저를 포함하여 7인입니다."

서문엽이 또다시 인류를 구할 7인을 구성하기로 했다.

지저 전쟁을 종결시켰던 7영웅의 재탄생. 그것은 인류에게 또다시 희망을 주는 단어였다.

서문엽이 지명한 7인의 명단은 다음과 같았다.

"우선 저와 피에트로는 빠질 수가 없습니다. 둘 중 하나라도 죽으면 왕 공략은 실패했다고 보서도 무방합니다."

서문엽. 피에트로 아넬라. 두 사람은 필수로 들어갔다.
전직 대사제라는 피에트로의 정체는 드러나지 않았고, 여왕을 오랫동안 보좌했던 세계 협회 직원 출신으로 알려졌다.

"우리 둘 외에 왕에게 유효한 타격을 입힐 수 있는 사람이라면, 일단 슈란을 떠올릴 수 있을 것 같습니다. 큰 타격은 못 입히겠지만 슈란의 화력이라면 도움이 될 거라 믿습니다."

세 번째 멤버로 슈란이 지명되었다. 지저 전쟁 때의 7영웅 멤버였던 슈란은 다시 한번 인류를 구할 7인에 지명받게 되었다.
"기꺼이 힘을 보태겠습니다."
소속 팀인 베를린 블리츠 BC에서 활동 중이던 슈란은 언론에 그렇게 언급하며 서문엽의 지명에 수락했다.

"다음은 로이 마이어. 스케일이 큰 초능력을 여러 개 가지고 있는 로이 마이어라면 잠시나마 왕의 움직임에 제동을 걸 수 있을 거라고 생각합니다."

로이 마이어 역시 소속 팀이 있는 LA에서 이 소식을 생방송으로 접했다.

"인류를 위해 이 한 몸 바쳐 싸우겠습니다."

로이 마이어는 서문엽의 지명에 응했다.

"그리고 나단 베르나흐. 나단은 분신을 구사하기 때문에 죽을 걱정 없이 왕에게 접근할 수 있는 유일한 근접 딜러입니다."

나단 베르나흐가 지명되었다. 역시나 팀 동료들과 TV 앞에서 생방송으로 발표를 듣다가 자신의 이름이 언급되자 깜짝 놀랐다.

숙소로 우르르 몰려온 기자들에게 나단은 간단히 입장을 발표했다.

"영광입니다. 당연히 함께 싸우겠습니다."

"그리고 또 한 명은 조승호입니다. 이유는 뭐 다들 아시리라 믿습니다."

세계에서 가장 특이한 서포터 조승호. 한때 택배계의 왕자였던 조승호는 TV를 보며 밥을 먹다가 체할 뻔했다.

"저, 저기에 내가 왜 껴?"

조승호는 굉장히 얼떨떨했지만, 서문엽이 자신을 왜 지명했는지는 쉽게 알 수 있었다. 뻔했다.

기자들에게 조승호는 한숨을 푹푹 쉬며 말했다.

"보나마나 오러 셔틀로 부르셨을 텐데, 제가 할 수 있는 일이 그것뿐이니 해야지 별수 있겠습니까."

그렇게 여섯 명이 정해졌다.
나머지 한 사람은 발표하는 자리에 함께 있었다.

"마지막으로, 이 자리에 나와 계신 여왕님은 인간과 지저인을 통틀어서 가장 많은 오러양을 보유했습니다. 많은 짐을 짊어지고 있는 건 알지만, 왕을 이기는 것보다 더 중요한 건 없으니 이번 싸움에 한 손 거들어야겠습니다."

서문엽의 제안에 여왕은 고개를 끄덕였다.
"기꺼이 거들겠습니다."
서문엽.
피에트로.
슈란.
로이 마이어.
나단 베르나흐.
조승호.
여왕.
왕에 대적할 7인의 멤버가 결성되었다.

*　　　　*　　　　*

배틀필드 프로리그는 중단되었다. 배틀필드에 종사하는 모든 현역 선수들은 저마다 전쟁에 대비하는 문제로 분주해졌다.

모든 초인을 다 동원해도 모자랄 판이지만, 초인들도 인권이 있기 때문에 자원자에 한하여 가까운 프로 팀에서 선수들과 함께 훈련을 받기로 했다.

꽤 많은 은퇴 선수들이 무기를 들고 나섰고, 선수 출신은 아니지만 지저 전쟁 때 참여해 보았던 초인들도 자원하였다.

다행히도 지역마다 프로 팀이든 아마추어 팀이든 배틀필드 클럽이 있어서 그들을 모아서 훈련시키는 문제는 해결할 수 있었다.

각국 정부의 안내에 따라, 그 외의 모든 민간인은 거주지에서 가까운 대피소를 알아놓고 유사시 재빨리 대피하게 되었다.

정부의 규제로 생필품 사재기는 금지되었다. 대량의 생필품이 정부에게 반강제로 납품되어서 각 지역의 지하 대피소에 저장되었다.

전 세계에 긴장감이 도는 가운데, 현역 배틀필드 선수들 사이에서 일부 불만이 제기되었다.

"대체 그 왕이라는 괴물이 얼마나 강하다는 거냐!"

"우리도 왕과 싸울 수 있다."

"영상만 가지고는 판별할 수가 없다."

"서문엽은 영광을 독차지하기 위해 일부러 소수의 멤버로만 왕에 대적할 팀을 구성했다. 인류 전체의 문제이니만큼 모두에게 기회를 줘야 한다."

왕의 힘을 경험해 보지 못한 선수들은 그래봤자 괴물인데 얼마나 강하냐며 의문을 제기하고 있는 것이었다.

이에 대하여 세계 협회는 신규 던전 출시로 간단히 불만을 종식시켰다.

던전 이름은 '예언의 뱀'. 서문엽과 피에트로가 매일 밤 접속했던 그 던전을 모두에게 공개한 것이었다.

이는 단지 불만을 종식시키려는 목적뿐만이 아니었다.

다른 초인들도 왕이 어떤 존재인지 알아야 한다는 서문엽의 의견 때문이었다.

공포를 가중시킨다며 여왕은 반대했지만, 서문엽이 말했다.

"왕이 어떤 놈인지 알고는 있어야 할 거 아냐? 우리가 이길 수 있다는 보장이 없어. 솔직히 그때는 모든 게 끝장이라고 생각하지만, 혹시 모르잖아. 왕을 꺾어줄 인재가 탄생할지도 모르니까. 혹시나 하는 미래를 위한 안배도 해두는 거야."

서문엽은 자신이 무조건 이길 수 있다고 확신하지 못했다.

새로운 7영웅을 결성했지만, 이는 지푸라기 잡는 심정으로 그나마 도움될 만한 사람을 긁어모은 것뿐이다.

당연하지만 질 확률이 더 컸다.

"왕은 모든 걸 지배하려 했으니까 인간을 무조건 다 죽이지는 않을 거야. 왕의 지배를 받게 되면 물론 인간에게는 무척 불행한 시대가 될 테지만, 암흑 속에서 새로운 영웅이 태어날지도 모르지."

인류가 살아 있는 한, 초인은 계속 각성할 것이다. 분석안을 지난 서문엽이 나타났듯이 말이다.

그런 희망적인 목적으로 공개된 던전 '예언의 뱀'은 오히려 모두에게 절망을 전파했다.

모든 팀들이 다들 몇 번씩 '예언의 뱀'에 도전했지만 공격 한 번 못 해보고 전멸한 것이다.

대표적으로 베를린 블리츠 BC.

엠레 카사 감독은 팀의 1군 주전들은 물론이고 2군과 유소년 선수들, 심지어 본인마저 오랜만에 활을 들고서 '예언의 뱀'에 접속해 단체로 도전했다. 전 7영웅 멤버로서 이 재앙을 두고 볼 수만은 없다는 의지였다.

결과는 전멸. 꼬리로 한 번 휘두르자 절반이 전멸했고, 원거리 딜러들이 퍼부은 공격도 전혀 먹히지 않았다.

덩치도 덩치지만 빠르기는 또 얼마나 빠른가.

선수들이 전속력으로 달려서 도망치는 속도보다 뱀이 더 빨랐다. 뿔뿔이 흩어져 도망치려 해도 다 따라잡혀 전멸당했다.

여러 가지 전술로 실험해 봤지만 결과는 마찬가지.

몸소 선수들과 함께 체험해 본 엠레 카사 감독은 다음과 같이 발표했다.

"실험 결과, 왕을 만났을 때 취할 수 있는 가장 적절한 행동은 기척을 죽이고 숨는 것이었습니다. 싸움이라는 게 성립되는 상대가 아니었고, 오직 서문엽만이 희망입니다. 우리 베를린 블리츠는 왕을 만나지 않는다는 전제하에 다른 괴물들로부터 지역사회를 지키는 훈련에 전념하겠습니다."

실험 영상은 공개되지 않았다. 대중이 너무 큰 공포를 느낄까 봐 비밀로 한 것이다.

초일류 클럽인 베를린 블리츠 BC마저 상대가 안 된다고 하자, 비로소 일부 선수들의 불만은 촛불처럼 꺼져 버렸다.

파리 뤼미에르 BC나 뉴욕 베어스도 마찬가지.

제럴드 워커도 고개를 절레절레 내저으며 '내가 7인에 지명되지 않아서 다행'이라고 중얼거릴 정도였다.

그러나 누군가는 왕과 싸워야 했다.

왕과 결전을 치를 7인의 멤버는 한자리에 모였다.

*   *   *

캐나다, 로키산맥.

바로 여왕과 지저인들의 은신처에 7인이 모였다.

"우리는 이곳에서 훈련을 하다가, 왕의 출현이 감지되면 바로 공간 이동으로 현장에 투입될 거다."

서문엽은 6인에게 말했다.

피에트로, 여왕, 슈란, 로이 마이어, 나단 베르나흐, 조승호.

"전 오러만 전달하고 나면 대피소로 보내주실 거죠?"

조승호가 슬그머니 질문했다.

서문엽은 그런 조승호를 빤히 쳐다보더니 말했다.

"안 돼. 오러 전달 말고도 더 필요해."

조승호는 시무룩해졌다.

"왕은 저도 여기 오기 전에 팀에서 한 번 '예언의 뱀'에 접속해서 체험해 봤어요. 접근 자체가 불가능한 건 둘째 치더라도 제 공격이 먹혀들 것 같지가 않았는데요?"

나단이 질문했다.

서문엽은 어쩐 일인지 잠시 당황했다가 대꾸했다.

"솔직히 넌 인원수 맞추려고 꼈어. 7인이 어감상 좋잖아. 7영웅 생각나고."

"이, 인원수? 제가 그냥 인원수 채우는 용도?"

나단은 기가 막혔다.

"어차피 분신이니까 안 죽잖아."

서문엽은 가벼운 대꾸와 함께 어이없어하는 나단의 눈빛을 외면했다.

그렇게 7인이 결성되었다.

*   *   *

7인 중 인간 5인에게 귀환석이 하나씩 지급되었다.

"그것은 이곳으로 연결된 귀환석이다."

서문엽이 귀환석에 대해 설명했다.

"이곳은 결계를 몇 겹으로 쳐놨기 때문에 왕이 게이트를 여는 방식으로 침범할 수 없다. 물론 바깥에서 물리적인 힘으로 결계를 부수고 강제로 들어올 수는 있지만, 위치가 발각되지 않는 한 안전한 곳이라 할 수 있지."

"유사시 이걸 써서 도망치라는 거네?"

슈란이 물었다.

서문엽은 고개를 저었다.

"유사시가 아냐. 너희들은 공격을 한 번씩 펼친 뒤에 곧바로 귀환석을 써서 도망치는 거다."

"공격 한 번?"

"그래. 솔직히 얘기하지. 쉽게 표현해 너희 4인은 1회용 공격 카드인 셈이다."

슈란의 눈썹이 꿈틀했다. 자존심이 상한 것이다. 로이 마이어와 나단 베르나흐도 마찬가지.

자존심이 없는 조승호만 안심했다.

"너희는 내가 사용할 수 있는 4번의 깜짝 찬스 같은 거다. 그 이상의 역할은 감당할 수 없을 거야."

서문엽의 말에 로이 마이어가 입을 열었다.

"평가가 너무 박하군. 아직 직접 시험해 본 것도 아니지 않습니까?"

"그건 직접 체감해 보면 될 일이고. 일단 내 말 들어봐."

계속해서 여왕은 또 다른 물건을 모두에게 나눠주었다. 마력석을 가공한 던전 코어였다.

"이건 던전 코어다. 사방에 이것을 설치하고 발동시키면, 일대가 던전이 되어 외부와 격리된다."

서문엽이 설명했다.

"던전? 이게?"

모두들 던전 코어를 신기하게 바라보았다.

서문엽의 설명이 이어졌다.

"왕이 출현하면, 우리가 가장 먼저 해야 할 일은 던전을 생성해 왕을 외부로부터 격리시키는 일이다. 이유는 세 가지가 있다. 첫째, 던전을 생성해서 그 안에서 싸우면 싸움의 여파를 최소화시킬 수 있다. 둘째, 왕의 존재감이 차단되면 지상에 침공한 다른 괴물들이 구심점을 잃고 당황하게 될 거다. 각지에서 싸우는 다른 선수들에게 도움이 되겠지. 마지막으로 셋째는 여왕 때문이다."

여왕은 고개를 끄덕이며 거들었다.

"우리 지저인은 빛이 닿는 곳에서는 힘을 오래 쓸 수 없어요. 그래서 제가 참전하려면 던전을 만들어서 빛의 영향을 차단해야 해요."

높은 등급의 지저인은 빛 영향 아래에서 어느 정도 힘을 발휘하기는 하지만, 곧 점점 오러가 굳어지는 끝에 평범한 인간과 다름없게 된다.

아무튼 도움이 되면 뭐든지 해봐야 하는 입장에서는 던전을 생성하는 것까지 작전에 포함시키기로 했다.

"그럼 우선 왕이 어떤 존재인지 알아야 하니 일단 체험해 보기로 하지."

7인은 준비된 접속 모듈에 들어가 던전에 접속했다.

예언의 뱀 던전에는 서문엽과 피에트로가 늘 상대하던 그 거대 뱀이 있었지만, 배경이 현대적인 도시라는 점이 달랐다. 이제 싸울 장소가 지상이다 보니 배경도 그에 걸맞게 적용한 것이다.

서문엽이 창을 꼬나 쥐고 앞장서며 말했다.

"내가 먼저 시작할 테니까 나머지는 적당히 봐서 끼어들 수 있을 때 마음대로 끼어들어 봐. 가자, 피에트로."

"그러지."

서문엽은 피에트로와 함께 먼저 싸움을 시작했다.

나머지 5인은 두 사람이 거대 뱀과 벌이는 무시무시한 사투에 경악을 금치 못했다.

쿠우우웅! 콰아아아앙!

거대 뱀은 한 번 움직일 때마다 재해를 일으켰다.

지진이 일어나고 화산이라도 폭발한 것처럼 흙먼지가 세상을 덮었다.

거대 뱀은 덩치와 달리 말도 안 되게 빨랐다. 공격을 시작한다 싶을 때면 이미 신체의 일부가 서문엽을 덮치고 있었다.

나단 베르나흐조차 멀리서 구경하고 있음에도 회피 타이밍을 가늠하지 못할 정도.

"대체 어떻게 저렇게 잘 피하는 거지?"

나단은 혼란스러웠다.

서문엽은 거대 뱀의 공격을 곧잘 피했다. 보고 배우려고 했지만 도저히 타이밍이 포착되지 않았다.

"공격을 미리 알고 피하고 있어……."

로이 마이어가 중얼거렸다. 그 역시도 믿겨지지 않는 듯했다.

"이대로 있을 순 없잖아? 뭐라도 한 방 갈겨봐야지."

슈란은 그렇게 말하며 검지를 거대 뱀을 향해 내밀었다.

검지에 다량의 오러가 집중되더니.

촤아아아앗!

오러가 응축된 소멸 광선이 거대 뱀의 얼굴을 향해 뻗어나
갔다.

콰아아아아아!

과연 슈란의 소멸 광선은 강력했다. 소멸 광선에 얻어맞은 순
간 거대 뱀의 몸이 움찔했다. 맞은 고개가 옆으로 돌아갈 정도.

하지만 그뿐이었다.

오러를 소진하여서 소멸 광선이 멈췄을 때, 거대 뱀은 획 하
고 고개를 돌려 슈란 쪽을 노려보았다.

거대한 노란 눈동자와 마주친 순간, 슈란은 심장이 멎는 듯
한 살기에 압도되었다.

거대 뱀이 슬렁거리며 슈란 일행에게 다가오기 시작했다.

"이, 이쪽으로 온다!"

나단이 쌍도를 뽑아 들고 소리쳤다.

"나도 한 번 해보지."

로이 마이어가 힘을 써보기로 했다.

먼저 시도한 것은 얼음벽!

콰지지지직!!

거대 뱀은 눈앞을 가로막은 얼음벽을 간단히 짓이겨 부수고
계속 전진했다.

로이 마이어는 이를 악물고는 이번에는 얼음 봉인을 시전했다.

파아앗!

거대 뱀의 온몸이 얼음에 감싸이는 듯했다.

그런데…….

콰드드득!

거대 뱀은 가볍게 몸을 털어서 얼음 봉인을 떨쳐 버렸다.

로이 마이어는 멍해졌다.

"전혀 안 먹힌다고?"

거대 뱀은 점점 가까이 왔다.

"에라이!"

나단은 분신을 펼치고는 거대 뱀에게 달려들었다. 두 나단이 단숨에 양방향으로 흩어졌다. 하지만 거대 뱀은 더 빨랐다.

콰악! 텁!

분신 둘 다 거대 뱀에게 한입에 삼켜지고 말았다.

잠시 후. 7인은 접속을 해제하고 밖으로 나왔다.

"야, 이 돌대가리들아! 공격 한 번 했으면 귀환석 써서 튀랬지?"

서문엽은 역정을 냈다.

5인이 전부 전멸해 버리는 바람에 서문엽이 훈련을 중단한 것이다.

여왕은 보호막을 펼쳐서 거대 뱀의 공격을 막아보려 했지만, 꼬리 공격 한 방에 전부 휩쓸려 버렸다. 조승호는 아무것도 못 해봤다. 거대 뱀의 진짜 위력을 실감하고서 멍해 있는 5인에게 서문엽이 말했다.

"이제 얼마나 강한 상대와 싸워야 하는지 알겠지? 방금처럼 정면에서 맞부딪쳤다가는 아무것도 못해보고 전멸당할 거야."

"이런 말씀 드리기는 자존심 상하지만, 우리들이 도움이 되긴 하는 겁니까?"

로이 마이어가 물었다.

"방금 네 얼음벽과 얼음 봉인이 거대 뱀을 붙잡은 게 1, 2초 정도였지?"

"예, 전혀 통하지 않았습니다."

"뭐가 안 통해? 1, 2초 붙잡았잖아?"

서문엽의 말에 로이 마이어는 어리둥절했다.

"그놈이 정면으로 달려드는데도 1, 2초 붙잡았다면, 더 중요한 타이밍에 기습적으로 사용한다면 더 큰 도움이 될 거야. 내가 놈에게 큰 거 한 방을 먹일 기회를 네가 줄 수 있을지도 모른다고."

4번의 깜짝 찬스.

표현 그대로였다.

서문엽은 여왕과 나단, 로이 마이어, 슈란을 거대 뱀의 시선을 잠시 뺏어줄 수 있는 용도로 활용하고자 했다.

본래 그것은 피에트로가 도맡은 역할인데, 4인이 도와준다면 오러 소모를 더 줄일 수 있는 것이었다.

로이 마이어는 고개를 끄덕였다.

"그 정도라면 할 수 있습니다. 아니, 해내야겠지요. 인류의 운명이 걸린 싸움이니까."

"근데 전 어쩌죠? 접근조차 못하겠던데. 금붕어 먹이처럼 한 입에 삼켜진 게 끝이었다고요."

나단이 하소연했다.

이 잘생긴 프랑스 청년이 언제 이런 봉변을 당해봤겠는가.

자신이 아무런 도움도 안 된다는 생각에 나단의 표정은 심각해졌다.

서문엽이 말했다.

"거대 뱀의 시야 안에서 움직이면 안 돼. 방금 봤듯이 넌 거대 뱀보다 빠르게 움직일 수 없어."

"뒤에서 기습하란 말씀이시군요."

"그래. 다행히 왕은 나나 피에트로만 예의 주시할 뿐 너희는 완전히 무시하고 있을 거야. 그러니 안 보이는 곳에서 기척을 죽이고 접근하면 쉽게 기습할 수 있어. 단, 기습해도 공격은 안 먹힐 거야."

"예, 슈란 씨의 소멸 광선도 전혀 안 먹힐 정도였으니까요."

"아마 놈에게는 개미가 무는 정도의 수준밖에 안 되겠지. 하지만 네 공격이 먹힐 수 있는 방법이 아예 없지는 않을 거다."

"무슨 수로요?"

"놈의 몸에 상처를 입힐 수 있는 것은 내 공격뿐이야. 넌 내가 입혀놓은 상처 부위를 공격하도록 해. 그러면 놈도 네가 신경 쓰일 테니까."

"그렇게 놈의 주의를 한 번 분산시키는 게 제 역할이군요. 알겠습니다."

"그리고 여왕?"

"네, 말씀하세요."

서문엽은 이번에는 여왕에게 자신의 구상을 설명했다.

"방금 체험했듯, 보호막을 펼쳐도 공격을 막을 수 없어."

"네, 저도 놀랐어요."

여왕은 자신이 온 힘을 다해 보호막을 만들었는데도 공격한 번 못 막은 데에 충격을 받았다.

전투 경험이 아주 없다시피 하지만, 태초의 빛의 선택을 받아서 오러양만큼은 자신 있었는데 말이다.

"당신 역할은 싸움에 직접 끼는 게 아니라 서포터 역할이야. 동료들을 공간 이동으로 목적지에 이동시키는 것, 그리고 아까 같은 보호막은 내게 씌워줘."

"별 소용이 없었는데도 말인가요?"

"놈의 공격은 스쳐도 중상이야. 하지만 보호막을 씌워준다면 스친 공격에는 무사할 수 있으니까."

"그 정도라면 알겠어요."

"마지막으로 조승호."

"네!"

조승호가 대답했다.

서문엽은 조승호를 가늘게 뜬 눈으로 바라보았다.

"너 오러 전달만 해주고 튈 생각으로 가득하지?"

"네!"

조승호는 당당하게 대답했다.

그것 말고는 자신이 할 수 있는 게 없다고 확신하고 있었다.

"그런데 어떡하지? 그것 말고도 넌 해야 할 중요한 역할이 있는데."

"그럴 리가요."

조승호는 그 말을 부정했다. 이미 견적이 나왔다. 그 거대 뱀은 자신이 뭔가를 해볼 상대가 결코 아니었다.

하지만 서문엽은 단호했다.

"난 실제로 왕과 싸워봤다. 난 놈의 움직임을 미리 예측하고 피하고 반격하는 패턴으로 싸우는데, 이 전법에는 한 가지 단점이 있었어."

"사각(死角)?"

나단이 지적했다.

서문엽은 고개를 끄덕였다.

"맞아. 놈의 몸뚱이는 너무 커서 가까이 있을수록 내 시야에 다 들어오지 않아. 얼마 전에 내가 죽었던 것도, 뒤에서 꼬리가 날아와서 날 패대기친 거라고 하더군. 눈에 보이지 않으면 예측도 불가능해."

"아, 제가 시야 전달을 해드려서 사각을 보완해야 하는 거네요."

"그래, 멀리서 놈을 관찰하면서 시야 전달로 계속 나한테 보여주는 거야."

"그건 즉 싸우시는 내내 저도 함께 있어야 한다는……."

"물론이지."

조승호의 표정이 침울해졌다. 오러만 전달해 주고 잽싸게 튀려던 생각이 물거품이 됐다.

"네 오러는 70%는 오러 전달에, 나머지 30%는 시야 전달에 사용한다고 생각하면 돼."

"네……."

비로소 서문엽이 왜 7인의 팀을 구성했는지 이유가 밝혀졌다.

서문엽은 그 7인이 모두 제 역할을 할 수 있는 전투를 구상하고 있었던 것이다.

'왕은 내가 죽은 줄 알고 있을 거다. 이 점을 살려서 기습을 감행하면 효과를 볼 수 있을지도 몰라.'

분석안에 드러난 왕의 유일한 약점, 오만.

분석안이 그렇게 말하고 있으니, 서문엽은 그 부분을 최대한 파고들고자 했다.

그날부터 7인은 본격적으로 훈련을 개시했다. 서문엽의 구상에 따라 모두들 자신의 역할을 할 수 있도록 반복적으로 훈련했다.

주어진 시간이 많지 않았기 때문에 먹고 자는 시간도 아껴가며 팀워크를 다졌다.

그리고 일주일 후.

세계 곳곳에 게이트가 열렸다.

제6장

환란

"어?"

"저게 뭐야?"

사람들이 하늘을 바라보았다.

불길한 검은빛에 휩싸인 둥그런 띠 모양의 형태가 하늘에 떠 있었다.

그것이 점점 형태를 띠자 사람들이 비명을 질렀다.

"괴물이다!"

"게이트다!"

사람들은 스마트폰 어플로 가까운 대피소를 찾아 달아나기 시작했다.

긴급 문자 메시지로 괴물들의 침공 사실이 알려졌다.

전 세계 14개 지역에서 동시다발적으로 벌어진 일이었다.

*   *   *

"총 14곳에 게이트가 열렸어요. 괴물들이 쉬지 않고 계속 쏟아지고 있어서 대항할 엄두도 못 내고 있다고 해요."

여왕이 다급히 알려왔다.

게이트를 살피러 떠났던 피에트로도 곧장 공간 이동으로 되돌아왔다.

"게이트들이 전부 초대 황릉과 연결되어 있더군."

"초대 황릉? 버려진 세계가 아니라?"

"초대 황릉이 허브 역할을 하고 있다. 버려진 세계에서 초대 황릉으로 넘어온 괴물들이 다시 지상과 연결된 14개의 게이트를 타고 침공하고 있는 형태다."

"직접 연결하나 중간 과정을 거치는 거나 차이가 있나?"

고개를 갸웃거리는 서문엽에게 피에트로가 설명했다.

"그래야 나중에 후퇴하더라도 중간 허브만 이동 흔적을 지우면 추격을 차단할 수 있으니까. 우리들의 방식이다. 오랫동안 도피 생활을 했던 첫 번째의 지식으로부터 배웠겠지."

"쓸데없는 부분에서 신중하네. 아무튼 지금 14곳에서 완전히 밀리고 있다는 거지?"

여왕이 고개를 끄덕였다.

"네. 괴물들이 쉴 새 없이 쏟아지고 있어서 정면으로 맞서기는 무리예요. 계획대로 침공한 괴물들이 각지로 흩어지면 각개 격파라는 방식으로 진행한다고 해요."

결국 엄청난 인명·재산 피해가 뒤따를 것이다.

"그 전에 빨리 왕을 포착해서 처치해야 하는데."

"왕이 출현하면 곧장 감지할 수 있을 거예요."

7인은 마음이 초조해졌다.

마침내 결전의 때가 다가온 것이다.

지난 일주일간 연습은 충분히 해뒀지만, 연습 상대는 왕이 아닌 거대 뱀이었다.

왕처럼 오러를 활용한 다양한 공격 패턴을 가지지 않은, 그냥 몸싸움만 하는 거대 뱀 말이다.

지성을 가진 왕을 상대로는 수많은 변수가 발생할 터였다.

하지만 남은 시간이 얼마 없었기 때문에 왕을 모델로 한 시뮬레이션 던전을 제작할 겨를이 없었다.

서문엽은 무장을 갖추고 괴물 창을 손에 쥔 채 모두에게 말했다.

"왕이 나타나면 일단 피에트로가 먼저 가서 시선을 끌어. 그 사이에 내가 여왕의 도움을 받아서 공간 이동을 한 뒤, 기습을 가한다."

흑룡이 난입한 삼파전에서도 왕을 이기지 못했다.

이 7인의 멤버로 왕을 이기려면, 첫 기습 때 어느 정도 타격을 입혀야 한다는 전제가 따른다.

"최적의 위치로 공간 이동을 시켜줘야 해. 바로 머리 위가 가장 좋아."

왕은 반응 속도가 매우 빠르다.

서문엽이 나타난 순간, 반응해 버린다.

때문에 공간 이동으로 나타나자마자 공격을 시도해야 한다. 타이밍이 조금도 늦어져서는 안 된다.

서문엽을 이동시켜야 하는 여왕의 입장에서는 책임이 막중했다.

자칫 잘못하면 서문엽이 한입에 집어삼켜질 수도 있으니까.

그러나 피에트로가 말했다.

"그건 괜찮다. 네 공간 이동을 내가 조작할 수 있으니까."

그것이 첫 번째 작전이었다.

여왕이 서문엽을 공간 이동으로 보내면, 그것을 피에트로가 조작해서 왕의 바로 지척에 나타나게끔 한다. 그러고서 일격!

서문엽이 죽은 줄 아는 왕에게 피해를 입히고 싸움을 시작하자는 것이었다.

"기습이 성공하면 그때부터는 우리 페이스야. 왕은 화가 나서 나에게 집중할 테니까. 그사이에 모두를 공간 이동 시켜서 그 일대를 던전으로 만드는 거야."

모두들 고개를 끄덕였다.

*   *   *

"꺄아악! 살려줘!"

"우리 집이!"

물밀듯이 게이트를 타고 넘어오는 괴물들로 인해 도시는 순식간에 폐허로 돌변했다.

괴물들은 걸리적거리는 건물들을 마구 부수며 전진했다.

미처 대피하지 못한 사람들은 건물에 깔리거나 괴물들에게 잡아먹혔다.

이윽고, 게이트에서 유독 큰 개체가 나타났다.

거대한 뱀처럼 생긴 괴물은 사람 크기만 한 노란 눈동자를 희번덕거렸다.

—이곳이 빛이 내리는 땅인가.

왕은 급속도로 폐허가 되어가는 인간들의 도시를 바라보았다.

그 모든 것이 태양에 비춰져 밝게 빛나고 있었다.

왕의 시선은 자연히 빛을 따라 하늘로 올라가 태양을 향했다.

—오오······.

왕은 감탄했다.

자신의 강대한 힘으로도 도저히 흉내 낼 수 없는 완벽한 작품이 그곳에 있었다.

—저것이 빛이로구나!

난생처음 아름답다는 개념이 왕의 머릿속에 떠올랐다.

모든 것을 밝게 비추는 환한 세계라니.

지저 세계에서 살았던 왕으로서는 이곳이 자신을 위한 선물로 보였다.

—나는 왕이다. 이 아름다운 세계는 마땅히 내가 지배해야 한다!

빛이 내린다.

하늘을 올려다보면, 끝이 보이지 않는 드넓은 우주가 보인다.

버려진 세계에서 억겁의 세월을 살았던 왕으로서는 진정한 해방감을 만끽할 수 있었다.

그때였다.

팟!

피에트로가 나타났다.

왕의 노란 눈동자에 웃음기가 서렸다.

―왔군. 평생 나타나지 않을까 봐 걱정했다.

"날 기다렸나?"

―물론이지. 넌 나의 선택을 받은 유일한 존재이니까. 네가 없으면 누가 나의 이 기쁨을 알아준단 말이냐?

"많이 기쁜가 보군."

―물론이지! 오랫동안 날 괴롭혔던 적수도 처치했고, 빛이 내리는 땅에 도달했다! 저 하늘이 보이나?

"보인다."

―저 끝없는 공간을 봐라! 경이롭지 않나?

"그렇더군."

피에트로도 처음 지상에 왔을 때 감격을 느꼈기 때문에 왕의 기쁨에 공감했다. 그도 한동안은 하늘만 바라보며 감상을 했을 정도였으니까.

그런데 왕의 감상 포인트는 조금 달랐다.

―짐작도 되지 않는 저 끝없는 세계가 전부 나의 지배를 받는다

고 상상해 보아라! 저 모든 게 내 것이야!

"그게 가능하다고 보나?"

─흐흐흐, 가능하고말고. 이 세상 그 누가 나에게 대적할 것인가?

왕은 하늘에 닿으려는 듯이 머리를 꼿꼿이 치켜들었다.

높은 지점에서 모든 것을 내려다보며, 왕은 소리쳤다.

─모두 나의 지배를 받을 것이다!!

끝없는 지배욕.

타오르는 욕망.

지저인에 의해 탄생한 이 생명체는 지성을 가지고, 노쇠하고 있음에도 불구하고 만족을 모르는 터무니없는 괴물이었다.

이를 보며 피에트로는 고대 선조들이 저지른 죄업을 느꼈다. 그것을 또 답습했던 자신의 죄까지도.

대체 어쩌자고 저런 생명체를 만들었단 말인가.

폭력을 목적으로 조작한 생명체가 제어에서 벗어나 폭주할 때 어떤 재앙이 벌어질지 정녕 몰랐단 말인가.

'저 하늘을 보고도 지배욕을 발휘한다니. 지독스럽군.'

유전자 단위에서부터 타고나기를 저렇게 타고났다. 저렇게 만든 장본인들이 따로 있는데, 왕을 탓할 수나 있나 싶었다.

왕은 피에트로를 내려다보았다.

─자, 너도 정해라. 넌 나의 지배에 순응할 것이냐, 맞설 것이냐? 순응한다면 내가 전 세상을 지배하는 것을 가까이서 목격할 수 있는 영광을 얻을 것이다. 설마 맞설 생각은 아닐 테지? 넌 얼마 전에 죽은 그 인간 놈과 달리 똑똑하니까.

"글쎄."

피에트로가 말했다.

"돌이켜 보면 난 언제나 멍청했지."

그리고 손가락을 까닥거렸다.

그 순간.

팟!

누군가가 왕의 머리 위에 나타났다.

뭔가를 눈치챘을 때는, 머리 위에 나타난 서문엽이 무기 영체화를 펼친 뒤였다.

서문엽은 머리 위에 괴물 창을 있는 힘껏 내려찍었다.

콰지지직!

—크아아아아악!

왕이 비명을 지르며 격렬하게 머리를 흔들었다.

서문엽은 창을 뽑고 뛰어내렸다.

몸과 영혼을 함께 찢는 듯한 상상 못 할 고통이 머리에 직격되자 왕은 정신을 차리지 못했다.

"지금!"

서문엽이 소리쳤다.

파앗! 팟! 팟! 팟! 팟!

왕을 중심으로 1킬로미터 이상 떨어진 거리에 5인이 각 방향에서 나타났다.

그들은 가지고 있던 던전 코어를 땅에 심었다.

파아아아앗!

주변 일대가 투명한 막에 감싸였다.

여왕의 처소와 마찬가지로 빛이 내리지만 빛의 영향은 차단한 던전이 생성된 것이다.

"좋아, 여기까지는 계획대로다."

서문엽은 주먹을 불끈 쥐었다.

승산이 미약한 싸움이지만, 일단 시작은 순조롭게 흘렀다.

왕은 아직도 기습 공격의 여파에 정신을 못 차리고 있었다. 무기 영체화의 강점은 파괴력도 있지만, 영혼까지 영향을 주는 수단인 만큼 일반 공격보다 훨씬 고통스럽다는 데에 있었다.

그런 걸 머리에 찍혔으니 타격이 없을 리 없었다.

―끄으으… 네놈이!

비로소 정신을 차렸는지 왕의 두 눈이 서문엽에게 향했다.

노란 눈동자에서 광채가 쏟아지는 듯했다.

―아직 죽지 않았구나! 어떻게 속인 거지? 분명 죽었었는데!

"뭘 안 죽어. 죽다 살았는데."

―죽다 살아?

왕은 이글거리는 눈빛으로 말했다.

―잘됐구나. 너무 쉽게 죽인 것 같아서 나도 아쉬웠으니까! 오랜 시간에 걸쳐 천천히 영혼까지 고통을 주마.

"심심할 일은 없을 것 같아 다행이네."

서문엽은 어서 덤비라고 손짓했다.

왕의 거대한 체구가 급격히 서문엽에게 날아들었다.

콰아아아앙!

증폭된 분석안으로 미리 보고 피했지만, 무너진 건물 잔해들이 우박처럼 날아와서 더 까다로웠다.

폐허가 되었다고는 하지만 반쯤 무너진 건물 등이 시야를 가려서 까다로웠다.

'이런 은폐물은 나한테 도움이 안 되는데. 더 넓은 데로 끌어내야 하나?'

길게 생각할 겨를이 없었다.

쿠아아아아아앙!

왕이 꼬리를 휘둘러 서문엽이 있을 거라고 짐작되는 곳을 싹 쓸어버린 것이다.

영체로 변신해 하늘로 솟아올랐다.

즉시 영체 상태를 해제하고, 다시 분석안을 증폭시켜서 왕을 살폈다.

왕은 서문엽이 공중에 떠 있는 이때를 노려 입을 벌리고 삼키려 들었다.

이를 미리 본 서문엽은 즉시 자신의 카드 하나를 뽑아 들었다.

—슈란!

서문엽은 슈란에게 상형 언어로 지시를 전달했다.

시각적 이미지를 전달해서 어떻게 공격해야 하는지를 정확하게 알게 하니, 대기하고 있던 슈란은 지체 없이 소멸 광선을 쏘았다.

촤아아아아아악!!

왕의 입이 서문엽의 지척에 다다랐을 때, 소멸 광선이 왕의 머리를 정확히 강타했다.

—크윽!

소멸 광선에 맞고 옆으로 밀려나, 간발의 차이로 서문엽을 삼키는 데 실패했다.

옆으로 스쳐 지나간 서문엽은 무기 영체화를 펼치며 왕의 눈을 찔렀다.

푸욱!

—크아악!

왕의 놀라운 반사 신경으로 눈은 피했으나, 뺨 부근이 깊이 찔렸다.

화끈거리는 통증에 분노를 참을 수 없었다.

왕은 오러를 잔뜩 끌어모았다.

서문엽은 긴장했다.

"설마 자폭인가?"

"아니, 화염이다!"

피에트로가 알려주었다.

—크아아아아!!

왕이 불길을 토해냈다.

화염방사기처럼 불길을 사방에 두루 뿌리기 시작했다.

화염이 뿌려지는 방향을 피해 급히 피신했지만, 이내 불길은 서문엽도 집어삼킬 듯했다.

그때.

촤아아아아악!

소멸 광선이 다시 쏘아져서 왕의 얼굴을 직격했다.

그 충격에 고개가 다시 옆으로 돌려지는 수모를 당한 왕.

덕분에 서문엽은 화염이 뿌려지는 방면에서 빠져나올 수 있었다.

마지막 힘을 쥐어짠 슈란은 귀환석을 써서 이탈해 버렸다.

'여기까지도 괜찮아. 슈란이 잘해줬어.'

서문엽의 머릿속으로 싸움 전체의 구상이 퍼즐처럼 맞춰지고 있었다.

                    *   *   *

슈란이 이탈했다.

그녀가 모든 오러를 소진할 정도로 소멸 광선을 쏟아부었지만, 왕은 별다른 타격을 입지 않았다.

'괜찮아. 어차피 그럴 줄 알았으니까.'

일반적인 물리적인 타격으로는 이기기 힘들다. 결국 타격을 입히는 것은 무기 영체화를 가진 서문엽의 몫이었다.

쿠르르릉!

왕의 몸에 밀린 빌딩이 무너져 내렸다. 그 근처에 있었던 서문엽은 재빨리 대피해야 했다.

그러자 높은 곳에서 내려다보고 있던 왕은 움직이는 서문엽을 발견하고는 쏜살같이 입을 벌리고 달려들었다.

콰지직!

주변 일대의 땅을 한입에 씹어버린 왕.

서문엽은 반파된 옆 건물 창문으로 뛰어 들어가 피했다.

별로 좋지 못한 환경이었다.

건물 등은 왕으로부터 서문엽을 보호해 줄 수 있는 엄폐물이 아니었다. 오히려 서문엽의 시야와 활동 범위를 차단할 뿐.

왕에게 보이지 않는 사각에서 공격받으면 얼마나 위험한지 얼마 전에도 체험했다.

'하지만 이번엔 대책이 있지.'

서문엽은 오러로 조승호에게 지시를 전달했다.

—자리 잡고서 시야 공유 시작해.

그러자 멀리서 지켜보고 있던 조승호가 시야 전달을 펼쳤다.

조승호의 관점에서 보는 왕의 모습이 보였다.

서문엽은 증폭된 분석안을 펼쳤다.

조승호의 시야 전달과 증폭된 분석안은 재미있는 효과를 발휘했다.

조승호의 제3자 시점에서 왕의 움직임을 미리 볼 수 있는 것이었다.

파괴된 도시를 한가득 차지하고 있는 거대한 왕의 체구가 움직이기 시작한다. 왕은 온몸을 철퇴처럼 내려칠 태세였다.

'온다!'

서문엽은 재빨리 창밖으로 뛰쳐나갔다.

간발의 차이로.

콰르르르르릉!!

왕의 몸이 주변 건물들을 일격에 깔아뭉갰다.

서문엽은 열심히 움직이면서도 최대한 기적을 죽이고 있었다.

거기에 건물들이 무너지면서 흙먼지가 일어나자 왕 또한 시야를 방해받았다.

—귀찮은 녀석이군.

왕은 오러를 강하게 끌어모았다.

강력한 오러 반응에 서문엽은 흠칫했다.

'이번엔 뭐지?'

—화염이다.

다행히 피에트로가 곧바로 경고해 주었다.

서문엽은 여왕에게 지시했다.

—여왕, 보호막!

—네.

여왕은 멀리서 서문엽에게 오러로 보호막을 둘러주었다.

서문엽 역시 보호막에 안심하지 않고 방패를 들었다.

그리고 과감하게 왕을 향해 돌진!

—푸하아아악!

왕이 화염을 내뿜었다.

화르르르르르!!

도시가 화염에 휩싸였다.

불길 속을 뚫고, 서문엽은 왕에게 질주했다.

여왕이 걸어준 보호막은 곧장 화염을 못 견디고 부서졌지만, 그사이에 가까이 접근하는 데 성공했다.

무기 영체화를 펼치는 동시에 괴물 창을 내지르며 일격!

푸욱!

—크아악!

왕이 고통과 짜증이 섞인 포효를 했다.

몸을 뒤틀며 몸부림을 쳤지만, 서문엽은 바로 점프해서 피한 뒤, 다시 한번 일격을 꽂았다.

체공 중에 공중 동작, 무기 영체화, 찌르기!

복잡한 행동을 동시에 펼친 연속 공격.

푸욱!

—크아아아아아! 이놈이이!

등을 찔린 왕은 몸을 크게 똬리를 틀며 서문엽을 삽시간에 포위했다.

이번에는 어디로 피하든 못 빠져나가게 하려는 움직임이었다.

계속해서 곧잘 피해 다니는 서문엽의 약삭빠른 움직임에 화가 치민 것이었다.

'위험한데.'

왕은 점점 똬리를 좁혀오고 있었다.

서문엽이 어디로 피하든 그것을 눈으로 본 뒤에 공격할 태세.

똬리를 튼 몸이 장벽처럼 사방을 차단하고 있어서 피할 곳이 하늘밖에 없는데, 왕은 서문엽이 점프하길 기다리고 있는 상황.

서문엽은 영체로 변신한 후에 공중으로 솟구쳐 올랐다.

왕은 기다렸다는 듯이 입을 벌리고 달려들었다.

그때였다.

파파파파팟!

피에트로가 마법진 5개를 펼쳐 그물을 만들었다.

그물에 걸린 왕의 속도가 떨어졌고, 타이밍을 재고 있던 서문엽은 그대로 창을 내질렀다.

한입에 삼키느냐, 창으로 찌르느냐.

결국 괴물 창이 왕의 인중을 찔렀다.

―크아아악!

왕이 고통스러워하며 머리를 좌우로 흔들었다.

피에트로가 시기적절하게 끼어드는 바람에 왕의 타이밍이 흐트러진 결과였다.

―여왕, 한 번 더!

서문엽은 과감하게도 그 상태에서 왕에게 재차 달려들었다. 물러나지 않고 한 번 더 공격을 퍼부을 작정이었다.

여왕이 멀리서 다시 보호막을 둘러주었다.

그것만 의지한 채, 서문엽은 왕의 몸 위에 올라탔다.

창을 내려찍으려는 찰나.

―꺼져라!

왕이 몸을 튕기며 서문엽을 떨쳐냈다.

보호막 덕에 충격은 상쇄했지만, 서문엽은 그 반동으로 멀리 날려지는가 싶었다.

팟!

마법진으로 이루어진 그물이 튕겨 나간 서문엽을 곧장 받아냈다. 피에트로의 솜씨였다.

'좋아!'

서문엽은 영체로 변신한 뒤, 다시 한번 왕에게 뛰어들었다.

푸욱!!

―크아아아아!

왕의 비명이 울려 퍼졌다.

―죽어, 이 새끼야!

완전 영체 상태를 풀지 않은 채, 서문엽은 계속 왕의 등 위를 뛰어다니며 창으로 난도질했다.

왕은 여기저기 자잘한 상처를 입으며 비명을 질렀다.

격노한 왕은 입을 쩌억 벌렸다.

입에서 괴물들의 영혼이 쏟아져 나오기 시작했다.

그러나 이 공격 패턴은 이미 한 번 공략된 것.

피에트로가 재빨리 그물을 펼쳐서 괴물들의 영혼을 낚아채 왕의 통제권을 일시적으로 끊었다.

곧바로 다른 공간으로 통하는 작은 게이트를 열어준다.

―크어어!

―크르륵!

괴물들의 영혼은 앞다투어 열린 게이트로 도망쳤다. 왕에서 도망칠 수 있는 기회를 아무도 놓치고 싶어 하지 않았다.

왕은 눈엣가시 같은 피에트로를 노려보아야 했다.

―그렇다면 이건 어떠냐.

왕은 다른 영적 감옥에서 영혼 하나를 더 꺼냈다.

그 영혼에게는 특별히 다량의 오러를 뭉쳐서 만든 육체를 선물해 주었다.

다량의 오러에 영혼이 깃들자 찰흙처럼 빚어지며 사람의 형상을 띠었다.

고통에 차오른 표정을 하고 있는 한 지저인의 형상.

"첫 번째?"

피에트로는 놀라 물었다.

—으으으으······.

첫 번째 상급 사제의 영혼이었다.

왕의 지배를 받는 그는 오러를 육체 삼아 다시 현실 세계에 나타났다.

이미 상당히 이지를 상실해 보였다.

하지만 왕의 지배 속에서 고통받고 있다는 것만은 알 수 있었다.

"곧 해방시켜 주마."

피에트로는 마법진을 연달아 만들었다.

그런데.

파앗!

놀랍게도 첫 번째 상급 사제도 허공에 마법진을 만들었다.

무언가에 빙의되는가 싶더니, 첫 번째 상급 사제는 곧 창과 방패를 든 모습이 되었다.

전사의 기억.

실제로 본 적이 있는 전사의 무예를 똑같이 재현하는 첫 번째 상급 사제의 주특기.

살아생전의 특기였던 그것을 오러에 깃든 영혼 상태에서도 구사한 것이다.

이는 첫 번째 상급 사제를 다시 일시적으로 부활시킨 것이나 다름없는 왕의 엄청난 능력이었다.

―재미있는 재주를 가진 녀석이더군. 너만큼은 아니지만 나름 쓸 만한 지식이 많아 아껴주고 있지.

왕은 자랑스레 말했다.

―자, 너희는 서로 할 얘기가 많은 사이였지? 실컷 즐기도록.

첫 번째 상급 사제는 피에트로에게 날아들었다. 서문엽과 똑같은 창술을 펼치면서.

*   *   *

'상황이 더럽게 됐네.'

서문엽은 왕이 선보인 능력에 경악을 느꼈다.

첫 번째 상급 사제의 영혼을 불러낸 거야 괴물들의 영혼을 쏟아낸 것과 같은 이치이므로 놀랄 것도 없었다.

그런데 살아생전의 능력을 고스란히 펼칠 수 있도록 하다니.

이것은 놀라운 재주였다.

아무튼 피에트로가 첫 번째 상급 사제의 공격을 받는 바람에 왕에게 신경 쓰지 못하게 되었다.

이제 왕은 고스란히 서문엽의 몫이 되었다.

'안 돼. 피에트로는 날 도와야 해. 그렇다면……'

판단은 빨랐다.

서문엽은 곧바로 팀에 지시를 내렸다.

—나단, 네가 할 일이 따로 생겼다.

서문엽은 나단 베르나흐를 지목했다.

—피에트로를 공격하는 녀석이 있는데, 내 스타일을 흉내 내고 있을 거야. 그놈을 네가 맡아.

나단은 오러로 말을 전달할 줄을 모르므로 대답이 없었다.

하지만 곧 나단의 분신이 달려왔다. 안전을 위하여 두 분신 중 하나는 멀리 떨어져 있고, 또 하나만 전장에 투입한 것이다.

"정말 똑같은데?"

쏜살같이 달려온 나단은 서문엽의 스타일을 흉내 내는 첫 번째 상급 사제를 보며 감탄했다. 척 봐도 어설픈 흉내 정도가 아니었다.

"어라? 그런데 스타일이 약간⋯⋯."

나단은 첫 번째 상급 사제를 보며 이상한 부분을 느꼈다.

월드컵 때문에 서문엽을 분석한 적 있기 때문에 한눈에 알 수 있었다.

첫 번째 상급 사제가 구사하는 서문엽의 스타일은⋯⋯.

'예전 스타일이네?'

그랬다.

스피드를 극한으로 살린 지금의 스타일이 아닌, 테크닉 위주의 옛 스타일의 서문엽이었다.

'그렇다면 월드컵 결승 때보다는 할 만하지!'

나단은 쌍도를 뽑아 들고 첫 번째 상급 사제에게 달려들었다.

카캉!

두 자루의 도가 시간 차로 방패를 계속 두들겼다.

첫 번째 상급 사제는 서문엽 스타일답게 디펜스가 굉장히 좋았다.

하지만 한 번 쌍도법을 펼치기 시작한 나단은 불규칙한 변화를 일으키기 시작했다.

그러자 능수능란한 방패 컨트롤로 대처하기 시작하는 첫 번째 상급 사제.

'역시 까다로운 건 마찬가지군.'

예전 스타일의 서문엽도 강적이긴 마찬가지였다.

하지만 심리적인 부분에서 서문엽과 큰 차이가 있음을 어렵지 않게 파악했다.

왕에게 지식을 흡수당하는 과정에서 자아가 상당히 마모되었기 때문에 첫 번째 상급 사제는 온전한 정신 상태가 아니었다.

그것은 당연히 전투력에도 영향을 주었다.

'해볼 만해!'

나단은 흘깃 곁눈질로 거대한 체격을 가진 왕을 보았다.

'저 괴물을 상대하는 것보단 훨씬 낫지.'

그렇게 첫 번째 상급 사제는 나단이 도맡아서 대결을 벌였다.

그 덕에 다시 여유를 되찾은 피에트로는 본격적으로 서문엽과 함께 호흡을 맞추기 시작했다.

파파팟!

4개의 마법진을 펼쳤다.

왕은 이번에도 그물인 줄 알았다.

하지만 그것은 영령들을 소환하는 마법진이었다.

쏟아지는 영령들이 왕을 공격했다.

피에트로는 그들을 적절히 컨트롤하며 왕의 몸 곳곳에 나 있는 상처를 노리게 했다.

서문엽이 입혀놓았던 상처를 영령들이 헤집었다.

─이놈들이! 꺼져라!

왕이 불길을 뿜었다.

그러자.

─로이 마이어!

증폭된 분석안으로 이를 미리 본 서문엽이 지시를 내렸다.

덕분에 로이 마이어는 시기적절하게 싸움에 간섭할 수 있었 다.

쩌저저적!

얼음벽이 솟아올라 화염을 가로막은 것이다.

물론 왕의 강력한 불길에 오래 견딜 수는 없었다. 얼음벽은 마그마에 닿은 것처럼 삽시간에 녹아버렸다.

하지만 그 정도면 충분했다.

불과 몇 초였지만, 서문엽은 화염에 아랑곳하지 않고 왕에게 똑바로 달려들 수 있었으니까.

얼음벽이 완전히 녹아버린 순간, 로이 마이어는 온 힘을 다 퍼부어 초능력을 또 펼쳤다.

쩌저적!

이번에는 얼음 봉인!

감히 거대한 왕을 얼음 속에 봉인시키려는 시도를 한 것이다.

어림도 없었다. 왕은 가볍게 자신을 억류시키려는 봉인의 힘을 떨쳐 버렸다.

하지만 그 바람에 다시 몇 초간 화염을 뿜는 것을 중단해야 했다.

그때 서문엽은 왕의 턱 밑까지 접근해 있었다.

ㅡ놈!

왕이 입을 쩌억 벌리며 서문엽에게 덤볐다.

그 순간, 서문엽은 슬라이딩을 했다.

간발의 차.

왕의 입을 피하며, 그 아래로 파고드는 데 성공했다.

마치 세르펜을 한 방에 잡는 플레이와 똑같았다.

그대로 무기 영체화를 펼치고, 왕의 턱 밑을 찔렀다.

푸우욱!

ㅡ끄어어어억!

*   *   *

ㅡ세계 협회가 예고했던 침공이 시작되었습니다. 전 세계 14개 지역에 게이트가 열려 괴물들이 쏟아지고 있는 가운데, 각국 정

부는 피해 지역에 배틀필드 선수들을 파견하여 방어에 나서고 있습니다.

—거침없이 뻗어나가던 괴물들의 움직임이 돌연 중단되어, 왕을 사냥하는 서문엽 일행의 계획이 성공리에 진행되고 있는 것으로…….

괴물의 공세로 세상이 환란에 휩싸인 가운데, 인류도 반격을 개시했다.

거침없이 진격하며 파괴를 일삼던 괴물들이 돌연 집단행동을 중단하더니 어찌할 바를 몰라 우왕좌왕했기 때문이다.

이는 왕의 존재감이 사라진 탓이었다.

왕과 싸우는 서문엽 일행이 그 일대를 던전으로 만들어 격리한 결과였다.

예상대로 괴물들은 왕이라는 구심점이 사라지자 집단행동을 더 이상 하지 않았다.

그렇게 괴물들의 기세가 한풀 꺾이니, 후퇴만 하고 있었던 인류도 비로소 반격을 시작한 것이었다.

세상이 멸망할 판이라 피해 당사국은 물론 주변 국가도 다급히 배틀필드 선수들로 구성된 방어군을 현장에 파견했다.

그렇게 모인 초인들이 괴물들을 사냥하기 시작했다.

이미 배틀필드에서 고대종 괴물들을 사냥하는 훈련을 수없이 했던 초인들은 우왕좌왕하지 않고 제대로 싸움을 펼쳐 나갔다.

"한 마리만 끌어와! 더 많이는 감당 못 해!"

"온다! 독 조심!"

현역 선수들로 구성된 초인들은 잘 싸웠다.

이미 '침공'에서 봤던 괴물들이 많았기 때문이다. 물론 '침공'에서도 나오지 않았던 생소한 괴물들도 있었지만, 처음 보는 괴물을 상대하는 것도 '침공'을 통해 익숙해졌기 때문에 그럭저럭 잘 대처했다.

"휴, 배틀필드로 한번 겪어봤던 놈들이라 다행이야."

"새 던전 출시됐을 땐 무슨 미친 짓인가 하고 세계 협회 욕무지 했는데 말이야."

"'침공' 공략 안 해봤으면 큰일 날 뻔했어."

소속 팀별로 11명씩 짝지어진 선수들은 조직력을 잃은 괴물들을 각개로 공략하며 싸움을 이어나갔다.

"근데 괴물들 숫자도 참 더럽게 많네. 이걸 언제 다 처치해?"

"그런 거 걱정할 때냐? 어차피 이번 전쟁의 승패는 하루 이틀 안에 결정 날 텐데."

싸움은 순조로웠지만 초인들의 표정에는 염려가 가득했다.

14개 지역의 전투 상황이 얼마나 좋건 나쁘건 관계없이, 이번 전쟁의 승패는 왕과 서문엽 팀의 대결에 달렸기 때문이다.

"그쪽 소식 들려온 거 없어?"

"슈란이 오러 소진해서 대피소로 가장 먼저 귀환했다는 소식은 들은 것 같은데?"

"슈란이 벌써?"

"상대가 상대니까."

                    *   *   *

　—끄어어어억!

턱 밑을 찔린 왕이 비명을 질렀다.

지금까지의 공격 중 가장 깊은 타격이었다.

그러나 큰 타격을 입혔다고 좋아할 때가 아니었다. 서문엽은
지금 고통에 울부짖는 왕의 머리 밑에 있었으니까.

깔려 죽기 전에 탈출해야 했다.

'증폭, 분석안!'

서문엽은 재빨리 증폭된 분석안으로 살폈다.

왕의 몸부림치는 것을 미리 보고서 틈새로 빠져나갔다.

쾅앙! 쾅!

왕이 날뛰었다.

서문엽은 짓이기려고 온몸을 튕기며 마구 땅을 후려쳤다.

그러나 서문엽은 귀신같이 요리조리 절묘하게 탈출하는 데
성공했다.

　—죽인다!! 감히 나에게 상처를!

왕은 오러를 다시 끌어모았다.

이번에야말로 자폭인가 싶어서 서문엽은 바짝 긴장했다.

다행히 자폭은 아니었다.

하지만 다행이라는 표현을 쓰기에는 너무 무서운 공격이었다.

그오오오오!

거대한 오러의 구체가 왕의 머리 위에 태양처럼 떠올랐다.

그것은 심영수의 폭발 구체와 비슷한 모습이었다.

'설마!'

저렇게 큰 게 폭발한다면?

—모두 던전 밖으로 탈출해!

서문엽이 모두에게 급히 전달했다.

그러자 여왕이 조승호를 공간 이동으로 던전 밖으로 내보낸 뒤 자신도 따라갔다.

피에트로는 첫 번째 상급 사제와 싸우던 나단을 먼저 공간 이동시킨 뒤, 서문엽에게 다가와 함께 공간 이동을 펼쳤다.

이윽고.

콰아아아아아아아아아아앙!!

쩌렁쩌렁한 폭발이 던전 내부로부터 들렸다.

일대를 감쌌던 던전이 폭발을 이기지 못하고 붕괴하기 시작했다.

거대한 공간의 뒤틀림이 일어나는가 싶더니, 던전이 사라지고, 왕이 나타났다.

왕의 주위에는 아무것도 없었다.

폐허가 된 도시는 그 잔해조차 남기지 못하고 완전히 사라졌다.

핵탄두라도 맞은 듯한 모습이었다.

여왕은 곤란한 표정으로 말했다.

"전 이제 힘을 쓰기 어려워요. 미안해요."

던전 밖으로 나와 햇볕에 노출된 탓에 지저인인 여왕은 오러 운용에 곤란을 느끼기 시작했다.

서문엽은 고개를 끄덕였다.

"수고했습니다."

"미안해요."

여왕은 공간 이동으로 사라졌다.

그렇게 슈란, 로이 마이어, 여왕이 이탈했다.

남은 인원은 넷.

"산개."

서문엽이 지시를 내렸다. 함께 모여 있으면 왕의 공격 범위에 모두 노출되고 만다.

나단과 조승호가 재빨리 좌우로 흩어졌다.

서문엽은 피에트로에게 말했다.

"가자."

"그러지."

두 사람은 함께 왕에게 달려들었다.

―이제 장난은 끝났다! 너희는 날 절대 못 이긴다!

왕은 크게 소리쳤다.

말만 앞선 게 아니었다.

왕은 또다시 오러 구체를 만들었다.

이번에는 작지만, 숫자가 굉장히 많았다.

하나, 둘, 셋…….

계속 공중에 뜬 오러 구체의 숫자가 늘어나기 시작했다.

족히 수십 개가 되었을 때부터 서문엽의 안색은 창백해졌다.

"저걸 어떻게 다 피하지?"

"못 피한다. 하나하나 다 조종할 능력이 왕에게는 있으니까."

피에트로는 손을 위로 뻗었다.

파파파파파파팟!

오러로 이루어진 창이 피에트로의 손 위에 생성되었다.

오러 창의 숫자는 27개까지 만들어졌다.

"내가 엄호하겠다."

"좋아, 놈에게 접근해서 육박전을 벌여야겠어."

원거리에서는 왕의 공격 수단만 풍부할 뿐이었다. 이쪽은 서문엽이 직접 무기 영체화로 찌르는 수단밖에 없다.

서문엽은 왕에게 돌진하기 시작했다.

피에트로가 바짝 뒤따랐다.

―죽어!

수십 개의 오러 구체가 일제히 서문엽을 향해 날아들었다.

그러자 피에트로가 오러 창을 하나하나 던지기 시작했다.

콰아아앙! 콰르릉! 콰쾅!

오러 창이 오러 구체에 적중할 때마다 폭발이 일어났다.

사방에서 일어나는 폭발.

그 사이로 서문엽은 계속 저돌적으로 돌진했다.

피에트로는 진땀을 흘렸다.

'이대로는 오러 소모가 가속화된다.'

왕의 오러 낭비가 더 심하지만, 보유하고 있는 오러양의 차이가 너무 극심했다. 왕은 얼마든지 오러를 물 쓰듯 써버려도 상관없지만 이쪽은 아니었으니까.

왕은 그걸 알기 때문에 오러 화력전으로 밀어붙이는 것인지도 몰랐다.

'그 전에 빨리 결판을!'

피에트로는 계속 오러 창을 던졌다.

서문엽에게 직격되려던 오러 구체가 오러 창에 맞고 폭발했다.

피에트로는 서문엽을 어떻게든 왕에게 접근시키기 위해 사력을 다해 엄호했다.

―이건 어떠냐!

왕은 또다시 오러를 사용했다.

파아아앗!

거대한 오러의 장벽이 서문엽의 앞을 가로막았다. 아예 접근을 원천 봉쇄 시킨 것.

피에트로가 뒤에서 소리쳤다.

"귀환석을 써!"

순간 서문엽은 피에트로의 의도를 바로 눈치챘다.

서문엽은 귀환석을 꺼내 사용했다.

그 순간.

까닥.

피에트로가 검지를 까닥였다.

파앗!

서문엽의 신형이 사라졌다.

그리고 장벽 너머 왕의 지척에 나타났다.

그 짧은 틈에, 피에트로가 서문엽의 귀환을 조작한 것이었다. 타인의 공간 이동에 개입하여 조작하는 특기를 발휘한 것!

—무슨?!

왕은 깜짝 놀랐다.

서문엽은 무기 영체화를 펼치며 힘껏 내질렀다.

푸욱!

—크억!

또다시 적중!

서문엽은 꾸준히 왕의 몸에 상처를 입혀가고 있었다.

—크아아! 그렇다면 이건 어떠냐!

왕은 다시 오러의 장벽을 펼쳤다.

이번에는 오러의 장벽이 왕과 서문엽을 둥글게 감쌌다.

둘을 감싼 장벽은 서서히 좁아지면서 서문엽이 피할 곳이 없게 만들고 있었다.

"다시 귀환석!"

피에트로가 소리쳤다.

—넌 이거나 먹어라!

왕은 아직 남아 있는 오러 구체들을 피에트로에게 퍼부었다.

피에트로는 공간 이동을 펼쳐 하늘 위로 피신했다.

그러나 오러 구체들도 유도 미사일처럼 방향을 틀어 위로 솟구쳤다.

그때, 서문엽이 귀환석을 사용했다.

피에트로는 오러 구체들을 피하느라 정신없는 와중에도, 다시 손가락을 까닥이며 조작을 감행했다.

팟!

다행히 이번에도 성공이었다.

서문엽은 장벽 밖으로 무사히 탈출했다.

─하하하! 공간 이동에 개입해서 위치를 조작하는 건가? 재미있군! 그건 나도 흉내 내기가 꽤 어려워 보이는데? 나중에 천천히 연습해 봐야겠어.

왕은 광소를 터뜨렸다.

정말 순수하게 피에트로의 솜씨를 칭찬하고 있었다.

아직 여유가 넘친다는 뜻이었다.

'이길 수 있을까?'

서문엽은 시름에 잠겼다.

피에트로의 오러 소모가 많아지고 있다는 것을 서문엽도 느끼고 있었다.

이대로는 승산이 제로였다.

"피에트로, 일단 오러 충전받고 와."

"알았다."

팟!

피에트로는 잠시 사라졌다.

조승호에게 간 것이다.

서문엽은 조승호로부터 시야 전달을 계속 받고 있었기 때문에 피에트로가 오러를 전달받는 모습까지 볼 수 있었다.

그렇게 조승호도 오러가 거의 바닥나고 말았다.

이제 남은 오러는 시야 전달을 유지할 수 있는 수준뿐.

그나마도 오래지 않아 완전히 고갈될 것이었다.

팟!

다시 돌아온 피에트로는 서문엽에게 말했다.

"이대로는 무리다."

"나도 알아."

왕이 오러를 퍼부어 화력전을 전개하니 이쪽이 감당할 수가 없었다.

거대 뱀을 상대로 시뮬레이션 했을 때처럼 오러를 최대한 아껴가며 장기전을 펼치는 게 불가능했다.

"총력전을 펼친다. 일단 가진 걸 전부 다 퍼부어."

서문엽이 결정을 내렸다.

"그것 역시 승산이 희박한 선택 같군."

"알아. 안 되면 후퇴하자."

모든 걸 쏟아 승부를 보고, 안 되면 튄다.

서문엽은 지극히 현실적인 결정을 내렸다.

"좋다."

피에트로는 마법진을 만들었다.

파파파파파파파파팟!

22개의 마법진이 허공을 아름답게 수놓았다.

이윽고 일제히 영령들이 쏟아져 나왔다. 피에트로가 할 수 있는 최고의 공격이었다.

서문엽 역시 왕에게 다시 달렸다.

수없이 죽을 위기가 오갔지만, 그래도 서문엽은 달렸다.

계속해서 저 왕에게 돌진해 창을 겨눴다.

소환된 영령들이 왕을 괴롭혔다.

왕은 불길을 토해서 영령들을 쓸어버렸다.

서문엽은 불길을 피해 달리며 왕에게 접근했다.

왕은 놓치지 않고 꼬리로 서문엽을 후려쳤다.

간발의 차이로 점프.

무기 영체화된 괴물 창으로 찌르려던 찰나.

그러나 왕도 학습 능력이 있었다.

파앗!

놀랍게도 왕은 그 거대한 몸집으로 공간 이동을 펼쳤다.

멀리서 다시 나타난 왕은 킬킬거렸다.

─슬슬 너희의 재주도 바닥이 드러나고 있는데. 그렇지 않나?

서문엽은 암담함을 느꼈다.

이는 피에트로도 마찬가지였다.

승산이 안 보였다.

왕은 시뮬레이션을 해봤던 거대 뱀과 달리 지성이 있었고 오
러로 다양한 재주를 펼칠 줄 알았다.

이대로 지나 싶은 순간이었다.

피에트로가 소환했던 영령들 중 하나가 두 사람에게 다가왔
다.

─영령계 밖에서 다시 만나게 될 줄은 몰랐구먼.

피에트로는 자신이 소환한 영령이 말을 건네자 깜짝 놀랐다.

그 영령은 다른 영령들보다 유독 존재감이 뚜렷했다.

―확실히 엄청난 녀석이로군.

왕을 보며 감탄하는 영령.

바로 고대의 대사제였다.

                    *   *   *

피에트로는 당황스러웠다.

'이분이 소환되다니?'

아무리 영령을 소환하는 것이 피에트로의 특기라고는 하나, 고대의 대사제처럼 깊은 곳에 있는 영령까지 불러낼 정도는 아니었다.

심지어는 고대의 대사제는 피에트로의 통제에서 벗어나 멋대로 움직이더니, 떡하니 곁에 와서 말까지 거는 게 아닌가.

"이게 어찌 된 일입니까?"

―어찌 되긴. 내가 알아서 왔지.

"대사제님께서 직접 말입니까?"

―내 유산을 누군가에게 물려줬을 때부터 언젠가는 이런 날이 올 줄 알았지.

고대의 대사제는 자신이 남긴 비전을 익힌 서문엽을 바라보았다.

서문엽은 이를 악문 채 두 눈은 계속 왕을 향해 투지를 불태우고 있었다.

　―길게 말할 시간 없다. 네 남은 오러를 모두 나에게 보내라.

　"옛?"

　피에트로는 당혹했다.

　조승호에게 오러 전달을 받아서 그나마 약간 충전받은 오러였다.

　이마저도 왕의 무지막지한 공세를 맞받아치느라 다소 소진한 상황.

　남은 오러마저 다 건네달라니, 터무니없는 도박이었다.

　'어차피 이대로는 승산이 없다. 무언가 방책이 있으신 거라면 한번 따라보자.'

　피에트로는 짧은 고민 끝에 오러를 고대의 대사제에게 보냈다.

　파아앗!

　고대의 대사제가 깃든 오러의 양이 크게 불어났다.

　고대의 대사제는 피에트로에게 받은 오러를 갖고 그대로 서문엽에게 날아갔다.

　왕을 주시하고 있던 서문엽은 영령이 주변에 얼쩡거리자 의아하여 바라보았다.

　그리고 고대의 대사제를 발견하고는 깜짝 놀랐다.

　"영감님까지 소환되셨습니까?"

　―오냐, 이놈아.

　"그 연세에 욕보시네."

　서문엽은 웃으며 농담을 건넸다.

─네 녀석, 내가 비전까지 물려줬는데도 결국 뜻을 이루지 못하고 이리 빌빌거리고 있구나.

"저 괴물 새끼 좀 보고 말씀하쇼."

고대의 대사제는 왕을 보더니 고개를 끄덕였다.

─하긴, 확실히 터무니없는 괴물이긴 하구나. 내가 소싯적이었어도 못 당해냈겠어.

두 사람이 한가롭게 잡담을 나눌 틈이 없었다.

왕이 또다시 오러를 끌어모으더니, 다시 한번 능력을 발휘하였다.

파아아아아아앗!

오러의 막이 일대를 크게 감쌌다.

점점 확장해 가며 점차 많은 지역을 잠식해 들어갔다.

서문엽은 심상치 않음을 느끼고는 즉시 지시를 내렸다.

─조승호, 나단, 당장 귀환!

그러자 아직 오러의 막 밖에 있었던 조승호와 나단은 바로 귀환석을 써서 이탈했다.

고대의 대사제가 고개를 끄덕였다.

─잘했다. 저건 공간 이동을 차단시키는 결계이니까.

"끄응, 내 그럴 줄 알았지."

서문엽과 피에트로가 귀환석을 활용해 잇달아 싸움에서 이득을 보자 왕이 아예 원천 봉쇄 해버렸다.

서문엽이 이를 직감적으로 알아채고 두 사람을 도망치게 한 것이다.

어쨌거나 싸움은 더더욱 어려워졌다.

고대의 대사제는 왕이 펼친 결계를 바라보며 혀를 내둘렀다.

—좌표 파악을 교란시키는 기능을 하는 결계로구나. 저 괴물이 별의별 재주를 부리는군.

공간 이동을 차단시킨 결계.

그 안에 있는 것은 왕, 서문엽, 피에트로.

고대의 대사제도 있지만 잠시 소환된 상태일 뿐이었다.

—크하하하! 이제 끝이다!

왕은 맹렬하게 돌진했다. 이제 두려울 게 없다는 투였다.

서문엽도 지지 않고 괴물 창을 꼬나 쥐고 달렸다.

하지만 왕은 그냥 육탄전으로 싸울 생각이 없었다.

퍼퍼퍼퍼퍼펑!

오러 구체 수십 개가 허공에 생성되었다.

달려들던 서문엽은 만면이 형편없이 구겨졌다.

흘깃 뒤를 보니 피에트로도 더 이상 엄호를 해줄 여력이 없어 보였다.

'그럼 창으로 찔러서 터뜨리는 수밖에!'

창으로 찌른 순간 오러 구체가 폭발해 부상을 입을 수 있지만, 다른 방법이 없었다.

필사의 각오로 달려드는 서문엽.

오러 구체 수십 발이 일제히 서문엽을 향해 날아들었다.

그런데 그때였다.

고대의 대사제가 앞으로 나서더니.

파파팟!

오러를 움직여 허공에 복잡한 형태의 기하학적인 패턴을 수
놓았다.

그리고······.

뚝!

세상이 멈췄다.

*　　　　*　　　　*

모든 게 정지된 상태였다.

왕도, 오러 구체들도, 서문엽도, 바람마저도.

'이게 뭐지?'

서문엽은 눈 하나 까딱할 수 없는 정지 상태에서 당황을 느
꼈다.

그런데 옆에서 고대의 대사제의 목소리가 들렸다.

─잠깐 정지시켰다.

'영감님이? 이런 게 가능하다고?'

─대신 물질적인 모든 게 다 정지되니 공격을 하는 것은 불가능
하다. 다만 나는 영혼만 남아 있으니 이 틈을 타서 일을 도모할 수
는 있지.

고대의 대사제는 서문엽 앞에 서서 똑바로 눈을 마주했다.

─내가 물려준 비전은 그동안 잘 연마했구나.

'덕분에 놈과 싸움다운 싸움을 해볼 수는 있었지만 그래도

역부족이었죠.'

─나의 비전은 영혼을 수련하는 것이라고 했었지. 하지만 실은 약간 다르다. 키우는 것은 영혼을 받아들이는 그릇의 크기다. 그릇은 곧 육체. 넌 이 비전 덕에 육체가 한계를 초월하여서 계속 강해지는 것을 경험했을 텐데, 바로 그릇을 키우는 비전의 효과 덕이다.

고대의 대사제는 씁쓸하게 웃었다.

─영혼을 담는 그릇을 키우는 비전. 내가 이것을 왜 익혔는지 짐작이 되느냐?

서문엽이 알 리 없었다. 알더라도 정지된 상태라 대답할 수 없었다.

─다른 이의 영혼을 받아들일 수 있게 하기 위해서였다. 영혼을 받아들이고 또 받아들이면 그 존재감은 모든 것을 채울 듯한 빛과 같은 존재가 되지.

빛?

서문엽은 설마 싶었다.

─그래, 나는 태초의 빛과 같은 존재가 되고자 했다. 비전은 바로 나 자신이 빛이 되기 위한 수단이었다. 욕심을 부린 게지.

'헐……'

스케일이 너무 커서 서문엽은 멍해졌다.

터무니없었다. 그런데 그걸 실현할 수단을 고안하고 연마했으니 과대망상이라고 무시할 수가 없었다.

─태초의 빛을 능가하려던 것은 아니다. 그분은 정녕 위대하시지만, 만나기에는 너무나도 머나먼 곳에 계시지 않으냐. 그래서 내가

조금이라도 더 가까운 곳에서 그분을 대신하고 싶었다. 빛을 갈망하는 수많은 이를 위하여……

고대의 대사제가 계속 말했다.

—하지만 그마저도 욕심이었던 게지. 결국 나는 영령계에서도 헤아릴 수 없는 긴 세월을 연마했지만 뜻을 이루지 못했다. 그러다가 너희를 만났지. 그리고 깨달았다. 내 비전을 어떻게 써야 하는지를.

고대의 대사제는 서문엽에게 더 가까이 다가왔다.

—넌 나의 비전을 익혔으니, 내 영혼을 받아들일 수 있다는 뜻이다. 일전에 태초의 빛을 만나뵈어 축복을 받은 적 있었지? 그것과 같은 원리다. 내가 너에게 힘을 주마.

'영혼을 나에게. 그럼 영감님의 영혼은 소멸하는 게……?'

서문엽은 혼란스러웠다.

정말 괜찮은 겁니까?

같은 지저인도 아니고, 인간인 나에게 흡수되어 영혼이 소멸되어 버려도?

—뭘 걱정하는지 짐작된다. 하지만 염려 마라. 모든 것은 결국 사라진다. 하지만 사라지지 않는다. 영혼이 소멸된다 해도, 영혼의 작은 파편은 영혼에 각인되었던 바람을 따라, 궁극적으로 내가 원했던 곳으로 나아가게 된다. 바람에 흩날리는 먼지처럼.

—영혼에 각인되었던 생전의 바람이 가치 없는 것이었다면 정처 없이 헤매다 사라지겠지만, 간절한 바람이 올바른 길로 이끈다면 태초의 빛에 이르러 그 일부가 된다.

—그래. 태초의 빛은 그렇게 형성된 것이다. 깊은 깨달음을 얻어

등대가 된 태초의 현자와, 그를 좇아 다다른 수많은 영혼의 일부가 모이고 모여서 만들어진 거대한 빛이다. 때문에 태초의 현자 자신은 마모되어 자아가 사라졌어도 거대한 빛이 항시 유지되면서 언제까지고 우리를 비췄던 거야.

—그러니 난 괜찮다. 그분의 일부가 될 뿐이야. 정해진 순리대로. 나의 마지막 미련을 버렸을 뿐이다.

—서문엽. 너도 정해진 순리대로 세상을 이끌어라. 저 괴물이 세상의 질서를 파괴하게 놔두지 마라.

이윽고 고대의 대사제는 서문엽에게 점점 가까이 다가가더니, 하나로 겹쳐졌다.

파아아아아앗!

그 순간 서문엽은 빛에 들어와 감싸이는 느낌을 받았다.

취할 것 같은 몽롱함.

저열한 쾌락이 아닌, 영혼을 채우는 충족감.

바로 태초의 빛을 봤을 때 느꼈던 것과 똑같은 느낌이었다.

고대의 대사제는 기어코 태초의 빛의 축복과 똑같은 일을 행한 것이었다.

태초의 빛은 일부를 떼어주었지만, 고대의 대사제는 자신의 모든 것을 준 것이 달랐다.

고대의 대사제가 소멸됨과 동시에, 정지된 시간이 다시 재생되었다.

수십 개의 오러 구체가 자신에게로 쏟아지는 상황에서, 서문엽은 정지된 시간이 다시 흐르고 있는 것을 체감했다.

'힘이 느껴진다!'

서문엽은 영혼이 넘칠 것처럼 차오르는 것을 느꼈다.

오러도 폭발적으로 늘었다.

육신에 힘이 넘쳤다.

'감사합니다. 희생을 헛되이 하지 않겠습니다.'

서문엽은 영체로 변신했다.

영체가 된 서문엽은 그 어느 때보다도 강력한 위압감을 풍기고 있었다.

서문엽은 질주했다.

완전 영체 상태였기 때문에 오러 구체들은 서문엽에게 영향을 주지 못했다.

―간다!

서문엽은 왕을 향해 비행했다.

그 광경에, 왕은 기고만장했던 태도를 버렸다.

―어찌 된 일이지? 저 녀석이 왜 갑자기 저리 강한 힘으로?

당혹한 왕에게 서문엽이 창을 내질렀다.

쩌어억!

―끄아아아악!

왕은 오른쪽 뺨을 깊이 긁혀 비명을 질렀다.

서문엽은 영체 상태를 해제하지 않았다.

계속 날아다니며 왕을 난타했다.

푸욱! 쩌억!

―크아아아아!

계속되는 고통에 당혹과 분노를 느낀 왕이 대량의 오러를 일으켰다.

거대한 오러의 격류!

영체 상태라 하더라도 휩쓸릴 수 있을 정도로 큰 오러양이었다.

—크아아아! 죽어!

왕은 거대한 오러로 온몸을 감싼 채, 서문엽에게 달려들었다.

서문엽은 오른쪽으로 방향을 틀었지만, 반응이 늦었다. 영체 상태에서는 분석안을 증폭시킬 수 없었기 때문에 공격을 미리 보지 못한 것.

'늦었다!'

서문엽은 찰나의 순간에 최선의 판단을 했다.

영체 상태를 해제한 것이다.

쩌어어억!

왕의 머리에 들이받힌 서문엽은 실 끊긴 연처럼 날아갔다.

쿠웅!

서문엽의 신형이 땅에 처박혔다.

단번에 즉사시킬 만한 충돌에 당한 서문엽은 그대로 숨이 끊어졌다.

—크하하하! 드디어 죽었느냐!

왕은 폭소했다.

하지만 기쁨은 오래가지 않았다.

죽었던 서문엽이 다시 몸을 일으킨 것이다.

비틀린 목을 스스로 머리를 붙잡고 되돌려 놓은 서문엽은 왕을 빤히 올려다보았다.

"존나 아프네. 죽을 만큼 아팠다, 씨발아."

불사의 힘!

충돌 순간 영체를 푼 것은 최고의 결정이었다.

영체 상태에서 죽으면 오랫동안 되살아나지 못한다는 것을 얼마 전에 체험했기 때문에 가능한 선택이었다.

물론 온몸은 만신창이였다.

죽을 만큼 강한 타격을 입었는데 멀쩡할 수 없었다.

하지만 상관없었다.

파앗!

서문엽은 다시 영체로 변신했다.

─끝장을 보자!

영체로 변신하면 육신이 얼마나 만신창이건 상관이 없었기 때문이다.

서문엽은 결판을 내기 위하여 왕에게 날아들었다.

왕은 공포를 느꼈다.

─크아아아아!

그래서 포효했다.

감히 왕인 자신에게 공포를 느끼게 한 적을 기필코 용서할 수 없었다.

서문엽과 왕은 치열하게 치고받았다.

이성을 잃은 왕은 지성을 갖기 전의 괴물로 돌아간 듯 온몸을 마구 휘두르며 공격했다.

서문엽은 증폭된 분석안을 펼쳤다가 다시 영체로 변신해 피하기를 반복했고, 종종 반격을 가해 상처를 입혔다.

서문엽의 반격은 어쩌다 한 번씩 일어나는 뜸한 일이었지만, 어쨌거나 계속 대미지가 누적되는 쪽은 왕이었다.

─크아아아! 이놈!

왕의 격노는 점점 커져갔다.

이대로 싸우면 이기는 쪽은 누구일까?

냉정하게 생각해 보면 왕이었다.

왕이 대미지를 누적하는 속도보다, 서문엽이 오러를 소모하는 속도가 더 빨랐으니까.

하지만 한 방, 한 방이 영혼까지 고통을 전달하는 공격이다 보니, 왕은 냉정을 유지하지 못하고 점점 조급하고 격렬해졌다.

싸움은 누가 봐도 서문엽의 페이스였다.

'어떻게 갑자기 저렇게 힘이 넘치는 것이지?'

이를 지켜보던 피에트로는 놀라움을 금치 못했다.

서문엽이 갑자기 강력한 오러를 내뿜으며 왕을 몰아붙이고 있는 것이다.

'대사제님은 갑자기 사라졌다. 이게 연관이 있는 것일까? 설

마……'

피에트로는 갑자기 사라져 버린 고대의 대사제와 연관성을 찾았다.

자신의 남은 모든 오러를 갖고 간 고대의 대사제가 별안간 없어졌으니 신경 쓰이는 것은 당연한 일.

그러다가 피에트로는 서문엽이 영체로 변신할 때마다, 전보다 더 영혼의 존재감이 강하다는 것을 알아차렸다.

'설마 자신을 희생하시고!'

피에트로는 서문엽이 고대의 대사제의 영혼을 흡수했음을 깨달았다.

원리는 잘 모르지만 아마도 서문엽이 익힌 비전 '영혼 연성' 때문일 터.

'그분께서 그리 희생하다니. 죄인인 나는 이렇게 구차하게 살아 있거늘!'

남은 오러가 아주 약간 있었지만, 말 그대로 아주 미약해서 싸움에 낄 정도가 아니었다.

어차피 더는 도움이 안 되니 도망치는 일만 남았지만, 그럼에도 이곳에 남아 싸움을 지켜보는 이유는 자격지심 때문이었다.

나는 왜 이리도 구차하게 살아 있는가.

스스로를 용서하고 싶지가 않은 것이었다.

이미 한 번 죽어서 사령이 되었음에도, 인간의 육신을 빌리면서까지 살아가고 있다.

그토록 원했던 빛이 내리는 땅 위에서 말이다.

'태초의 빛이시여. 이렇게까지 비루하게라도 제가 살아 있어야 할 이유가 있기 때문이라고 믿고 싶습니다. 제 구차한 명줄도 당신이 안배하신 일 중 하나라고 말입니다.'

피에트로는 이를 악물었다.

'그러니 당신의 뜻대로 이루어져야 합니다. 이 싸움, 우리가 이겨야 합니다. 부디 서문엽에게 힘을 주십시오.'

—크아아아!

—크오오오!

영체로 변신한 서문엽과 왕이 처절하게 공방을 주고받았다. 양쪽 모두 누가 괴물인지 모를 괴성을 지르며 맞붙었다.

왕의 흉측한 독니는 허공을 깨물었다.

측면으로 몸을 틀어 절묘하게 비행한 서문엽은 왕의 목 부근을 괴물 창으로 긁었다.

긁은 자리에서 홍건한 선혈이 흘렀다.

왕은 피투성이가 되어 있었다.

깊숙이 베인 자리는 몇 안 되지만, 겉으로 보기에는 상당히 초라해진 왕의 몰골이었다.

그리고 왕의 정신은 겉모습보다 더욱 너덜너덜해져 있었다.

—끄아아아아! 너 따위가!

스스로의 정체성을 왕이라 칭한 괴물.

지성을 스스로를 높이려는 목적으로만 사용한 괴물.

용납할 수 없었던 것이다.

저 작은 인간 따위에게 고통받고 있는 현 상황이 말이다.

자신은 왕이어야 했으니까.

그 누구도 자신의 지배를 받아야 하지, 이렇게 대적해서는 안 되는 거였다.

오만에 차고 초라한 정신세계가 창날에 갈가리 찢겨지고 있었다.

그 모습을 보면서 피에트로는 고대의 대사제가 예전에 했던 조언을 떠올렸다.

─미지에 대한 두려움으로 인하여 상대가 크게 보일 수도 있을 것이다. 하지만 명심해라. 올바른 가치관이 없는 지혜는 지혜가 아님을.

'당신의 말씀이 옳았습니다.'

─놈이 가진 지혜가 진정한 지혜가 아니라는 것을 안다면 실체를 볼 수 있을 것이다.

'이제 놈의 실체가 보입니다. 왕은 그저……'

피에트로는 격동을 느꼈다.

서문엽이 해내고 있었다.

왕은 정신적으로 궁지에 몰려 있었다.

물리적으로는 아직 유리한 상황인데도, 정신적으로 궁지에 몰려 혼란스러워하고 있었다. 전의를 상실한 군대처럼.

'…그저 미개하고 어리석은 괴물일 뿐입니다.'

그랬다.

왕은 깨지기 쉬운 초라한 가치관을 지닌 어리석은 괴물일 뿐이었다.

지성을 지니고 까마득한 세월을 산 경험이 있으면서도, 한 번도 자신의 내면을 보지 못한 채 오만무도하기만 한 괴물.

지성.

까마득한 세월.

어쩌면 태초의 빛과 같은 지혜를 지닌 존재가 될 수도 있었을 것이다.

그런데도 고작 저런 모습이라니.

초라하기 이를 데 없었다.

'이길 수 있다. 놈의 약점이 드러났어. 너도 알고 있겠지? 서문엽!'

―크아아아아!

왕이 입을 쩌억 벌렸다.

괴물들의 영혼이 쏟아져 나왔다.

'아차! 저 수법을 또!'

괴물들의 영혼에 오러를 입혀서 방출시키는 수법.

피에트로가 건재했더라면 무마시킬 수 있는 공격 패턴이었는데, 지금은 불가능했다.

아직 한 가닥의 이성이 남아 있었던 것인지, 왕은 시기적절하게 좋은 카드를 꺼낸 셈이었다.

괴물들의 영혼이 서문엽에게로 쏟아졌다.

─저리 꺼져!

서문엽이 괴물 창을 전광석화로 찔렀다.

파파파파파파파파팟!

질풍 같은 연속 찌르기!

괴물들의 영혼이 우수수 흩어진다. 탈곡기에 이삭에서 떨어진 곡식 낟알들처럼.

하지만 일부는 서문엽에게 접근하여서 타격을 입혔다.

─크읔!

옆구리를 물어뜯는 괴물의 영혼을 방패로 후려쳐 떨친 서문엽은 정신이 아득해졌다.

왕은 이때다 싶었는지 닥치는 대로 괴물들의 영혼을 퍼붓고 있었다.

*   *   *

서문엽은 괴물들의 영혼에 의해 정신없이 난타당하고 있었다.

그의 창에 영혼이 소멸되는 괴물들이 더 많았지만, 서문엽은 급속도로 힘을 잃어가고 있었다.

'안 되는데. 이제 간신히 놈의 약점을 잡았는데!'

약점, 오만.

오만함으로 똘똘 뭉친 왕의 정신은 서문엽에게 두들겨 맞으면서 붕괴되고 있었다.

그런데 지금 다시 놈이 승기를 얻어 여유를 되찾으면 허사다.

어떻게든 방법을 찾아야 한다.

'피에트로는 더 이상 여력이 없고. 제길, 기껏 고대의 대사제 영감님이 희생하면서 힘을 주셨는데!'

고대의 대사제는 그것이 순리라고 했다. 마지막 미련을 벗고 떠난다고.

하지만 그 희생을 이렇게 헛되이 할 수는 없었다.

기필코 이겨야 한다.

'가만?'

필사적으로 이길 방법을 찾는 서문엽의 뇌리에 무언가가 스쳤다.

—키우는 것은 영혼을 받아들이는 그릇의 크기다.

—영혼이 소멸된다 해도, 영혼의 작은 파편은……

—그래. 태초의 빛은 그렇게 형성된……

서문엽은 눈을 번뜩였다.

'할 수 있을까?'

너무 터무니없어서 예전 같으면 상상도 못 했을 일이다.

하지만 해내야 한다.

'해낼 거다!'

서문엽은 자신의 창에 찢겨 소멸되는 수많은 괴물들의 영혼을 바라보았다.

괴물이라 할지라도 저들 역시 영혼이다.

소멸하면 영혼에서 작은 파편이 나온다.

태초의 빛도 저런 파편이 모이고 모여서 형성된 거대한 존재라고 한다.

그리고 '영혼 연성'은······.

'태초의 빛과 같은 존재가 되기 위한 비전이지!!'

그랬다.

서문엽은 괴물들에게서 나오는 영혼의 파편을 자신이 흡수하고자 했던 것이다.

하지만 문제는 서문엽도 영혼 연성을 어떻게 활용해야 하는지 모른다는 것.

고대의 대사제의 영혼을 흡수한 것은 고대의 대사제가 스스로 뛰어들었던 것뿐이다. 서문엽은 영혼 연성을 어떻게 사용해야 하는지 아무것도 모른다.

차라리 피에트로였더라면 금방 해냈을 텐데 말이다.

'뭘 어떻게 해야 하지? 난 대사제는커녕 지저인도 아니란 말이야!'

마음은 다급하지만, 여전히 창을 질풍처럼 찌르고 있는 서문엽.

그러다가 서문엽은 한 가지 생각을 떠올렸다.

'내가 지저인처럼 할 수 있는 게 하나 있지!'

바로 언어.

표음 언어와 상형 언어를 구사할 줄 안다.

표의 언어는 공격에 살의를 싣는 정도로만 활용할 수 있다.

이를 가르쳐 주었던 최하급 지저인 '하인'은 서문엽이 표의 언어를 우연이나마 해냈던 것에 놀라워했었다.

'표의 언어라면 내 뜻이 괴물들에게 전달될 거다. 어디 한번 해보자. 해보고 안 되면 마는 거야.'

이것저것 따질 겨를이 없었다.

서문엽은 일단 떠오르는 대로 다 시도해 보기로 했다.

정신을 집중하고.

강력한 의지를 괴물들에게 쏘아 보낸다.

'나에게 와라. 내가 너희를 품어주겠다!'

'악독한 왕의 손아귀에서 빠져나오고 싶잖아?'

'나에게 와라.'

'내 일부가 되어 저놈에게 복수하자!'

서문엽은 의지를 닥치는 대로 표의 언어로 괴물들의 영혼에 쏘아 보냈다.

백 번 중 한 번이라도 성공하기를 간절히 바라면서.

하지만 서문엽 스스로도 생각 못 한 변수가 있었다.

그것은 바로 서문엽 자신의 정신력.

태초의 빛을 만나 인간의 한계를 초월한 정신력은 이번에 고대의 대사제를 흡수하면서 한 번 더 업그레이드되었다.

서문엽은 세상에 존재하는 전 종류의 지적 생명체 중 가장 정신력이 강한 셈이었다.

표의 언어는 상대에게 자신의 뜻을 전달하는 것. 강한 정신력의 영향을 받는 기술이었다.

서문엽의 표의 언어가 사방에 쏘아져 나갔다.

실패 없이.

백 번 중 한 번이라도 성공하면 다행이라고 생각했지만, 서문엽의 표의 언어는 계속 성공적으로 전달되고 있었다.

왕에게 고통받던 괴물들의 영혼은 서문엽의 의지를 전달받았다.

긴 세월 고통 속에 모든 게 무너진 괴물들은 그 의지를 저항 없이 받아들였다.

영원히 계속될 것 같은 이 고통에서, 왕의 압제에서 벗어날 수 있는 한 줄기의 희망이라고 여겨졌다.

추풍낙엽처럼 괴물들의 영혼이 찢겨졌다.

하지만 그렇게 소멸된 후에도 괴물들이 표의 언어로 전달받은 희망은 영혼의 파편에 남아 깃들었다.

파편들이 서문엽에게 모이기 시작했다.

극히 일부에 불과했지만, 서문엽의 의도대로 영향을 받은 영혼의 파편들이 생기고 있었다.

기적 같은 일이었다.

영체로 변신한 서문엽은 그렇지 않아도 백색 오러로 빛나던 몸에 점점 광채가 일어나고 있었다.

표의 언어를 쏘아 보내랴, 창으로 찌르랴, 정신 없는 서문엽은 무아지경이라 이를 자각하지 못했다.

하지만 그것을 지켜보는 왕과 피에트로는 경악을 금치 못하고 있었다.

―저, 저게 뭐냐!

왕은 공포를 느꼈다.

자신이 생전 본 적도 없었던 현상이 벌어지고 있었다.

작고 힘도 얼마 안 느껴졌던 인간일 뿐이었는데.

어째서 그 인간에게서 범접하기 두려운 기이한 빛이 나는 것인가?

미지에 대한 두려움을 느끼는 왕.

하지만 그것도 피에트로가 느낀 경악에 비하면 아무것도 아니었다.

'태, 태초의 빛?!'

태초의 빛에 비하면 초라할 뿐이었지만, 서문엽의 모습에서 동일한 분위기가 느껴지고 있었다.

영혼의 파편이 모이고 모여 빛이 된다.

서문엽을 둘러싼 광채는 점점 커져만 갔다.

피에트로는 여왕의 운명안에 보였던 서문엽의 운명을 새삼 떠올렸다.

구원자.

*   *   *

―죽어!

왕은 최악의 선택을 했다.

입을 벌린 채, 괴물들의 영혼을 있는 대로 다 쏟아부은 것.

서문엽이 광채에 휩싸인 이유가 괴물들의 영혼 때문이라고는 생각지 못한 것이었다.

무아지경의 서문엽도 창으로 찌르고 방패로 후려쳤다. 그러면서 표의 언어를 쏘아보았다.

소멸되는 영혼들.

그리고 파편은 서문엽에게 흡수되었다.

파편이 모여서 서문엽의 휘광이 되었다.

마침내 더는 쏟아낼 영혼이 없어진 왕은 서문엽을 멍하니 올려다보았다.

어째서.

아까보다 더 커진 것이냐.

거대한 휘광에 휩싸인 채 자신을 내려다보는 서문엽.

서문엽도 비로소 무아지경에서 깨어났다.

―성공했군. 이게 정말 가능할 거라고는 생각 못 했는데.

―이건 말도 안 된다. 넌 그저 작고 약한 인간이야!

―야, 지금도 내가 인간으로 보이냐?

왕은 말문이 막혔다.

―인간 수준은 초월한 지가 한참 돼서. 심지어 이제 몸에서 광채가 나는데, 이쯤 되면 신이 아닐까?

서문엽은 씨익 웃었다.

―좋아, 그럼 신이 된 기념으로 교리를 하나 정해야겠군. 나쁜 짓은 적당히 하자, 뭐 이 정도?

대체 무슨 소리를 하는지 못 알아듣던 왕은 비로소 뭔가를 깨달았다.

　—혹시 그것도 농담이냐?

　—그렇지! 학습 잘하네.

　—이놈이!

　—자, 그럼 하던 거 계속할까!

　분기가 치밀어 독니를 드러내는 왕에게 서문엽이 날아들었다.

　왕은 흠칫 놀라 오러로 거대한 방어막을 펼쳤다.

　서문엽은 아랑곳하지 않고 방어막을 향해 돌진했다.

　괴물 창을 세우고.

　모든 힘을 집중한다.

　빛 무리가 창끝에 서려 일렁인다.

　그리고 충돌!

　콰아아아아아아앙!!

　세상을 뒤흔드는 듯한 굉음이 울려 퍼졌다.

　왕의 방어막은 강력했다.

　서문엽은 충돌 직후 뒤로 밀려나 버렸다. 하지만 창에 서린 기운은 아직 그대로였다.

　다시 한번, 충돌!

　콰아아아아앙!

　콰아아아앙!

　서문엽은 재차 방어막을 난타했다.

　방어막을 유지하고 있던 왕은 당혹감을 느꼈다. 방어막을 잠식하는 균열을 저지할 도리가 없었다.

콰아아아아아아앙!

방어막이 부서졌다.

공포를 느낀 왕에게 서문엽이 창을 내질렀다.

그러나 민첩한 왕. 재빨리 머리를 옆으로 움직여 피한다.

하지만 서문엽은 멈추지 않고 계속 날아갔다.

왕은 재빠르긴 하지만, 몸집이 너무 컸다.

푸우우욱!

몸통에 그대로 창을 꽂아 넣었다.

—끄어어어어어!

왕의 비명이 어느 때보다도 컸다.

왕이 몸부림을 치며 온몸으로 사방팔방을 짓이겼다. 서문엽
은 하늘로 날아 피해냈다.

왕의 노란 눈동자에 독기가 서렸다.

그오오오!

거대한 오러가 왕의 몸속에서 끌어 올려졌다.

"저건 자폭이다!"

피에트로가 멀리서 경고했다.

"뭐?"

서문엽은 피에트로의 안위에 생각이 미쳤다. 공간 이동을 방
해하는 결계가 아직 유지되고 있어서 피에트로는 속수무책 아
닌가.

서문엽은 피에트로에게 달려왔다.

"내 등 뒤에 딱 붙어 있어라."

"설마 저걸 막으려고?"

"보기나 해."

서문엽은 일생 동안 해왔던 디펜스 자세를 취했다.

두 발은 땅에 단단히 붙이고, 방패를 앞세우고 온몸을 웅크린다.

피에트로도 서문엽의 등 뒤에서 몸을 낮췄다.

이윽고 폭발이 일어났다.

콰르르르르르르르릉!!

그리고 서문엽에게서도 빛이 폭발적으로 터져 나왔다.

피에트로는 과거가 생각났다.

자신의 일생에서 가장 영광스러웠던 추억.

바로 태초의 빛을 만났을 때의 기억을 말이다.

그때 자신은 그 거대한 존재감에 완전히 감싸이는 기분을 느꼈었다.

그리고 지금도 같은 느낌을 받았다.

서문엽에게서 뿜어진 빛이 피에트로를 감싸고 있었다.

'서문엽, 저놈은 정녕······!'

대폭발이 지나갔다.

왕을 중심으로 거대한 크레이터가 형성되었지만, 오직 서문엽이 서 있던 곳의 뒤편은 멀쩡했다.

서문엽이 자폭 공격을 막아낸 것이다!

―이, 이럴 수가!

왕은 충격을 받았다.

자신의 최고 공격이자 비상수단이었다. 그런데 막아내다니?

서문엽은 미소 지었다.

—오러가 많이 줄었네? 나이도 나이인데 너무 무리한 거 아냐?

—이럴 수는 없어!

왕은 현실을 부정했다.

자신 있었다.

설령 옛날의 황제와 다시 싸운다 해도 이제는 이길 자신이 있었다. 그 정도의 힘을 손에 넣은 것이었다.

그런데 저 한낱 인간에게!

그때의 황제에 비하면 하찮기 그지없던 작은 생명체에게!

—크아아아아아아아!!

왕은 포효했다.

노호성이 하늘을 쩌렁쩌렁하게 울렸다.

이를 보며 서문엽이 입을 열었다.

—나는 싸울 때 한 가지 철학을 갖고 있다.

서문엽은 방패를 거두고 다시 창을 왕에게 겨눴다.

—분해서 소리 지르는 놈은 아직 덜 맞았다는 뜻이야!

서문엽은 왕에게 달려들었다.

흠칫한 왕은 다급히 입에서 불을 뿜었다.

서문엽은 다시 방패를 앞세우고 소리쳤다.

"피에트로, 등 뒤로!"

피에트로는 즉시 서문엽의 등 뒤로 따라붙었다.

화르르르르르르륵!!

화염이 일대를 휩쓸고 지나갔다.

하지만 서문엽은 방패로 막아내며, 화염을 거슬러 계속 전진했다.

뒤따르던 피에트로도 타 죽지 않으려면 뒤쫓을 수밖에 없었다.

거대한 폭염은 오히려 왕의 시야로부터 두 사람을 숨겨주었다.

가까이 접근한 서문엽은 창을 힘껏 내질렀다.

푸욱!

ㅡ커어억!

왕이 몸을 뒤틀며 버둥거렸다. 고통에 몸서리치고 있었다.

"이제 물러나."

서문엽은 피에트로에게 경고한 뒤, 힘껏 점프해 왕의 눈높이까지 솟구쳤다.

그리고 놀랍게도.

뻐어어어억!

ㅡ끄어어!

무릎으로 후려갈겼다.

처음으로 창이 아닌 다른 수단으로 이루어진 공격이었다.

왕에 비해 턱없이 미약한 질량과 근력은 아무 상관도 없었다.

영혼의 파편들이 모이고 모여서 이루어진 빛의 일격이었다.

왕의 머리가 뒤로 젖혀졌다.

상상이나 했을까?

저 산처럼 거대한 체구가 뒤로 거꾸러지는 광경을 말이다.

쿠우우웅!

왕이 뒤로 벌렁 쓰러지면서 굉음이 일었다.

몸을 뒤틀며 바로 벌떡 일어났지만, 왕의 눈에는 두려움이 가득했다.

파아앗!

왕이 가장 먼저 한 조치는 공간 이동을 방해하는 결계를 없앤 것이었다.

피해 다니지 못하게 하려는 수단이었는데, 이제는 왕 스스로가 맞서지 않고 피하려는 선택을 한 셈이다.

*   *   *

"감독님! 괴물들의 움직임이 이상합니다!"

선수들의 보고에 직접 현장에서 전투를 지휘하던 엠레 카사 감독은 고개를 끄덕였다.

"나도 보고 있다. 괴물들이 방황하고 있군."

"예, 마치 겁을 먹은 것 같습니다."

베를린 블리츠 BC 소속의 선수들은 독일 뮌헨 근교에서 열린 게이트에서 나온 괴물 떼와 맞서고 있었다.

몸소 활을 다시 들고 현장에 뛰어든 전 7영웅 엠레 카사 감독의 용기에 힘입어 초인들은 괴물들의 진격을 저지하고 상당히 선전했다.

"전력상 괴물들이 두려워할 요소가 전혀 없을 텐데?"

아직 수적으로 괴물들이 우세했다.

선수들 위주로 구성된 대항군이 분발하고 있지만, 이 중에서 괴물들에게 두려움을 줄 만한 강자도 딱히 없다. 그만큼 버려진 세계의 고대종 괴물들은 강했다.

그런데도 괴물들은 두려움을 느끼고 어디로 나아가야 할지 주저하고 있었다.

"이유는 하나뿐이다."

엠레 카사 감독은 입가에 웃음을 머금었다.

"서문엽이 해낸 거야."

같은 상황이 전 세계 14곳에서 벌어지고 있었다.

왕이 서문엽에게 밀려 점차 힘이 빠지고 상처를 입으면서, 위압감이 약해지고 있는 것을 전 세계 곳곳에 퍼진 괴물들도 감지했던 것이다.

버려진 세계에서 오직 왕의 눈치만 살피며 살았던 괴물들이라, 왕이 약해지고 있는 것도 빠르게 눈치챌 수밖에 없었다.

그렇듯 까마득한 세월간 지속했던 왕의 철권통치는 부작용을 낳고 있었다.

왕이 흔들리면 괴물들도 덩달아 두려움에 빠진다.

왕의 폭정으로부터 살아남기 바빴던 괴물들은 왕이 약해지자 싸우기보다는 자신들이 살 궁리부터 하고 있었다.

이윽고 전 세계에 속보가 전달되었다.

(서문엽 팀, 왕을 상대로 선전 중)

(괴물들 후퇴 시작, 왕이 약해진 것을 감지한 것으로 추정)

괴물들은 왔던 게이트로 도로 되돌아가기 시작했다.

왕도 어려움을 느낄 정도로 강한 적이 있는데, 이곳에 남아 있을 이유가 없었다.

집단이 서로 뭉쳐 강한 적에 대항한다는 습성은 괴물들에게 없었다. 강압과 공포에 의존한 왕의 통치는 집단의식을 심어주지 못했다.

*   *   *

서문엽이 덤비자 왕은 공간 이동을 펼쳤다.

파앗!

"왼쪽!"

피에트로가 소리쳤다.

서문엽이 바로 왼쪽을 보니, 과연 왼쪽 멀리 떨어진 곳에 왕이 있었다.

영체 변신을 해제한 서문엽은 왕에게 소리쳤다.

"이제 슬슬 쫄리나 보지?"

ㅡ인정한다. 넌 강하다.

별안간 왕은 차분한 어조로 말했다.

서문엽은 코웃음 쳤다.

"나도 알아! 우주 최강이다, 개새야!"

—하지만 또한 넌 약하다.

"뭐래?"

—내가 살면서 나보다 강한 적을 만난 적이 없었을 것 같나?

"......"

그렇지는 않았을 것이다.

거대 뱀은 고대종들 중 그다지 강한 괴물 개체가 아니다.

다만 수명과 오러 보유량이 남달리 막대했을 뿐.

지성을 얻어서 강적을 피해 생존하면서 성장했고, 성장할수록 점차 거대 뱀의 강점을 발휘하게 되었다.

어지간히 성장한 뒤에도 여전히 흉포한 괴물 종이 많은 탓에 늘 지성을 발휘해서 이겨 나갔을 터.

최상위 포식자로 군림한 기간이 워낙 길어서 그렇지, 왕도 약자였던 경험이 많았을 것이다.

—강한 적을 이기는 법은 여러 가지가 있지. 도망치는 것, 기습하는 것, 그리고 때로는 노쇠하여 죽을 때까지 기다리는 것.

그 말에 피에트로가 움찔했다. 우려했던 일이 벌어지려고 했기 때문이다.

왕은 서문엽을 노려보며 말을 이었다.

—그래서 넌 약하다는 것이다. 아무리 강해봐야 한낱 인간이니까. 네 종의 한계다. 네놈을 죽이지 못한 게 분하지만 난 기다릴 것이다. 인간의 수명은 얼마 되지 않으니까. 나에게는 아주 잠깐의 세월만 기다려도 넌 이 세상에 없을 테니까!

"서문엽, 놈이 도망치려 하는 거다."

"나도 알아."

─분하다. 또 이렇게 형편없이 도망쳐야 하다니.

파아앗!

왕은 사라졌다.

서문엽은 피에트로를 바라보았다. 고개를 끄덕인 피에트로는 서문엽의 어깨에 손을 얹었다.

파앗! 팟!

두 사람도 공간 이동을 펼쳤다.

도착한 장소는 초대 황릉.

"크에에엑!"

"크르르륵!"

"쉬이익! 쉭!"

초대 황릉은 난장판이었다.

14개의 게이트에서 몰려든 괴물들이 버려진 세계와 연결된 게이트로 도망치고 있었다.

서로 먼저 도망치겠다고 아우성치는 괴물들. 비록 괴물들이라지만 아비규환이 따로 없었다.

─왔구나!

왕은 뒤쫓아온 서문엽과 피에트로를 발견했다. 그러고는 즉시 오러를 펼쳤다.

파아아아앗!

결계가 초대 황릉을 감쌌다.

"아까의 결계와 동일하다! 좌표를 혼동하게 만드는 결계다!"

피에트로가 소리쳤다.

"그럼 날아가면 되지!"

서문엽은 영체로 변신했다.

왕은 탐욕스럽게 모두를 밀쳐내고 버려진 세계로 연결된 게이트로 향하고 있었다.

―저리 비켜라!

왕은 소리치자 공포에 질린 괴물들이 썰물처럼 물러났다.

서문엽은 곧바로 왕에게 날아들었다.

왕은 다급히 소리쳤다.

―놈을 처치해라!

명령을 받자 괴물들이 주춤주춤 앞장섰다.

상대가 작은 생명체 하나라는 점에서 용기를 얻은 듯했다.

하지만.

―저리 꺼져!

콰콰콰콱!

서문엽은 그야말로 닥치는 대로 찌르고 후려갈기며 괴물들을 살육했다.

그제야 괴물들을 구슬픈 비명을 지르며 도망쳤다.

왕을 패배시켜 약하게 만든 적이 누군지 깨달은 것이다.

―크하하, 이미 늦었다!

왕은 이미 버려진 세계와 연결된 게이트 앞에 다다랐다.

―너희는 절대 못 쫓아올 것이다!

그러고는 게이트 안으로 잽싸게 들어가 내빼는 모습은 처음 나타났던 위엄에 비해 초라하기 그지없었다.

왕이 통과하자 그 직후에 게이트는 빠른 속도로 닫히기 시작했다.

점점 작아지는 게이트.

괴물들은 원래 살던 세계로 돌아가고 싶어 아우성쳤지만 게이트는 빠르게 사라지고 있었다.

어느새 거의 소멸되어 작은 구멍만 남은 상황.

서문엽은 어찌할 바를 몰랐는데 문득 뭔가가 떠올랐다.

던져라.

네 자신.

"아……."

머릿속에서 천둥이 치는 듯했다.

"그게 이 소리였냐."

서문엽은 흐흐 웃더니, 손가락 하나 크기 정도로 남은 작은 구멍을 향해 돌진했다.

세차게 날아간 서문엽은 게이트의 작은 틈새로 머리를 들이밀었다.

그러자 서문엽의 온몸이 틈새로 빨려 들어갔다.

물리적으로는 절대로 통과할 수 없는 크기.

하지만 서문엽은 영체 상태였다.

물리적 구애를 받고 있지 않기 때문에 통과가 가능했던 것이다.

태초의 빛에게 들은 말이 없었더라면 불가능했던 일이었다.

당연하게도, 피에트로는 그 모습을 지켜볼 수밖에 없었다.

그게 불가능한 피에트로는 그 모습을 지켜볼 수밖에 없었다.

"저런 멍청한!"

소멸된 게이트.

그 안으로 사라진 왕과 서문엽.

피에트로는 게이트가 사라진 자리를 조사하려 해봤지만 소용없었다.

좌표를 혼동하게 만드는 결계가 초대 황릉을 둘러싸고 있었기 때문이다. 버려진 세계의 좌표를 알아내지 못하도록 한 왕의 철저한 조치였다.

"그곳은 귀환석이 통하지 않는단 말이다, 멍청한 놈아."

피에트로는 허탈하게 중얼거렸다.

에필로그

　게이트를 건너온 왕은 안심할 틈도 없이 뒤따라온 서문엽에게 일격을 먹었다.

　푸우우욱!!

　―끄아아아아악!!

　왕은 고통에 몸서리를 쳤다.

　고통 속에서도 의문이 들었다. 대체 어떻게 여기까지 쫓아왔을까?

　그러다가 서문엽이 물질적인 실체가 없는 영체 상태라는 사실에 생각이 미쳤다.

　왕은 치를 떨었다.

　―이놈이 여기가지 쫓아오다니!

—넌 이 새꺄, 시비 걸어놓고 어딜 꽁무니 빼면서 정신 승리야?

왕은 황급히 주위를 둘러보았다.

가까스로 게이트를 통과해 도망쳐 온 괴물들이 어지럽게 뿔뿔이 흩어지고 있었다.

—네 녀석 혼자 왔군.

—근데? 됐고, 더 처맞아라.

서문엽은 대화를 길게 할 생각이 없었다.

곧장 날아들어 왕의 머리를 향한다.

왕이 입을 쩌억 벌리며 삼키려 들었는데도 멈추지 않고 돌진한다. 삼켜볼 테면 삼켜보라고. 삼켰다간 몸속을 창으로 난도질해 주겠다고.

정면 충돌 직전.

두려움에 질린 왕이 먼저 고개를 돌려 피했다.

서문엽은 그럴 줄 알았다는 듯, 창을 내질러 왼쪽 뺨 부근을 찢었다.

부악!

—끄으으!

왕은 고통을 참을 길이 없었다.

하지만 희망을 얻었다.

'피에트로가 없으면 이 녀석을 따돌리는 거야 어려운 일이 아니다.'

왕을 위협하는 힘을 가진 서문엽과 다양한 수법으로 지원하는 피에트로의 조합은 위험했다.

하지만 그중 피에트로가 없으면 왕이 잔머리를 굴릴 여지가 많았다.

'상처가 깊으니 일단은 안전한 곳으로 달아나 회복에 전념하자. 이 녀석은 공간 이동도 못하고 날 추적할 방도도 없으니까.'

왕은 즉시 공간 이동을 펼쳐서 사라져 버렸다.

서문엽도 영체 변신을 해제했다.

"쯧, 이 새끼 도망쳤네."

허탈해져서 들고 있던 괴물 창을 땅에 꽂았다.

주위를 둘러보니 괴물들이 서문엽을 힐끔힐끔 쳐다보고 있었다.

괴물들 눈에 서문엽은 먹음직스러워 보이는 작은 생명체였다.

그런데 방금까지 왕을 두들겨 팬 걸 보면 위험한 적이기도 했다.

양쪽 사이에서 갈피를 못 잡고 있는 눈치였다. 한마디로 왕과 서문엽이 싸우는 걸 보다가 어부지리를 노리느라 어슬렁거리던 괴물들이었다.

그들도 하나같이 위험한 고대종 괴물들이었지만, 왕과 싸운 서문엽의 눈에는 차지도 않았다.

"뭘 봐? 확!"

서문엽이 호통을 치자 괴물들은 주춤주춤 물러났다.

그래도 혹시나 잡아먹을 수 있지 않을까 하고 눈치를 보는 놈들이 있었다.

서문엽은 다시 괴물 창을 집어 들었다.

그러자 괴물들은 주춤주춤 더 물러났다.

삽시간에 무기 영체화를 펼치고 가까이 있던 괴물에게 달려들었다.

쌍두사는 본보기의 희생양이 되었다.

콰지지지지직!!

"키아아아악!"

머리 하나가 창에 꿰뚫리자 다른 머리가 비명을 지른다.

다른 머리도 창으로 여러 번 난도질했다. 왕도 감당하지 못했던 무기 영체화의 고통에 쌍두사는 비명을 연신 지르다 죽었다.

쌍두사가 삽시간에 죽자 괴물들은 그제야 썰물처럼 달아났다.

혼자가 된 서문엽은 다시 괴물 창을 땅에 꽂고 털썩 주저앉았다.

"던지라며, 이 양반아? 이젠 어쩌라고?"

왕은 어디론가 달아났고, 버려진 세계는 상당히 드넓어 보였다.

동서남북 어딜 봐도 끝이 보이지 않으니, 일반적인 던전이 아니었다.

'여길 다 뒤지고 다니면서 왕을 찾아다닐 수도 없잖아? 찾아봐야 다시 도망갈 것 같고.'

태초의 빛이 했던 말이 생각나서 무모하게 쫓아왔는데 여기까지인 것 같았다.

'일단 이곳에 온 것으로도 성공이다.'

서문엽은 품속에서 귀환석을 꺼내 들었다. 아직 사용 횟수가 많이 남아 있는 것이었다.

'이걸로 돌아가기만 하면 이동 흔적이 남게 되니까 피에트로 가 추적해서 다시 올 수 있겠지.'

그렇게 속 편하게 생각한 서문엽은 귀환석을 사용했다.

그런데…….

"응? 이거 왜 안 돼?"

몇 번을 더 오러를 주입했는데도 귀환석은 작동이 되지 않았다.

"불량품? 말이 돼?"

피에트로가 만든 것이니 불량품일 리가 없었다.

혹시나 싶어 다른 귀환석을 꺼내 보았다. 이번에는 서문엽이 개인 훈련 장소로 쓰던 작은 던전으로 가는 귀환석이었다.

그러나 그것도 작동이 되지 않았다.

서문엽은 식은땀을 흘렸다.

"아 놔, 사람 쫄리게 만드네. 이것들이 왜 안 되는 거야."

아무리 해봐도 안 되는 건 안 되는 것.

서문엽은 슬슬 사태의 심각성을 느끼기 시작했다.

'귀환석 2개가 다 안 되는 건 우연이 아니야. 이거 2개가 다 고장 났나? 왕이 펼쳤던 좌표 교란시키는 결계 때문에?'

그럴 수도 있을 것 같았다.

하지만 서문엽의 직감은 다른 추측을 하고 있었다.

'여긴 버려진 세계야. 다른 던전들과는 다른 곳이야.'

까마득한 세월간 베일에 싸였던 곳.

지저 세계를 탐사할 수 있는 지저인들이 찾지 못했던 비밀스러운 세계였다.

괴물들에게 장악되어서 격리시켜 버린 곳.

그렇다면 일반적인 공간 이동으로는 오갈 수 없도록 버려진 세계 전체에 결계 같은 장치가 되어 있다고 해도 억측이 아니었다.

'그래, 그래서 게이트로 열어야 했던 건가?'

떠오르는 수많은 추측들은 원래 세계로 돌아갈 수가 없다는 결론으로 모여지고 있었다.

'그럼 나 못 돌아간다고?'

당황이 밀려왔다.

*　　　　*　　　　*

파앗!

—크으으으으……

왕은 서문엽에게서 멀리 떨어진 곳에 도착했다.

—내가 이런 수모를!

육체도 정신도 만신창이였다.

오로도 대량 소모되어서 남은 여력이 많지 않았다.

자신이 최고라고 생각했다.

모든 만물 위에 군림할 지배자라고 믿었다.

약자의 입장에서 피해 다녀야 하는 일은 더 이상 없다고 믿었다.

스스로를 왕이라고 자칭하게 되었을 때부터, 두 번 다시는 누군가에게 굴복하지 않으리라 믿었다.

그 믿음은 처참하게 깨져 버렸다.

자신의 삶의 상당 기간을 지탱해 왔던 정체성이 무너졌다.

─용서할 수 없다. 도저히 용서할 수 없어!

서문엽.

그 망할 놈이 이제 자신의 세상인 이곳까지 쫓아왔다.

까마득한 세월을 지배했던 이곳에서조차도 자신은 이제 숨어 지내야 하는 처지였다.

─기필코 복수하겠다. 강적을 이기는 방법, 나는 안다. 다시 그렇게 이기면 되는 거야.

인간의 수명은 짧다.

이미 헤아릴 수 없이 긴 삶을 살았던 왕에게는 짧은 시간이었다. 충분히 인고할 수 있었다.

─일단은 휴식을 취해야 한다. 기운도 회복하려면 먹이도 하나 골라야겠군.

왕은 먹이로 삼을 만한 괴물을 찾아 주위를 배회했다.

상당히 많은 괴물들이 지상을 침공했다가 돌아오지 못했지만, 그럼에도 버려진 세계는 여전히 많은 괴물이 서식하고 있었다.

왕의 관점에서는 최근 과다하게 번식된 개체수가 오히려 이번 일로 적정 숫자까지 줄어든 셈이었다.

'개체수가 많아지면 생존 경쟁이 심화되고 그중에서 많은 포

식을 해 강해지는 놈이 출현하게 된다. 슬슬 솎아낼 때가 됐는데 잘됐어.'

그렇게 어슬렁거리다가 왕은 적당한 먹이를 발견했다.

던전 웜의 영역이었다.

땅속에 굴을 파고 집단으로 서식하는 놈들인데, 땅속에 있는 놈들을 불러내서 몇 놈을 먹이로 삼으면 될 일이었다.

던전 웜들은 늘 그랬듯이 왕의 지목을 받는 놈은 순순히 먹이가 될 것이다. 오랜 세월 지켜져 온 법칙이니까.

─크오오오오!

왕이 포효했다.

던전 웜들에게 땅속에서 나와 포식자를 맞이하라는 위협이었다.

그런데…….

─이놈들이?

던전 웜들은 반응이 없었다.

왕은 분노를 느꼈다.

─감히 내 명령을 거역해?! 죽고 싶은 거냐!

다시 한번 격노를 터뜨렸다.

왕의 오러가 일어나 분노를 실은 파동을 널리 퍼뜨렸다.

하지만 왕은 자각하지 못했다.

분노를 실은 오러의 파동이 평소에 비해 형편없이 약해졌다는 사실을 말이다.

반면, 던전 웜들은 충분히 느끼고 있었다. 왕이 약해졌음을.

상처 입은 지금이 다시는 없을 기회라는 것을.

파아악!

땅속을 뚫고서 던전 웜 한 마리가 튀어나왔다.

그제야 왕의 분노가 수그러졌다.

─쯧, 진작 나올 것이지 내 심기를 거스르다니.

파악! 팍!

두 마리가 더 튀어나왔다.

왕은 몹시 만족스러웠다.

때마침 힘을 회복하려면 식사를 많이 해야 했다. 자연히 회복되기를 기다리기에는 이곳에 온 서문엽에게 쫓기는 처지였다.

슬슬 식사를 하려고 할 때였다.

파악! 팍! 팍! 팍!

던전 웜 4마리가 더 튀어나오자 왕은 이상한 낌새를 알아차렸다.

파악! 팍! 팍! 팍! 파악! 파악! 팍! 팍! 팍!

던전 웜들이 계속 튀어나오고 있었다.

왕의 앞에도 옆에도 뒤에도.

던전 웜들이 계속 나와 왕을 포위하자 비로소 사태를 깨달았다.

─이, 이놈들이?!

오랫동안 겪어보지 못했던 피포식자들의 반란이었다.

비로소 왕은 자신이 상처를 입어서 우습게 보였다는 것을 깨달았다.

그리고 약해진 것은 사실이기도 했다.

—이놈들이!!

끼리릭!

끼리리릭!

끼릭!

던전 웜들이 벌 떼처럼 왕에게 덤볐다.

왕은 짐승처럼 포효하며 맞서 싸웠다.

*   *   *

움찔.

"응?"

충격받은 나머지 아무 생각 없이 앉아 있던 서문엽은 뭔가가 움직인 것 같은 느낌을 받았다.

'뭐지?'

주위를 둘러봐도 움직인 것은 아무것도 없었다.

괴물들도 서문엽에게 겁을 먹고 얼씬도 안 했고, 바람 한 점 안 불고 있었다.

서문엽은 착각했나 싶어서 다시 신경을 껐다.

그런데.

움찔.

또 뭔가가 분명히 기척을 보였다.

"뭐야?!"

서문엽은 벌떡 일어났다.

움찔.

또 뭔가가 움직였다.

서문엽은 비로소 그것의 정체를 알아차렸다.

바로 괴물 창이었다.

"뭐야 이거? 방금 너 움직였던 거야?"

서문엽은 땅에 꽂혀 있는 괴물 창을 바라보았다.

괴물 창은 괴물의 생체 조직을 엮어 만든 무기로, 마력석으로 생명을 유지하는 불완전한 생명체였다.

여러 가지 괴물의 신체 일부를 키메라처럼 합쳐서 조작한 생명체로, 홀로는 움직일 수도 생존할 수도 없는 도구.

그런데 그런 괴물 창이 혼자서 움직인 것이다.

아니, 정확히는 움직이려 했다.

움찔거리는 것은 괴물 창이 스스로 움직이려고 시도하는 기색을 예민한 서문엽이 알아챈 것이었다.

서문엽은 괴물 창을 손에 쥐었다.

두근두근두근.

미세한 맥박 같은 약동이 괴물 창에게서 느껴졌다.

'뭐야?'

괴물 창에게서 생명력이 넘쳐흘렀다.

세포 조직이 살 수 있도록 마력석이 유지시키지만 본래는 죽은 것이나 다름없던 괴물 창이었다.

그런데 지금은 살아 있다는 느낌이 물씬 드는 것이었다.

'이게 미쳤나?'

하지만 서문엽은 괴물 창을 기분 나쁘게 여기지 않았다.

이 녀석 덕분에 왕을 이길 수 있었던 것이니, 한 몸이나 마찬가지인 무기였다.

'설마, 왕의 피 맛을 봐서 그런가?'

불완전 생명체라 해도 괴물은 괴물이었다.

왕의 몸속에 수없이 파고들며 그 안에서 피와 오러를 맛보았다.

괴물은 본능적으로 그것들을 탐하게 되어 있으니, 엄청난 에너지를 가진 왕의 피와 오러에 괴물 창이 어떤 변화를 일으킨 것일 수도 있었다.

서문엽은 괴물 창에게 정신을 집중했다.

괴물 창은 또 꿈틀했다.

비록 움직이지는 못했지만, 그 안에 흐르는 오러는 분명히 움직였다.

괴물 창은 어디론가 가려 했다.

서문엽은 괴물 창이 가고 싶어 하는 곳이 어딘지 직감적으로 느꼈다.

괴물 창이 가장 맛있게 먹던 먹이가 있는 곳.

바로 왕 말이다.

*   *   *

서문엽은 괴물 창이 움직이려고 하는 방향으로 가기 시작했다.

왕의 피 맛을 본 괴물 창이니, 왕이 있는 곳을 가리키는 것이리라 싶었다.

버려진 세계는 상당히 넓은 세계였고, 그저 하염없이 걷는 수밖에 없었다.

하루 종일 쉬지 않고 걸으니 중간중간 괴물들과 맞닥뜨렸다.

대개는 서문엽에게서 풍겨나는 왕의 피 냄새에 겁에 질려 도망쳤다. 어쩌다가 덤비는 눈치 없는 괴물들은 일격에 목숨을 잃었다.

정신적으로 지쳐갔다.

왕과 사투를 시작하면서 조금도 쉬지 못했던 서문엽이었다.

몸은 피로해져 가고, 허기지고 목도 바싹 탔다.

눈앞에 펼쳐지는 풍경은 괴물들이 모든 것을 탐욕스럽게 먹어치우고 난 황량한 불모지로 채워진 쓸쓸한 지평선.

괴물들도 더는 나타나지 않았고, 서문엽은 아무것도 없는 길을 고독하게 걸었다.

어떠한 사소한 일도 일어나지 않는 끝없는 걸음.

종교 창시자들이 한 번씩 겪는 고행이 바로 이런 건가 싶어서 서문엽은 피식 웃었다.

외부의 자극이 없으니, 사고(思考)는 점점 마음속으로 파고든다.

과거의 기억들을 사소한 것까지 하나둘씩 꺼내며 허전한 마음을 채워 나갔다.

서문엽은 자신의 인생 전반(全般)이 사투로 얼룩져 있음을 느꼈다.

그리고 대개는 끊임없이 무언가를 증오해야 했음을 깨달았다.

태어나서부터 부모에게 버려졌으며, 누구도 자신을 사랑하지 않는 고독이 성장기 내내 커다란 구멍으로 자란 탓이었다. 사랑만큼 강렬한 감정은 분노와 증오였고, 서문엽은 그렇게 일평생을 싸워서 텅 빈 감정을 채워 나갔다.

눈앞에 펼쳐진 불모지는 바로 서문엽의 인생 그 자체였다.

"인생 참 좆같다."

서문엽은 흐흐 웃었다.

괜찮아.

괴롭지만 견딜 만해.

그러니, 아무것도 없어도 상관없어.

서문엽은 꿋꿋하게 계속 걸었다. 그의 정신력은 이 정도로 스러지기에는 아주 강했다.

그런데 정말 아무것도 없었던 걸까?

머릿속으로 많은 사람들의 얼굴이 떠올랐다.

함께 왕과 싸웠던 6인의 팀원들.

YSM에 영입되어 함께 경기를 치렀던 선수들.

자신이 가질 수 없는 완벽한 인생을 사는 친구 백제호와 그 식구들.

자신을 선택한 태초의 빛과, 자신을 위해 영혼을 희생한 고대의 대사제.

하다못해 길거리에서 마주치면 한마디씩 하는 사람들까지.

"세상을 구해줘서 고마워요."
"당신은 영웅입니다."
"팬이에요."

서문엽은 웃었다.
지금껏 지은 적 없었던 온화한 미소였다.
그래, 괜찮다.
이만하면 좋은 인생이었다. 혼자가 아니었으니까.
그러니 이대로라도 좋다.
끝이 보이지 않는 이 길을 계속 걷다가 끝날 인생이라도…….
다시는 돌아갈 수 없더라도…….
'만족하겠다. 이만하면 충분히 만족스러운 인생이었다고 타협하겠다.'
며칠이 지나고, 몇 주가 지났다.
상당히 머나먼 길을 하염없이 걸었다. 그럼에도 서문엽은 조금도 변함없었다. 눈빛은 여전히 또렷하고 정신도 지치지 않았다.
그리고 마침내 깊은 계곡의 초입에 접어들었다.
괴물 창은 그 안을 가리키고 있었다.
주변 지형을 둘러보니, 확실히 특정 괴물이 드나들었던 흔적이 많이 보였다.

팔다리가 없는 뱀 종류의 괴물이 남긴 흔적이었다.

여기가 맞는 것 같았다.

서문엽은 계곡 안으로 발을 들였다.

안개로 한 치 앞이 보이지 않았다.

그러나 두려움 없이 계속 걸음을 옮겼다.

그리고……

―서문엽이냐.

안에서 익숙한 목소리가 들려왔다.

왕이었다.

"왕이냐?"

―모르겠다.

왕은 지친 듯한 어조로 알 수 없는 말을 했다.

―난 내가 왕이라고 지칭했는데, 이제는 모르겠다.

"처맞다 보니 생각이 슬슬 달라졌나 보지?"

서문엽은 이죽거렸다.

왕은 쓸쓸히 웃었다.

―그런 걸지도.

안으로 깊숙이 이르자 마침내 내부의 풍경이 보였다.

가장 먼저 눈에 띈 것은 웬 유적이었다.

암석을 깎아 만든 거대한 구조물이었는데, 벽면에 새겨진 소용돌이치는 듯한 문양이 인상적이었다.

보고 있으니 소용돌이 안으로 빨려 들어가는 듯한 기분이 들어서 시선을 떼기 어려웠다.

하지만 서문엽은 초월적인 정신력을 지니고 있었다. 금세 소용돌이에 대한 집착을 버리고 시선을 뗐다.

지저인이 남긴 것으로 추정되는 유적 앞에는 아주 오래전에 죽은 것으로 보이는 괴물의 뼈가 보였다. 오랜 세월 풍화되어 잔뜩 삭았는데도 형태를 유지하고 있는 것으로 보아, 상당히 컸던 괴물인 듯했다.

그 옆에는 왕이 똬리를 튼 채 가만히 있었다.

옆에 있는 괴물의 뼈보다 월등히 큰 덩치를 자랑하는 왕.

그러나 온몸이 온통 피투성이다.

척 봐도 오래 살 수 없을 것 같은 모습이었다.

그 몰골에 서문엽은 놀랐다.

"누구한테 그렇게 맞고 다닌 거야? 내가 낸 상처가 아닌데?"

─회복하기 위해 식사를 하려 했는데, 지금껏 내 식사감이었던 녀석들이 대항하더군. 비록 지쳐 있긴 했지만 그놈들 따위에게 당할 내가 아니었다. 그런데 싸움이 끝나자 다른 놈들이 몰려와서 나를 공격했다.

상처 입은 왕. 그것은 다른 괴물들에게는 가장 좋은 먹이였다.

이 세상에 왕처럼 큰 오러를 지닌 생명체는 없었으니까.

서문엽의 괴물 창조차 왕을 먹이로 삼고 싶어서 이적을 일으키지 않았던가.

─싸우고 또 싸우고, 내가 지배하고 있던 놈들이 하나같이 나를 공격하더군. 내가 가장 두려워했던 일이었어. 내가 노쇠하여 힘이 약해졌을 때 더 이상 세상을 지배할 수 없게 되는 일……

"……."

—돌이켜보면 난 왕이 아니었어. 단지 어느 순간부터 스스로를 왕이라 칭했을 뿐이지. 그런데 난 왜 내가 왕이라고 생각했을까. 왕이기 전에, 나는 무엇이었을까?

"내가 누구냐는 질문은 상당히 어려운 문제지. 그 답을 아는 사람은 매우 적을걸?"

—그런가? 너희에게도 그렇구나. 나만 어리석은 줄 알았더니 너희도 모르는 문제였군.

왕은 진한 아쉬움을 표출했다.

—좀 더 일찍부터 생각해 봤으면 좋았을걸. 난 내가 세상을 전부 지배할 존재라고 굳게 믿고 있었어. 그런데 지금 이 꼴이 되고 나니 비로소 알겠더군. 그렇게 믿고 있었던 내 세상은 허망하게 무너져 버렸다. 난 지배했던 세상으로부터 철저히 버려졌다.

"세상은 네 것이었던 적도, 널 버린 적도 없어. 그냥 네가 세상의 일부일 뿐이지."

—그래, 그렇더군.

"쯧쯧, 세상이 지 건 줄 아니까 그렇게 충격받은 거지. 바보냐?"

—그래, 난 바보더군. 왜 세상을 내 눈으로 보는 모습으로만 생각했을까. 내가 세상의 중심이 아니었는데.

"드디어 1인칭 말고 3인칭으로 세상을 볼 수 있게 됐냐?"

—3인칭이라. 어떤 개념인지 알 것 같군.

왕은 쓸쓸하지만 즐거운 듯이 대꾸했다. 새로운 개념을 배우기를 즐기는 것은 변함없었다.

―그걸 좀 더 일찍 알았어야 했는데.

왕은 고개를 돌려 옆에 있는 괴물의 뼈를 응시했다.

―이것은 내 새끼를 배었던 어미다. 여기서 낳은 괴물이 얼마 전에 내게 도전했던 녀석이지.

서문엽도 놀랐다.

저렇게 오래된 괴물의 뼈가 왕과 깊은 연관이 있었던 사이라니.

세삼 왕이 얼마나 까마득한 세월을 살았는지 알게 되었다.

―안전한 곳을 찾아 도망치다가 이곳을 발견했다. 여기 와서야 모든 게 기억났다. 이곳은 내가 지성을 얻었던 바로 그 장소였어.

"저 유적 말이지? 척 봐도 뭔가 심상치 않긴 하더라."

서문엽은 괴물 창으로 유적을 가리켰다.

왕은 고개를 끄덕였다.

―그렇다. 여기가 모든 게 시작됐던 장소다. 저 유적에는 알 수 없는 힘이 흐르고 있더군. 작위적으로 생명체를 변화시키는 어떤 기능을 하고 있었다. 그 덕에 내가 지능을 얻었고, 그 이전에도 이곳에서 여러 괴물들이 변화 끝에 힘을 얻어서 본래 이 세계를 지배했던 지저인을 쫓아냈겠지. 지저인이 여길 버려진 세계라고 표현하게 된 발단이 이거였던 것이다.

서문엽은 거대한 구조물을 다시 보았다.

저것이 모든 일의 시작이었다니.

'역사적 가치가 엄청난데? 피에트로에게 보여주고 싶을 정도야.'

딴생각은 여기까지였다.

서문엽은 괴물 창을 고쳐 쥐고 왕에게 다가갔다.

"모든 것의 시작이었던 장소에서 죽는 셈이니 여한은 없겠지?"

—그런 것에 특별한 의미를 두지는 않는다. 내가 죽였던 수많은 괴물처럼 나 역시 죽을 뿐이지.

왕은 대항할 기력도 마음도 없었다.

—하지만 바라건대, 내 영혼까지 부숴다오. 영혼이 소멸될 때까지 정처 없이 헤매고 싶지 않다. 완전히 나를 파괴해다오.

"할 수 있는 최선을 다하지."

서문엽은 영체로 변신했다.

파아아아아앗!!

영체가 된 서문엽은 눈부신 광채를 뿜고 있었다. 수많은 영혼의 파편이 모여서 이루어진 힘이었다.

왕은 눈을 감았다.

서문엽은 왕의 머리를 향해 창을 찌르며 모든 힘을 다 쏟아부었다.

콰아아아아앙!!!

일격이 펼쳐지며 빛이 왕의 머리를 향해 작렬하는 순간, 서문엽은 표의 언어를 펼쳤다.

'너도 나에게로 와라.'

'너도 나의 일부가 되어라.'

'너에게 안식을 주마.'

'왜냐하면 넌 나에게 큰 즐거움을 준 강적이었으니까.'

강렬한 일격에 왕은 즉사했다.

영체의 일격이었기 때문에 타격은 육체뿐만 아니라 영혼까지도 부수기에 충분했다.

그리고……

왕의 영혼은 부서져 작은 조각들이 되었다.

대개는 소멸되었지만, 일부는 서문엽에게로 향했다.

표의 언어가 통한 모양이었다.

서문엽이 뿜는 빛은 더더욱 커졌다.

그리고 잠시 후.

영체 변신을 해제한 서문엽은 왕의 시신을 바라보았다.

이로써 싸움은 끝났다.

왕의 머리에 꽂힌 괴물 창만이 꾸역꾸역 영양분을 빨아먹고 있을 뿐이었다.

'거참 기분 나쁜 새끼네.'

서문엽은 창을 놔두고 털썩 제자리에 주저앉았다.

피식 웃음이 나왔다.

"이제 뭐 하지?"

*　　　*　　　*

지상에 잔존했던 괴물들까지 모두 퇴치된 후에 전쟁은 종료되었다.

그리고 전후 최대 규모가 아닐까 싶은 기자회견이 열렸다.

기자회견에는 여왕과 피에트로가 나란히 함께 있었다.

서문엽이 없는 현재, 이번 싸움에서 가장 중요한 역할을 했던 것은 그 둘이었기 때문이다.

"파괴된 도시를 복원하는 문제는 가장 피해가 컸던 14개 지역 중에서 가장 인구 밀집도가 높은 도시부터 시행할 예정입니다. 이미 각국 정부와 협의가 되었으며……."

여왕은 이제 지저인 유민을 이끄는 지도자로서 당당히 인정받았다.

인류의 각국 정부가 지저인의 존재를 공식 인정했고, 옛날 지저 전쟁의 원한을 잊고 함께 공존할 것을 천명했다.

또한 전후 피해를 복구하는 일이 가장 시급한 정부들은 사람이 살지 않는 오지를 지저인이 거주할 수 있는 거주지로 할양하는 대가로 도움을 요청했다.

덕분에 여왕은 세계 곳곳의 오지에 빛이 내리는 던전을 만들어 지저인들이 거주하게 할 수 있었다.

물론 조건은 있었다.

두 번 다시 괴물을 제작하는 짓을 하지 않을 것.

이번 침공도 근본적으로 따지면 버려진 세계에 살았던 고대 지저인이 원인이었으므로, 책임감을 느낀 여왕은 이를 받아들였다. 또한 인류의 불신을 해소할 수 있도록, 지저인의 거주지에 드나들 수 있는 귀환석을 정부에 건네서 언제든 와서 감찰할 수 있게 했다.

그 대신 지저인들도 신분증이 생겼으며, 언제든 바깥세상을 돌아다닐 수 있게 되었다. 단, 바깥에서는 햇볕의 영향 아래에 오러를 사용할 수 없게 되므로, 그 불안감을 감수하고 다녀야 했다.

"그럼 서문엽 씨는 다시는 돌아올 수 없는 겁니까?"

어느 한 기자가 질문했다.

모두가 궁금해하는 질문이었다.

여왕은 피에트로를 바라보았다.

피에트로가 마이크를 들었다.

"서문엽은 불사 능력이 있기 때문에 생존에는 염려가 없을 것으로 추정됩니다. 다만, 그를 데려오려면 상당한 세월이 소요될 예정입니다. 물론 언젠가는 데려올 수 있습니다."

*　　　　*　　　　*

영령계는 한바탕 난리가 났다.

[헉, 빛이다!]

[태, 태초의 빛?!]

[그분이 어떻게 여기에! 그럴 리가 없는데?]

[진정해! 그분이 아니야!]

태초의 빛을 연상케 하는 거대한 빛을 발하는 영혼이 영령계 초입을 방문한 것이다.

영령들은 호들갑을 떨며 빛을 발하는 영혼에게 모여들었다.

태초의 빛을 한 번도 본 적이 없었던 영령들은 그토록 바라 마지 않던 상황이 벌어지자 호들갑을 떨었다.

하지만 당연하게도 태초의 빛이 영령계 초입에 나타날 리가 없었다.

[저기요, 나 서문엽인데 진정들 좀 하시고요.]

빛을 발하는 장본인, 서문엽은 영령들을 진정시켰다.

[아…….]

[어쩐지.]

[아니, 근데 이 빛은 대체 뭐지?]

[이런 강렬한 존재감은 한 번도 못 봤어. 비록 태초의 빛은 아니지만 대단한 영혼이다.]

[근데 서문엽이라고?]

그제야 태초의 빛을 영접했다는 착각에서 벗어난 영령들.

[말이 통하니까 살 만하네. 어휴, 왕 그놈이 왜 문 열고 나오려고 애썼는지 알겠어.]

모여드는 영령들을 보며 서문엽은 살 것 같다는 기분이 들었다.

왕을 처치한 뒤로 서문엽은 버려진 세계에서 홀로 지냈다.

심심해서 견딜 수가 없었다.

할 것이라고는 괴물 사냥을 다니는 것 정도. 버려진 세계는 괴물들이 굉장히 많아서 서문엽이 매일 사냥해도 개체수가 줄어들지 않았다. 하지만 역시나 대화 상대가 없으니 외로웠다.

그래서 생각해 낸 게 영령계였던 것이다.

'그래, 영령계라면 피에트로나 여왕과 만날 수 있을지도 몰라.'

버려진 세계에 고립되는 바람에 지상에 있는 사람들과 소통할 수단이 없어 답답했던 차였다.

서문엽은 그래서 영령계를 탐사하는 일에 몰두하기로 했다. 영령계로 가는 법은 피에트로의 인도를 받고 난 이후부터는 요령을 터득했기 때문에 혼자서도 가능했다.

　[허어, 버려진 세계에 있다고?]

　[괴물들 세상이 되더니 그런 엄청난 괴물도 탄생했군.]

　[정말 큰일을 했어.]

　서문엽은 영령들과 두런두런 잡담을 나눴다.

　서문엽이 들려주는 이야기는 영령들에게도 큰 관심거리였다.

　자신의 모험담을 들려주면서 영령들과 부쩍 친해졌다.

　특히나 왕과 결전을 치른 부분에서는 영령들이 저마다 감탄을 금치 못했다.

　육성으로 전달하는 게 아닌, 표의 언어처럼 자신의 생각을 고스란히 전해줄 수 있기 때문에, 얼마나 치열한 싸움이었는지 영령들도 실감할 수 있는 것이었다.

　[왕이라는 괴물도 대단하지만, 정말 대단한 건 고대의 대사제님이시군. 세상에, 태초의 빛을 흉내 내다니.]

　[아니, 이 정도면 흉내 정도가 아닌데? 그분을 아직 뵙지는 못했지만 만약 뵌다면 이런 느낌일 것 같아.]

　[에이, 모르는 소리. 진짜 태초의 빛은 만나보면 완전히 압도돼요. 모든 곳에 존재감을 뻗치고 있어서 빛이라고 하는 건데, 그에 비해 이건 반딧불이지.]

　서문엽은 태초의 빛을 만난 이야기까지 들려주며 영령들의 환심을 샀다.

[그나저나 이 빛이 괴물들의 영혼의 파편으로 이루어진 거라니. 그러기에는 굉장히 정순한 기운이 느껴지는데?]

[우리나 인간이나 괴물이나 영혼은 똑같은 거지. 어찌 보면 괴물은 참 불쌍한 생물인 거야. 끝없이 욕망하고 폭력적이도록 우리가 만든 대로 살았을 뿐이니까.]

[어찌 보면 왕이란 녀석도 우리의 죄업으로 인해 탄생한 불쌍한 피조물이지. 그래도 이렇게 빛이 되었으니 구원받았다고 해야 할까.]

시간 가는 줄 모르고 이야기를 나눴다.

영령계에 상당히 장시간 체류했지만, 막강한 영혼의 힘을 손에 넣은 서문엽에게는 하나도 부담 되지 않았다. 아무리 오래 머물러도 자아에 조금의 부담도 되지 않았다.

그러다가 마침내.

[역시 이곳에 있었군.]

피에트로와 재회했다.

서문엽은 짜증을 냈다.

[이 새꺄, 왜 이렇게 늦게 와. 내가 얼마나 영령계에 죽치고 있었는데.]

[일이 바빴다.]

[난 괴물들밖에 없는 세계에서 고독하게 지내는데, 넌 뭐 일이 바빠? 아주 인생 충실히 사나 보다?]

[널 지상에 데려오기 위한 일이다.]

[…그럼 바빠야지. 더 열심히 일해야지!]

피에트로가 나름대로 버려진 세계에 고립된 서문엽을 구출하기 위해 고생하고 있다는 게 느껴지자 서문엽은 즉시 태세 전환을 했다.

[그런데 버려진 세계로 어떻게 올 건데? 방법이 있어?]

[딱 하나 있지. 첫 번째 상급 사제도 시도했던 일.]

그 말에 의문을 느꼈던 서문엽은 이내 무언가를 떠올렸다.

[아, 초대 황릉?!]

[그렇다. 초대 황릉을 복원하고 있다. 그곳 유적에 버려진 세계에 대한 단서가 있으니까.]

완전히 산산조각 났다시피 박살 난 초대 황릉.

그곳은 괴물들이 드나들고 왕과 사투까지 벌이면서 더더욱 엉망이 되었을 터였다.

그런 유적을 다시 복원 중이라고 하니, 피에트로가 얼마나 힘든 일을 하는지 알 것 같았다.

[얼마나 걸릴 것 같아?]

서문엽이 물었다.

[잘 모르겠다. 복원 작업 중에 버려진 세계에 대한 기록이 일찌감치 발견되면 빨라질 테고, 그렇지 않으면 초대 황릉을 완전히 복원할 때까지 족히 10년이 걸릴 수도 있으니까.]

[…이런 씨바. 10년?]

이전에 세상을 구했을 때는 17년을 날렸다.

이번에 두 번째로 세상을 구하니 또 최대 10년을 날려먹게 생겼다.

[인간의 기술 중에 파쇄된 문서 조각을 3D 스캔으로 복원하는

방식이 참고할 만하더군. 그 덕에 그나마 시간이 단축된 거다.]

[에휴.]

서문엽은 한숨이 나왔다.

이번에도 자신이 알던 모든 사람들이 10년씩 벌어지는 걸까.

그러나 지금의 서문엽은 17년 만에 막 귀환했던 그때와는 달랐다.

[그래, 기다리겠어. 언젠가는 다시 모두를 볼 수 있다는 뜻이니까.]

[최대한 빨리 작업하도록 하지.]

[오냐, 종종 소식 전해줘.]

*　　　　*　　　　*

영령계에서 나온 피에트로는 폐허가 된 초대 황릉에서 눈을 떴다. 이제 복원 작업이 시작된 초대 황릉은 여전히 황량한 폐허였다.

피에트로는 영령계에서 조금 전에 만난 서문엽을 떠올렸다.

'그리운 느낌이었다.'

이제 다시는 볼 수 없는 태초의 빛을 다시 만난 것 같은 기분이었다. 서문엽은 왕과 싸울 때보다도 더 커다란 빛을 내고 있었다.

비록 태초의 빛이 아닌 서문엽을 통해 간접 체험을 했을 뿐이지만, 피에트로는 그것으로도 충분하지 않나 싶었다.

자신처럼 태초의 빛에 닿지 못하는 이들을 위하여, 가까운 곳에 등대가 되어주는 새로운 빛이라고 할까.

피에트로에게 서문엽은 그런 의미였다. 그 덕분에 피에트로는 새로운 인생을 시작했고, 과오를 만회할 기회를 얻었다.

'태초의 빛이시여. 모든 게 끝났음에도 제가 아직 구차한 목숨을 부지하고 있는 것은, 아직 해야 할 일이 있기 때문이겠지요.'

피에트로는 자신에게 주어진 새로운 일을 시작했다.

그것은 서문엽을 데려오는 것이었다.

*   *   *

침공 종료, 서문엽의 실종. 그 후로 세월이 흘렀다.

세계는 괴물 침공의 여파에서 벗어났다. 지상에서 공존하게 된 지저인들이 큰 힘이 되었다.

활발한 재건 사업으로 인류는 다시 활력을 되찾았고, 판단이 잽싼 사업가들은 여왕을 통하여 지저인과 협력 사업을 구상하고 실행에 옮겼다. 땅속에서 던전을 만들어 살 정도인 지저인의 능력은 다양한 사업에 활용할 수 있었던 것이다.

대표적으로 모로 형제가 있었다.

"지저인의 능력만 있으면 용암도 살 만한 환경으로 바꿀 수 있지. 부동산의 시대가 왔다."

"완전히 노다지야, 형."

파리 뤼미에르 BC의 구단주인 장 모로와 필립 모로는 부동

산 개발 사업을 개시했다.

사막 같은 쓸모없는 땅을 싼값에 사들인 후에 지저인의 힘을 빌려서 개발하는 계획. 가혹한 환경을 지저인들의 힘으로 개선시키기만 하면 그 땅의 가치는 폭등하는 것이었다.

배틀필드계의 큰손이라서 세계 협회와 연이 깊은 모로 형제는 여왕의 협력을 얻어내서 계획을 실행에 옮겼고, 이내 떼돈을 벌기 시작했다.

"으하하, 서문엽 만세!"

"이번에야말로 동상을 세우자, 형."

"동상도 좋지만 이제 곧 서문엽이 돌아오는 날이잖아?"

피에트로가 서문엽을 구출하기 위해 모종의 작업을 하고 있다는 사실은 널리 알려져 있었다.

그 작업이 순조롭게 진행된 덕에, 조만간 서문엽이 돌아올 수 있다는 공식 발표가 얼마 전에 있었다.

"아하, 서문엽을 위해 평생 잊지 못할 환영 이벤트를 열어주자는 뜻이지?"

"역시 길게 설명할 필요가 없어서 좋구나, 필립."

"전 세계 주요 도시에 지상 최대의 축제를 벌이자, 형."

모로 형제는 남아도는 돈으로 어마어마한 이벤트를 열기로 했다.

*　　　*　　　*

"이번 월드 챔스는 어느 때보다도 우리에게 특별합니다."

YSM 클럽하우스.

가브리엘 감독의 말에 선수들은 비장한 각오로 고개를 끄덕였다.

나이가 많아 피지컬이 많이 하락했지만 노련함으로 여전히 주장 직을 맡고 있는 개리 윌리엄스. 왕 사냥에 참여했던 7인의 일원이자 서포터의 전설이 된 조승호.

독특한 플레이 스타일과 귀여운 외모로 여전히 인기를 구가하고 있는 이나연. 카자흐스탄이 자랑하는 월드 클래스 선수이자 YSM의 명실상부한 에이스인 사니야 아흐메토바.

새로운 에이스로 사니야와 쌍벽을 이루는 신수경과 이제 누나에게 밀려 존재감이 옅어진 쌍둥이 동생 신태경. 나이가 나이라 은퇴 직전이지만 여전히 '맹독' 덕에 팀의 주요 선수인 칸 아르얀.

PC방 양아치에서 국가 대표 근접 딜러로 꾸준히 활약하며, 얼마 전에 BJ이쁜나리와 결혼한 박영민. 유럽에 진출할 줄 알았는데 의외로 YSM에 꾸준히 남아 있는 원거리 딜러 심영수.

그밖에도 파울 콜린스, 최혁, 김진수, 남궁지훈, 라훌라 조하르, 그 외에 새로 영입된 선수들까지.

한국 최강 명문 YSM의 영광을 지키기 위하여 고군분투를 하고 있는 선수들은 올해 들어 비장한 각오를 띠고 있었다.

"그동안 우리는 월드 챔스 8강의 벽을 뚫지 못하고 있었습니다. 서문엽 구단주님에 이어 피에트로 아넬라 선수까지 빠졌으니 당연한 결과라 할 수 있지만, 그래도 그때 이후로 긴 시간이 흘렀습니다."

가브리엘 감독의 말을 들으며, 그 옆에 있던 백제호도 고개를 끄덕여 보였다. 백제호는 현재 한국 배틀필드 협회의 부회장이자 YSM의 구단주 대리 직을 겸임하고 있었다. 서문엽이 영령계에서 피에트로를 통해 그렇게 부탁했기 때문이었다.

하지만 실제로 하는 일은 별로 없었다.

가브리엘 감독은 YSM을 꾸준히 월드 챔스 16강·8강에 올려놓는 세계적인 명장이었으며, 전 수석 코치였던 최동준이 단장이 되어 팀을 잘 관리했다. 최동준 단장은 감독 시절 보여준 처참한 역량과 달리 단장으로서는 훌륭한 행정 능력을 보여주었다.

무엇보다도 기존 선수들이 서문엽에 대한 의리로 YSM에 계속 남아준 덕분이 컸다. 서문엽은 또다시 인류를 구하고 희생했다. 그런 영웅에게 선택받은 선수라는 자부심이 있는 그들은 YSM에서 영광을 계속 이어나가기로 단결했다.

"지금껏 잘해왔지만, 올해는 특별한 각오를 해야 합니다. 구단주님께서 마침내 귀환하시기 때문입니다. 돌아오신 구단주님께 우리도 발전된 모습을 보여주어야 합니다. 월드 챔스 16강, 8강 정도는 구단주님 눈에 차지도 않을 겁니다. 올해는 적어도 4강에는 들어야 합니다."

"옛!!"

돈이 썩어나는 모로 형제의 지원으로 세계 최강 클럽으로의 지위를 굳히고 있는 파리 뤼미에르 BC와 명장 엠레 카사 감독이 이끄는 한결같은 베를린 블리츠 BC, 리빌딩에 성공한 후로 계속 강세를 이어가는 로이 마이어의 LA 워리어스 등등.

수많은 강팀이 앞을 가로막고 있지만, YSM의 모든 일원들은 기필코 그들을 이겨내겠다고 투지를 불태웠다.

왜냐하면 올해는 서문엽이 귀환하는 해였기 때문이다.

*   *   *

마침내 초대 황릉 복원이 완료되었다.

복원된 유적에서 버려진 세계의 좌표를 알아내는 일은 어렵지 않았다.

피에트로는 유적에 새겨진 거의 모든 기록을 파악했다.

'그런데 이건 의미를 모르겠군.'

피에트로는 초대 황릉 유적에서 알 수 없는 표식을 보고는 의문을 느꼈다.

소용돌이치는 듯한 문양이 있는데, 대체 무슨 의미인지는 알 수 없었다.

그런데 초대 황릉의 유적은 마치 이 소용돌이 문양이 모든 것의 시작인 것처럼 기록하고 있었다.

'이건 알 수 있는 방법이 없군. 그래도 버려진 세계의 좌표는 알아냈으니 됐다.'

저 소용돌이 문양의 의미는 차후에 다시 연구해 보기로 하고, 일단은 여왕을 통해 서문엽의 귀환 날짜를 통보했다.

전 세계에 서문엽의 귀환 환영식에 참여하겠다는 사람들이 워낙 많은 탓에 정확한 날짜를 알려주어야 했다.

공간 이동을 통해 시간도 어느 정도 왜곡할 수 있는 피에트로 였기 때문에 서문엽을 언제 데려올지 날짜 조정쯤은 간단했다.

마침내 버려진 세계와 연결된 게이트를 열었다.

파아아앗!

"드디어 해내는군."

피에트로는 게이트 안으로 발을 들였다.

서문엽이 머무르고 있다는 계곡을 찾아가는 것은 어렵지 않 았다. 영령계에서 만난 서문엽이 위치가 어디쯤인지 상세히 설 명해 주었기 때문이다.

버려진 세계에 도착하여서 공간 이동으로 누비고 다닌 피에 트로는 금방 서문엽이 설명한 지형을 찾아냈다.

'여기군.'

기이한 에너지가 흐르는 계곡을 본 순간 피에트로는 대번에 확신했다.

안으로 들어서자 익숙한 기운이 느껴졌다.

서문엽이 풍기는 강렬한 영혼의 존재감이었다.

"왔냐?"

익숙한 목소리가 들렸다.

영령계에서 자주 만났지만, 육성(肉聲)을 들은 것은 오랜만이 었다. 서문엽은 낡아빠진 갑옷 차림으로 피에트로를 기다리고 있었다.

사방에 널려 있는 괴물의 **뼈**들. 마치 괴물을 잡아먹고 사는 큰 괴물의 둥지 같은 풍경이었다. 서문엽은 어깨를 으쓱했다.

"달리 먹을 게 있어야 말이지. 불사신이라 배탈로도 안 죽더라."

"독성이 있는 게 대부분일 텐데 경이롭군."

"시끄러, 인마. 더 경이로운 건 저기 있잖아. 저기."

서문엽은 등 뒤에 있는 유적을 가리켰다.

그제야 피에트로도 거대한 암석 구조물에 흥미를 갖게 되었다.

"이게 그 유적인가?"

"그래, 왕에게 지성을 준 유적. 괴물들을 돌연변이로 진화시키는 기능이 있는 것 같아. 이것처럼 말이야."

서문엽은 자신의 창을 보여주었다.

언젠가 피에트로가 만들어준 괴물 창이었다.

—크르르르……

괴물 창은 놀랍게도 섬뜩한 소리를 냈다. 피에 굶주려 있는 갈증의 목소리였다. 제작자인 피에트로도 놀랄 수밖에 없었다.

"진화한 건가?"

"어, 일대에서 가장 강한 오러를 지닌 먹이가 있는 쪽을 가리키더라. 유적 앞에서 왕의 피를 먹더니 소리도 내고 자체적으로 공격을 보조하기도 하고, 장난 아니야."

괴물 창은 계속 울음소리를 냈다.

피에트로는 괴물 창이 자신을 탐나는 먹이로 여기고 있음을 느꼈다.

"봉인할 필요가 있겠군. 네가 갖고 있지 않으면 통제가 안 되겠어."

"그래? 뭐, 그러지 뭐."

서문엽도 사람들 보는 데서 이 징그러운 것을 들고 다닐 생각은 없었다.

"그보다 흥미로운 문양이 있군."

피에트로는 다시 유적을 관찰했다.

거대 구조물에 새겨진 소용돌이치는 듯한 문양이 바로 그것.

초대 황릉의 유적에서 본 것과 똑같았다.

피에트로는 이내 웃었다.

"알겠다."

"뭘?"

"이 유적을 만든 것은 초대 황제다."

"뭐?"

놀란 서문엽에게 피에트로가 설명했다.

"초대 황릉 유적에 똑같은 문양이 있었다. 초대 황릉은 초대 황제가 죽기 전에 직접 만든 건축물인데, 이 유적과 일치하는 부분이 많다."

"그럼 뭐야? 초대 황제는 버려진 세계에서 지저인들을 이끌고 탈출한 지도자인데, 알고 보니 버려진 세계를 망하게 만든 것도……."

"초대 황제지."

머릿속이 복잡해진 서문엽은 이내 안면이 구겨졌다.

"버려진 세계로부터 백성을 탈출시키고 새로운 세계를 개척한 구원자가, 알고 보니 버려진 세계를 망하게 만든 재앙을 일으킨 주범이란 말이지?"

"쉽게 생각하면 된다. 버려진 세계에서 살았던 당시 선조들은 여러 세력으로 갈라져 전쟁을 벌이고 있었다. 경쟁자를 모두 쓰러뜨리고 자신이 정점의 권력을 손에 넣을 좋은 방법을 떠올린 것이지."

본래 살던 세계를 통째로 망하게 하면서까지 말이다.

"뭐 그런 개새끼가!"

모든 원흉이 그런 작자였다니 화가 치밀었다.

"권력욕은 그렇듯 추한 것이지. 인간이나 지저인이나 괴물이나."

피에트로는 양손에 오러를 모았다.

그리고 유적을 향해 쏘았다.

콰아아아앙!!

후손의 손에 의하여, 초대 황제가 만든 유적은 파괴되어 와르르 무너졌다. 이제 다시는 왕과 같은 돌연변이 괴물이 나오지 않을 터였다.

"가자. 모두 기다린다."

"그래, 이번엔 뜨거운 환영을 받아야겠어."

두 사람은 함께 공간 이동을 펼쳤다.

　게이트는 지나, 다시 공간 이동으로 도착한 곳은 대한민국 서울의 광화문.

　세종대왕, 이순신 장군, 서문엽의 동상이 함께 세워진 광장에 많은 인파가 모여 있었다.

　파앗! 팟!

　두 사람이 나타나자.

　"와아아아아아아아!!!"

　"서문엽! 서문엽!"

　"사랑해요!"

　"고마워요!"

　뜨거운 환영의 열기가 쏟아졌다.

　서문엽은 미소를 지으며 그들에게 손을 흔들어 보였다.

　영웅의 두 번째 귀환이었다.

『초인의 게임』 완결